荣　获

新闻出版总署优秀畅销书奖
全国优秀古籍图书普及读物奖
第十七届山西省优秀图书一等奖
第　二　届　山　西　出　版　政　府　奖
山西出版集团2008年度十种好书

全套藏书累计销售500万册

诸子百家卷

《诗经》《尚书》《礼记》《楚辞》《论语·大学·中庸》《孟子》
《老子》《庄子》《荀子》《韩非子》《孙子兵法·尉缭子·鬼谷子》
《墨子》《周易》《山海经》《吕氏春秋》《三十六计》

名家选集卷

《三曹诗集》	《陶渊明集》	《王勃集》	《王维集》	《孟浩然集》
《高适集》	《岑参集》	《李白集》	《杜甫集》	《白居易集》
《刘禹锡集》	《元稹集》	《李商隐集》	《李贺集》	《杜牧集》
《韩愈集》	《柳宗元集》	《李煜集》	《欧阳修集》	《王安石集》
《苏轼集》	《黄庭坚集》	《柳永集》	《秦观集》	《周邦彦集》
《李清照集》	《辛弃疾集》	《陆游集》	《范成大集》	《杨万里集》
《姜夔集》	《文天祥集》	《元好问集》	《唐寅集》	《张岱集》
《三袁集》	《李贽集》	《傅山集》	《纳兰性德集》	《袁枚集》
《郑板桥集》	《龚自珍集》			

史著选集卷

《左传》《国语》《战国策》《史记》《汉书》《后汉书》《三国志》
《资治通鉴》

综合选集卷

《唐诗三百首》《宋词三百首》《元曲三百首》《千家诗》《古文观止》
《汉魏六朝小赋骈文选》《唐宋八大家文选》《明清小品文选》

笔记杂著卷

《蒙学六种——三字经·百家姓·千字文·增广贤文·幼学琼林·格言联璧》
《颜氏家训·朱子家训》 《世说新语》 《金刚经·坛经·心经·地藏经》
《曾国藩家书》《菜根谭·小窗幽记·幽梦影》《浮生六记》《闲情偶寄》
《近思录》《徐霞客游记》《古代书信精选》

戏曲小说卷

《元杂剧精选》《西厢记》《牡丹亭》《长生殿》《桃花扇》《今古奇观》
《三国演义》《水浒传》《西游记》《红楼梦》《聊斋志异》《儒林外史》
《封神演义》《话本小说选》《文言小说选》

中国家庭基本藏书 名家选集卷

范成大集

一宋一范成大一著 姜剑云 闫潇宏 毛桂香一解评

山西出版集团
三晋出版社

博学工作室

智慧之府
经验之林
文诀之藏
乃鑑之印

九五年姚奠中

名家选集卷

范成大，字至能，晚号石湖居士。素来以诗文闻名于世，当时与尤袤、陆游、杨万里并称为南宋"中兴四大诗人"。元代方回在《尤袤诗跋》中说："中兴以来言诗者必曰尤、杨、范、陆。"在诗名远播的同时，范成大出使金国，彰显大国气度；入朝堂直言敢谏，不畏皇权；屡任封疆大吏，造福多方百姓，不懈的努力使之成为南宋少有的一位地位显赫、政绩卓著的文学家。在文学史上范成大常常因晚年的《四时田园杂兴》组诗被冠以"田园诗人"的美名，却因此埋没了他在词、文、书法等方面的成就。

诗歌方面，范成大取得了令当时人瞩目的成就，从而跻身大家之列："杨诚斋序《千岩摘稿》云：'余尝论近世之诗人，若范石湖之清新，尤梁溪之平淡，陆放翁之敷腴，萧千岩之工致，皆余之所畏者。'姜白石《诗稿自序》云：'尤延之先生为余言：近世人士喜言江西，温润有如范至能者乎？痛快有如杨廷秀者乎？高古如萧东夫？俊逸如陆务观？是皆出自机杼，宣有可观者。又奚以江西为？'观二公推许，想见当时骚雅之盛。"（宋赵与虤《娱书堂诗话》）范成大诗宗中晚唐，自觉地向白居易、王建等人学习，诗歌如杨万里所言"清新妩媚"、"奔逸隽伟"，内容丰富多彩，格调不拘一格。但其中最具价值的依然是反映民生疾苦和描写乡村田园的那些诗作。前者奇峭、深刻，用一种近似冷幽默的方式再现悲惨的现实、百姓的疾苦，如《催租行》；后者隽永、清新，犹如一幅幅鲜活的水粉画。

词作方面，出于豪放、婉约之外，雅致、婉转，清逸隽永。清代江立在《石湖词跋语》中云："石湖词跌宕风流，都归于雅。所谓清空绮丽，兼而有之，姜、史、高、张而外，杳然寡匹。"陈廷焯在《宋词三百首笺》中也说："石湖词音节最婉转，读稼轩词后读石湖词，令人心平气和。"石湖词中绝大部分都是郊游、宴饮、风景、闺情这类词作。写郊游，或欣喜或感伤离别，却淡而化之，使之清新、透明；写宴饮，佳人、美酒悉心描摹，雅致、婉转不浓艳；写风景，赞美自然，乡愁、宇宙情怀蕴含其中，清丽俊逸、回味悠长；写闺怨离情，侧面入手，以景衬情，含蓄蕴藉。亦偶有一些慷慨激昂之作，如〔水调歌头〕《燕山九日作》，描写词人出使金国时的英勇、慷慨之气。但对比同时而作的《会同馆》一诗就会发现，在诗歌当中，范成大那种英勇的牺牲精神表现得更加直接，气魄更为宏大，读来感觉畅快淋漓。由此看出，石湖始终本着"诗言志，词缘情"的原则，他把对百姓的担忧，家国的存亡，大多放在诗歌中表现，而把个人的情思放到词当中。在这里，我们也许会觉得石湖过于雅致、柔婉、伤感，但是从另一个角度来说，这也让我们认识了一个更真实、更生活化的范成大。他在词中描绘自己理想的天堂，在词中舒忧娱悲，表现人生的种种无奈，捕捉人生当中的幸福和快乐，这是一种精神的慰藉，是作者理想世界的一个缩影。

文与书法方面，其文"缛而不酿"、"缩而不窘"，具古雅之风，有深幽之气，挥洒自如，得鲍照、谢灵运之神韵。因此杨万里在《石湖集序》中言："公风神英迈，意气倾倒，拔新领异之谈，登峰造极之理，萧然如晋宋间人物。"范成大存诗一千九百多首，词作百篇左右，赋文数十篇，其馀多为上书皇帝的疏论、札子，文风古朴、论理精辟。此外范成大还开拓了日记体游记，现有《吴船录》、《骖鸾录》、《揽辔录》以及残存的《桂海虞衡志》，不但描绘了地方的风土人情、途中的山川景物，还具有颇高的史料价值及科学研究价值。而其晚年编写的《菊谱》、《梅谱》更能突现石湖开阔的视野，展示他的博学多才。书法领域，范成大在当时也是备受赞誉的。其书法遒劲可爱，古雅飘逸，流畅自然。

考察范成大的方方面面可知，自然、清俊、雅致是范成大一贯注重、追求的风格，这既与本人的性格特征、个人修养密切相关，也和当时"尚雅"的社会风潮、崇尚佛老的风气是分不开的。

20世纪80年代以来，研究范成大的论文不断出现，内容涉及范成大的生平、思想和诗、文、书法等多个方面。然而，很少有人触碰他的词作，此为一大缺陷。另外，研究体系有待完善，更多的资料有待整理挖掘，这也说明对范成大的研究还有非常大的拓展空间。

此次所精选的范成大的作品，以富寿荪标校《范石湖集》（上海世纪出版股份有限公司、上海古籍出版社2006年新1版）、孔凡礼辑编《范成大佚著辑存》（中华书局1983年版）为底本，参校以吴之振等编选的《宋诗钞》（中华书局1986年版）、北京大学古文献研究所编的《全宋诗》（北京大学出版社1991年至2000年版），唐圭璋主编的《全宋词》（中华书局1956年版），曾枣庄、刘琳主编的《全宋文》（上海辞书出版社、安徽教育出版社2006年版）等本子。为方便读者使用，末附"范成大年谱简编"、"范成大研究重要参考文献"、"《范成大集》名言警句"（正文中用着重号标注）。评注过程中参考了学界的诸多成果，在此致以衷心的感谢。限于作者的水平，谬误之处在所难免，诚请读者朋友批评指正。

姜剑云

2008年8月于河北大学

范成大简论(代序)

霍松林　闫华

范成大(1126—1193)字至能,号石湖居士。南宋诗人。吴县(今江苏苏州)人。父范雩,宣和六年进士,官至校书郎兼任玉牒所检讨官及秘书郎;母蔡氏是北宋著名书法家蔡襄的孙女。

范成大幼年时期受到良好的教育,遍阅经史,善为文章。17岁时,曾应诏赴礼部献赋颂。次年,父亲病故,他抚养弟妹,直到妹嫁,才重操学业,专意科举。后在昆山荐严资福禅寺随乐备学习,并加入他们的诗社。绍兴二十四年(1154),中进士。绍兴二十六年起,任徽州司户参军,后得洪适的举荐,被召入杭,监太平惠民和剂局,历任馆职。孝宗乾道二年(1166)升吏部员外郎,因言者论其越级提升,遭罢职。

乾道三年,起知处州。乾道五年,被召入朝,任礼部员外郎,年底升起居舍人。乾道六年,孝宗令范成大为特使,赴金国改变接纳金国诏书礼仪和索取河南"陵寝"事。范成大相机折冲,维护了宋廷的威信,全节而归,并写成使金日记《揽辔录》和著名的72首纪事诗,深得孝宗的器重和信任,回朝后即升任中书舍人。乾道七年,孝宗欲用佞臣张说,范成大拒不草制,曾使孝宗为之变色。

乾道九年，赴静江任广西经略安抚使。淳熙元年(1174)改知成都府，任四川制置使。淳熙四年，权礼部尚书，淳熙五年正月知贡举兼直学士院，四月参知政事，两月后被谏官以私憾弹劾，罢职归里。淳熙七年起知明州兼沿海制置使；淳熙八年，改知建康府兼行宫留守。淳熙十年因病辞归，时年58岁。此后10年隐居石湖。

范成大是一个关心国事、勤于政务、同情人民疾苦的士大夫。他的基本政治理想是儒家的"仁政"和"民本"思想，认为"民惟邦本，本固邦宁"，想要富国强兵，必先安民，"省徭役、薄赋敛、蠲其疾苦"(《论邦本疏》)。在一些奏札中，他力劝孝宗要节省人力、国力，珍惜时间，整顿军纪，训练士卒，慎用刑罚，打击贪吏，以强兵复国为大志。在为地方官时，或尽力铲除弊端、整顿军备，或救灾赈济、兴修水利，为减轻农民负担、解除士兵疾苦作了努力。与此相应，他的忧国恤民的一贯思想在其诗歌创作中得到了充分的体现。

范成大的诗，以反映农村社会生活图景的作品成就最高。他的田园诗概括地描绘了封建社会农村的广阔生活，把《诗经·七月》以来的农事诗、陶潜以来的赞颂农村生活恬静闲适的诗和唐代诗人的一些反映阶级压迫的农家词、山农谣一类作品结合在一起，成为中国古代田园诗的集大成者。

范成大涉世甚早，对农村生活的艰辛有较深的了解，20多岁就写下了一些描绘农村生活景象的诗，如在《大暑舟行含山道中》一诗里，他便表现了"遥怜老农苦"的情感；在《乐神曲》中，写的是农民为丰年有粮交租、免受鞭笞而感到侥幸；《缫丝行》写姑嫂煮茧、缫丝、卖丝的繁忙劳动；《催租行》则描述了农民输租完毕后，吏胥上门勒索的情景。在徽州为官时，他又写下了著名的《后催租行》。诗作对南宋赋敛之重、官吏煎逼之酷和百姓受难之深作了形象的描绘。后来在杭州、桂林、成都等地及家乡，他又写下了大量的农村题材的诗，如《刈麦》、《插秧》、《晒茧》、《采菱户》、《芒种后积雨骤冷三绝》、《围田叹》等。其中如《黄罴岭》写巢居山农的非人处境，发出"安得拔汝出"的呼声；《劳畬耕》由"峡农"刀耕火种，勉强果腹，写到"吴农"因官租私债相逼而"逃屋无炊烟"；《夔州竹枝歌》9首继承《竹枝词》专咏风土人情的传统而又注入新的内容：有烧畬种豆的农夫，有背着孩子采桑茶的农妇，还有着绣衣罗裳的富商大贾；而富者自饱，农家自贫："东屯平田粳米软，不到贫人饭甑中。"揭示贫富悬殊，抨击官吏凶残，同情人民苦难的思想，自始至终贯串在范成大的诗中，直到晚年退居石湖时，他还在《冬春行》、《秋雷叹》、《咏河市歌者》等作品里，对下层贫民的悲惨生活予以深切的同情。在《雪中闻墙外鬻鱼菜者求售之声甚苦又感三绝》中，诗人宣称："汝不能诗替汝吟！"真实地说出他为民生疾苦而呼叫的创作意图。

范成大晚年作的组诗《四时田园杂兴》，是他田园诗的代表作品，这60首七言绝句分别描绘了春、夏、秋、冬四季不同的田园情景，凡农家生活环境、季节气候、风土民俗、耕织、收获及苦难与欢乐等，都得到了真切生动的展现。"蝴蝶双双入菜花，日长无客到田家。鸡飞过篱犬吠窦，知有行商来买茶。""昼出耘田夜绩麻，村庄儿女各当家。童孙未解供耕织，也傍桑阴学种瓜。"作者用平易如话的语言描绘出了一幅幅农家耕织图。然而这些图画并非历代隐居者所向往的世外桃源，而是充满痛苦和辛酸的现实社会的生动写照。"垂成穑事苦艰难，忌雨嫌风更怯寒。笺诉天公休掠剩，半偿私债半输官。""采菱辛苦废犁锄，血指流丹鬼质枯。无力买田聊种水，近来湖面亦收租！"这些诗，同样对农民的苦难倾注了深厚的同情。诗人在画图中还忠实地再现了贫家的"欢乐"："小妇连宵上绢机，大耆催税急于飞。今年幸甚蚕桑熟，留得黄丝织夏衣"；"村巷冬年见俗情，邻翁讲礼拜柴荆。长衫布缕如霜雪，云是家机自织成。"观察之细密，笔力之深刻，高出以前写同类题材的诗人。这一组诗对南宋以后的田园诗产生了很大的影响。

范成大在当时属主战派人物，他的诗中也充满了爱国思想。早在未官时，他就写过"莫把江山夸北客，冷云寒水更荒凉"（《秋日二绝》）的名句，对南宋小朝廷向金国使者夸耀残山剩水的昏聩行径予以批评。此后的许多作品，如《胭脂井》、《合江亭》等，都是借描写山川形胜，抒发爱国情怀的佳作。出使金国时写的72首七绝，更是集中地表现了他的爱国思想。"平地孤城寇若林，两公(唐张巡、许远)犹解障妖祲。大梁襟带洪河险，谁遣神州陆地沉？"（《双庙》）"州桥南北是天街，父老年年等驾回。忍泪失声讯使者，几时真有六军来？"（《州桥》）这些诗篇通过题咏沦陷区的山川古迹，谴责了宋朝统治者的昏庸误国，为中原父老传达了盼望收复失地的心声，有的诗篇还记载了金国贵族统治下的人民的悲惨遭遇。为官桂林时，作者在《癸水亭落成》诗中写道："愿挽江流接河汉，为君直北洗兵枪。"更体现了他对祖国统一、收复失地的信心和远大志向。晚年重病之中，他还在《题张戬蕃马射猎图》诗里抒发了他对金人的痛恨;《题夫差庙》一诗,则对南宋朝廷偏安一隅、耽于享乐、残害忠良表示不满,表现了他的关心国运、盼望统一的心情。

范成大诗歌题材丰富,风格多样。他广泛学习前代的大诗人,受苏轼的影响最大。他的诗风,因创作背景不同而几经变化:早年未中举时和为官初期还没有脱离模仿阶段,他的反映民生疾苦的诗多效张籍、王建等人,一些成功的作品大都有切直劲峭的特点,这在以后出使金国途中写的72首绝句中得到了最好的体现。徽州后期的写景诗如《番阳湖》、《回黄坦》等描写细密、语言工致,已露出清丽静雅诗风的端倪。为官桂林和成都时期,由于饱览山川之神秀壮美,其诗境界开阔、词藻华赡,以清峻瑰丽为特色,五言诗尤为突出。晚年隐居石湖时期诗风渐趋温丽秀婉、圆润优美,以七言诗尤其是七言绝句最为擅长。范成大学习苏轼,于其清旷、雄伟等方面均有所得,但由于艺术修养不及,他在豪迈、飘逸方面距苏稍远,一些诗作显得气韵不足,略欠浑成。他在苏轼未甚着意的五言诗上下了功夫,并吸收了他所擅长的辞赋的一些特点,取得了较大的成功。但同时也发展了苏轼诗中爱用典、逞才学、押险韵等缺点,晚年多病时用僻典佛典写病态的诗作和一些禅偈似的六言诗尤不足取。与陆游、杨万里相比,范成大受江西诗派的影响较小,但其诗仍不免有南宋初期注重锻造、务奇逞怪的习气。

范成大的文、赋在当时也享有盛名。早年所作《馆娃宫赋》借吴王夫差信用奸佞、残害忠良、沉溺声色之事暗讽时事,一时传诵。《桂林中秋赋》对月抒怀,境界清旷。他的政论、奏章皆能切中时弊,据理力陈,不为空言,不邀虚名,侃侃而谈,有一种从容不迫的气韵。如《论日力国力人力疏》、《论邦本疏》等都是代表作。这些政论文大都篇章短小,语言平实,很少用典,在宋代奏疏中很有特色。他的记叙文字成就也很高,中年时写的《三高祠记》为纪念范蠡、张翰、陆龟蒙三位隐逸之士而作,文章开头盛赞三人的高风亮节,中间却调转笔锋,对世人多希冀归隐,不问国事表示了沉痛的感叹,被周密称为"天下奇笔",流传甚广,获誉很高。他的山水游记长于随物赋形,擅传动态,深得柳宗元笔法,其两篇故意效仿苏轼《赤壁赋》而作的《泛石湖记》,更是以柳之笔,写苏之意,独造清丽秀雅之境,属宋代山水游记中的佳作。另外,他的几篇祭文如《祭亡兄工部文》等,也写得真挚感人。

范成大也擅长词作,今存词近百首。其词早年多写柔情相思,如〔南柯子〕《七夕》、〔霜天晓角〕等,情长意浓,逼近秦观;〔醉落魄〕凄清幽冷,宛如晏几道。中、后期作品更近于苏轼,如〔水调歌头〕《燕山九日作》豪宕激越,〔水调歌头〕"万里筹边处"气韵沉雄;〔念奴娇〕"双峰叠嶂"放达尘外。其清旷之处,尤与张孝祥类似,如〔满江红〕"柳外轻雷"、〔念奴娇〕"吴波浮动"几乎可与《于湖词》中佳作相混。至于〔浣溪沙〕写"茅店竹篱开席市,绛裙青袂斸姜田",〔蝶恋花〕"江国多寒农事晚,村北村南,谷雨才耕遍",则清新明快,可与他的田园诗媲美。

范成大兴趣广泛,他的《揽辔录》记述出使金国时的所见所闻,具有多方面的史料价值。赴任桂林和离蜀归乡时所作的《骖鸾录》、《吴船录》,记述山川形胜,风土人情,考订传闻,转述异事,不仅可资考证,游记色彩也很浓厚。《桂海虞衡志》所记载的桂林岩洞、器具、饮食、物产和民俗史料,对研究广西地方史和西南民族史尤为珍贵。其中关于鸟兽、花果、草木、虫鱼的记载,和他晚年所作的《菊谱》、《梅谱》一样,也是自然科学史研究的重要资料。所著《吴郡志》50卷,是中国最早的具有正式规模的地方志之一,历来都为历史学家所重视。范成大在书法上也有很高的造诣,岳珂《宝真斋法书赞》称其书法"笔劲体遒,可广可狭",明王世贞也称其"书法出入眉山、豫章间,有米颠笔,圆熟遒丽,生意郁然"(《弇州山人四部稿》卷一百三十),与张孝祥并称为南宋前期书法两大名家。

范成大《石湖大全集》136卷,佚。《石湖居士诗集》34卷,系从《全集》中抽出,最后1卷为辞赋;有明弘治活字本、清康熙顾氏及黄氏刊本。《石湖词》1卷,有《彊村丛书》本。上海古籍出版社1981年校刊本《范石湖集》上下册,将其诗集和词集合刊后附清人沈钦韩集注3卷。中华书局1983年出版孔凡礼辑《范成大佚著辑存》。《揽辔录》1卷,《骖鸾录》1卷,《吴船录》2卷,有《知不足斋丛书》本。《梅谱》1卷、《菊谱》1卷,有《百川学海》本。上五种均收入《丛书集成》。《桂海虞衡志》1卷,有《知不足斋丛书》本。《吴郡志》50卷,有《择是居丛书》本。

霍松林,甘肃天水人。1921年生于甘肃省天水市琥珀乡霍家川。是我国著名的古典文学专家,文艺理论家、诗人、书法家。霍先生1949年毕业于南京中央大学中文系。现任陕西师范大学文学研究所所长、教授、博士研究生导师。

闫华,又名东方龙吟,江苏徐州人,生于1957年。现在中国社会科学院文学研究所工作。1983年参与编写《中国大百科全书》文学卷。主要著作有《宋辽金诗选注》,主持编纂《中国少年百科全书》,出版小说《万古风流苏东坡》等。

以上"代序"选自《中国大百科全书·中国文学》,题目为编者所拟。

目录

◎词

目录

中国家庭基本藏书

004

◎诗

元夜忆群从

诗人在上元节的夜晚,怀念兄弟,感慨自己,抒发了对兄弟的思念之情和自己的孤寂之感。元夜:元宵,农历正月十五日的夜晚。由于这一天叫上元节,所以晚上叫元宵。唐代以来,这天晚上就有观灯的习俗。从:堂房亲属。

愁里仍蒿径,闲中更荜门。青灯聊自照,浊酒为谁温。
隙月知无梦,窗梅寄断魂。遥怜好兄弟,飘泊两江村。

新解

愁里仍蒿径,闲中更荜门——本来就闲愁无聊,再加上院中只有周围长满蓬蒿的小路和用竹子编成的门,荒僻简陋,这就更增添了我的愁苦。这两句写出了作者不但心情不好,而且居住环境也很差。在如此情形下度过元夜,其境况是可想而知的。仍:再加上。蒿径:用晋代张仲蔚典故。平陵人张仲蔚安居贫舍,隐居不出,院子里长满了蓬蒿,高可没人,只有一条小路可通。荜门:语出《左传》,同"筚门",用荆条或竹子编成的门,一般指贫困的人居住的地方。

青灯聊自照,浊酒为谁温——此时,我只有青灯为伴,聊以自慰,兄弟分离,无人共饮,虽有美酒又为谁而温呢?青灯:光照青荧的油灯。这里借以描写清寂的读书生活。浊酒:没有过滤过浑浊的酒。

隙月知无梦,窗梅寄断魂——我孤苦一人,无人慰藉,除青灯之外,窗外的月光也似乎通晓人情世故,透过小缝来窥视人,来安慰我这个由于思念兄弟而不能入睡的人,并且将梅花映在窗纸上,用梅影来分担我的孤寂愁苦之痛。隙月:从窗户的缝隙中透过来的月光。无梦:睡不着觉。窗梅:指梅花被月光照耀而映在窗纸上的影子。寄:寄托。断魂:断肠,悲伤到了极点。

遥怜好兄弟,飘泊两江村——值此佳节之际,飘泊他乡的我,思念着远在他方的兄弟。"兄弟"用"好"字来修饰,可见他们之间感情的真挚,兼用"遥怜"二字,情感更进一层,自己处境已很艰难,反为兄弟飘泊异乡伤感。作者生于南北宋之交,战乱频仍,幼经离乱,漂泊不定,故有"飘泊两江村"之语。此联点题,直接抒写了自己时时思念远在他乡兄弟们的情怀。

怀人是古往今来亘古不变的主题，每逢佳节倍思亲，佳节之际最易引起亲人彼此思念的情怀。范成大这首咏怀诗写出了一个飘泊异乡的读书人，在元宵佳节之际有感于时序的变迁，怀念亲人，抒发自己独在异乡为异客的愁苦寂寞之情。其独到之处在于颈联拟人、尾联兼写双方的手法。颈联将"隙月"、"窗梅"赋予人的情感。为什么写月，因为此时圆月当空照，而兄弟却四散分离，月圆人不圆，见景生情，倍增其愁苦；为什么写梅，因为此时正是梅花盛开的时候，并且在我国文化传统中梅花又常常与思念亲人相联系，南北朝诗人陆凯就有"折梅逢驿使，寄与陇头人。江南无所有，聊赠一枝春"的诗句。选景典型，且运用拟人的手法。"尾联"遥怜好兄弟"既写出了自己对兄弟的怀念，也写出了兄弟对自己的思念，感情真挚，情调温婉蕴藉。

秋日二绝（其一）

这是《秋日二绝》的第一首，是一首饱含着爱国思想的诗歌。

碧芦青柳不宜霜，染作沧洲一带黄。
莫把江山夸北客，冷云寒水更荒凉。

碧芦青柳不宜霜，染作沧洲一带黄——水边那碧绿的芦苇、青青的杨柳，漫无边际，可风霜一到，就都被染成了黄色。沧洲：指靠近水的地方，古时常用以指隐士的居处，这里指江南水乡之地。

莫把江山夸北客，冷云寒水更荒凉——江南本以风景秀美著称，但现在只是冷云寒水、残芦败柳，实在不必向北人夸耀，如此景象比之北方更凄凉。"冷"、"寒"呼应"霜"，"云"、"水"渲染"沧洲"，景物形象更加丰满，残破之状更加突显。

这首诗通过对江南秋景的描写，展现了一幅衰败凄凉的画面，从中我们感受到了此景此境下诗人那种欲哭无泪的感伤之情，听到了作者回天无力的愤怒呼号之声。据史料记载：当时苏州是金国使臣的必经之地，金国使者每年两次经过这里，南宋朝廷为了讨好金国，于绍兴十四年(1144)，在苏州建造了一座姑苏馆，其体势宏丽，耗资巨大，这样一个宏伟的建筑，却专门用以迎奉金国使者，后来还在城上筑起高台,供金使登临眺望,极尽阿谀奉承之能事。面对山河残破,作者无限悲凉;想到统治者苟且偷安而又恬不知耻,作者无比愤慨,诗人正是有感于此,才悲愤地发出了"莫把江山夸北客,冷云寒水更荒凉"的痛苦呼声。此诗以冷峻之笔对统治阶级进行了揭露与批判。

窗前木芙蓉

"木芙蓉"又名"拒霜",八九月开花。此诗由"拒霜"产生联想,是一首托物言志之作。

> 辛苦孤花破小寒,花心应似客心酸。
> 更凭青女留连得,未作愁红怨绿看。

辛苦孤花破小寒,花心应似客心酸——秋天,百花凋零,万物衰败,此时,木芙蓉却冒寒而开,这是何等的勇敢,又是何等的艰辛,这时花的心情与游子的心情应是相通的吧,或许这就是所谓的"心有灵犀一点通"。一个"破"字,形神毕现,写出了木芙蓉的非凡气度。一个"酸"字,凝重有力,写出了木芙蓉的辛酸劳苦。客:一般指寄居或迁居在外的人。

更凭青女留连得,未作愁红怨绿看——木芙蓉向霜神致意,你尽管流连忘返吧,我是不怕寒风霜露侵袭的,是不会像多愁善感的人那样愁红怨绿的。青女:传说中掌管霜雪的女神。愁红怨绿:百花凋零、残败不堪的可怜样子。

这首诗运用了对比的手法,将木芙蓉的傲霜斗寒与此时其他花的凋零残败进行了对比,木芙蓉的形象从而更加丰满,木芙蓉的精神更加得以展现,由此达到了歌咏木芙蓉的目的。在歌咏木芙蓉的同时,作者也寄寓了自己的情感。生于南北宋之交的作者,十四岁失去母亲,十八岁又失去父亲,身为长兄的他不得不承担起抚养弟妹的责任,其辛苦是可想而知的。当他看到木芙蓉历经艰辛才得以开放时,满怀的思绪被勾起,它和自己辛苦的生活不是很相似吗?花是"孤花",自己不也是孤苦伶仃的一个人吗?花心是酸的,自己的心不也是酸的吗?但木芙蓉不是徒有拒霜之名,而是名副其实,尽管寒风凛冽,尽管那掌管霜雪的青女留连不去,木芙蓉却无所畏惧,破寒而开,绝非愁红怨绿之辈可比,由此寄寓了作者少年时昂扬的精神和志存高远的情怀。

落　鸿

表面看来,这是一首思乡怀人之作,但更深一层表现的是对国土沦丧、朝政混乱的忧虑。鸿,大雁。它常常引起人们的相思之情,所以有鸿雁传书之说。

落鸿声里怨关山,泪湿秋衣不肯干。
只道一番新雨过,谁知双袖倚楼寒。

落鸿声里怨关山,泪湿秋衣不肯干——大雁的悲鸣中传达出对关山的怨恨,为什么回乡的路如此遥远、艰难,辛酸的泪已打湿了我的衣衫。

只道一番新雨过,谁知双袖倚楼寒——一场秋雨,在常人看来,只不过是一场雨罢了,极为平常,但对于远方那个倚楼而望、翘首企盼的佳人而言,这场秋雨无疑为她增添了几分萧索与寒意。

此时诗人独在异乡为异客,举目无亲,又是一场秋雨至,大雁盘旋,声声哀鸣,惹起作者的愁思。"谁知双袖倚楼寒"运用的是代他人设言的手法,写诗人思念妻子,想象妻子正在家中翘首而望,怀念行人。"寒"字一语双关,既是雨后天冷之寒,更是心寒。如果结合当时的社会现实,我们还能体会到诗中传达出的更深的意蕴。落鸿是被宋高宗遗弃了的中原父老的象征,在"落鸿声里"包含着太多的情感:有对金人残酷统治的愤慨,有对南宋朝廷能早日收复失地的期盼……一次次地倚楼而望,又一次次失望,内心的苦楚是不言而喻的。诗人在落鸿的哀怨声中听到了中原父老的心声,替他们焦虑、伤心、愤慨,从而抒发出其因山河沦陷而引起的忧国怨情。此诗情意缠绵,感人至深,言已尽而意未穷。

浙江小矶春日

此诗为范成大早期作品。作者独处异乡,孤寂愁苦,独步江边,遥念故乡,抒发了羁旅乡愁,又充满历史的沧桑之感。小矶,钱塘江边的一个石滩,它与对面西兴隔江而峙。

> 客里无人共一杯,故园桃李为谁开。
> 春潮不管天涯恨,更卷西兴暮雨来。

客里无人共一杯,故园桃李为谁开——羁旅他乡的我,此时倍感孤独寂寞,正在借酒消愁,可谁会与我举杯共饮,以示慰藉呢?故乡的桃李,此时应是花满枝头了吧,可你又为谁而开呢?

春潮不管天涯恨,更卷西兴暮雨来——我孤独寂寞,独立江边,眺望对岸,春潮根本不顾及我内心的愁苦,卷着西兴的暮雨洒面而来,似带怨意。 西兴:位于钱塘江南岸萧山西北,与杭州隔岸相望。春秋时越国范蠡曾在此筑城固守,越国失败后,越王勾践被迫到吴国作奴隶,越国人送勾践来到这里,洒泪而别,他们发誓,一定要忍辱负重,以图东山再起,报仇雪恨。

故园桃李为谁开,作者在无奈的疑问中饱含了浓重的乡思。洒面而来的"春潮"、"暮雨",不仅增添了寒意,更增添了客愁。"春"字与题目"春日"相照应,潮水飞"卷""暮雨"的气象,也是南方春夏之季才有的。春潮不解人意,无语东流,卷西兴暮雨而来。当年吴越交战,越王勾践战败离开西兴入吴为奴,卧薪尝胆,发奋图强,而今南宋统治者却软弱无能、不思进取,江水都为之动容,更何况作者呢?西兴,这个具有历史内涵的地名,使小诗的内涵变得凝重,不仅是乡思,其中更饱含着作者抗金救国,收复失地,洗雪国耻的爱国之情,寄寓着作者对统治者贪图享乐、荒淫无道的批判之情。此诗借景抒怀,语近情遥,浓浓乡思与悠悠爱国之情尽在其中。

寒食郊行书事二首(其一)

此诗属诗人早期作品,具体创作时间还未确定。 寒食:在清明前一或二日,有祭扫、踏青、禁火等风俗。相传,春秋时晋公子重耳流亡在外,大臣介子推曾割股啖之。重耳做国君后,大封功臣,独未赏介子推。介子推便隐居深山。重耳为逼介子推出山接受赏赐,于是下令放火烧山,子推抱木不出,结果被活活烧死。为纪念介子推,重耳遂令每年此日不得生火做饭,只能吃冷食,所以叫"寒食"。

野店垂杨步，荒祠苦竹丛。鹭窥芦箔水，乌啄纸钱风。
媪引浓妆女，儿扶烂醉翁。深村时节好，应为去年丰。

【新解】

野店垂杨步，荒祠苦竹丛——渡口岸边，村店掩映在依依杨柳之间；苦竹丛中，一座破旧的祠堂若隐若现。步：水边停船的地方。《青箱杂记》："岭南谓村市为'墟'，水津为'步'。"

鹭窥芦箔水，乌啄纸钱风——水面上，藏在芦苇丛中的白鹭窥视着下在水中的箔，待机而发；郊野中，焚化未尽的纸钱，在微风吹动下到处乱飞，半空中，乌鸦盘旋，准备啄食坟前的祭品。鹭：一种鸟，嘴直且尖，颈长，飞行时缩着脖子，其中白鹭、苍鹭较为常见。箔(bó)：苇子或秫秸编成的帘子，这里指安插在水中的、用以围捕鱼类的工具。

媪引浓妆女，儿扶烂醉翁——上坟的路上，老妇人拉着浓妆艳抹的新媳妇，年轻的男子扶着烂醉如泥的老翁。媪(ǎo)：年老的妇人。

深村时节好，应为去年丰——从这些景象来看，今年的时令较好，人们的生活应该比去年丰裕。

【新评】

"鹭窥芦箔水"，白鹭凝神静气于水上，目的是捕捉渔民网中的鱼虾；"乌啄纸钱风"，乌鸦盘旋于空中，目的是啄食用以祭祀的酒食。此种情景，诗人只是用了"鹭窥水"与"乌啄风"几字，一方面是静态描写，一方面是动态描写，动静相生，意境全出。上坟时，新娶的媳妇也要同行，俗称"上花坟"，这个场面写得尤为生动，这是对宋时风俗的描写。范成大晚年也写了一些描写风土人情的诗作，与早期对风土人情的描述是一脉相承的，这不仅仅是对前人的继承，更是作者对此类题材的发展和创新。

南徐道中

【题解】

这首诗是绍兴二十三年(1153)作者赴金陵(今江苏南京)漕试时作。南徐，今江苏镇江。

生憎行路与心违，又逐孤帆擘浪飞。

吴岫涌云穿望眼，楚江浮月冷征衣。

长歌悲似垂垂泪，短梦纷如草草归。

若有一廛供闭户，肯将篾舫换柴扉。

生憎行路与心违，又逐孤帆擘浪飞——离家远行，与心愿相违，感到厌倦，可身不由己，还是任由小船冲开波浪，驶向前方。生：用在少数表示感情、感觉的词前，表示程度，如"生疼"、"生怕"等。行路：离家远行。擘(bāi)：同"掰"，分开。

吴岫涌云穿望眼，楚江浮月冷征衣——从江中回望吴地，群山被烟云笼罩，望穿双眼，也不能见其真面目。到达南徐一带，大江之上，孤月高悬，倍感寒意侵人。这是身冷，更是心冷。岫(xiù)：峰峦。楚江：长江中下游一带曾被楚国占据，所以就称楚境中之长江为"楚江"。

长歌悲似垂垂泪，短梦纷如草草归——离家在外，何以解忧？莫过于赋诗长歌，可长歌续短歌，不但不能解忧，反而倍增其忧愁，内心比哭更觉悲痛，还是到梦境中寻找一丝安慰吧。梦中，我回到了自己的家，可纷乱迷离，转瞬又醒，嘿，草草短梦，就算还乡吧。

若有一廛供闭户，肯将篾舫换柴扉——假使有最基本的生活条件让我能够闭门读书，我怎么肯违背自己的心愿，放弃简朴平淡的生活，离乡背井，求取功名利禄呢？廛(chán)：古时一户人家所占的宅地田产。所谓"愿受一廛而为氓"(《孟子·滕文公下》)，指安居乐业最基本的生活条件。肯：等于说"哪里肯"。篾舫：船篷是用竹篾编成的小船。柴扉：指贫苦人家居住的地方。扉，门。

范成大遭父母丧亡后，就移居昆山禅寺之中，在原有学业的基础上，闭门潜修，取唐人"只在此山中"之语自号"此山居士"，无意于科举，但迫于生计，又不得不时时外出薄游奔波或参加考试。这首诗就是作者早年由家乡苏州到金陵参加地方上的考试时舟行至镇江一带时写的。在这首诗里，作者表达了厌倦功名，眷恋家乡，怀念江湖的素志。

赏心亭再题

赏心亭在金陵(今江苏南京)，北宋时建造，因范成大曾作过一首《重九独登赏心亭》，所以这首称"再题"。

天险东南重，兵雄百二尊。拂云千雉绕，截水万崖奔。
赤日吴波动，苍烟楚树昏。向无形胜地，何以控乾坤。

天险东南重，兵雄百二尊——江南的半壁江山，地理形势非常险要，有许多天然的屏障，在险要之处布兵两万，足以抵挡敌人的百万大兵。

拂云千雉绕，截水万崖奔——建康城墙高耸入云，难以逾越，且随山势绵延，好像在奔腾。建康又群山环绕，大江中流，固若金汤。雉：城墙长三丈高一丈为一雉。

赤日吴波动，苍烟楚树昏——回望江南，烈日之下，波光摇荡；前望江北，丛林如烟，苍茫无际。这一联说明了建康的地理形势：扼南北之要冲。楚：淮南一带乃至更北的金兵占领区，宋以淮安为楚州。

向无形胜地，何以控乾坤——假如没有这样的险要之地，靠什么来守边保国呢？乾坤：象征天地、阴阳等，这里指国家。

陆游《老学庵笔记》："建康城，李景所作，其高三丈，因江水为险固，其受敌唯东北两面，而壕堑重覆，皆可坚守，至绍兴间已二百馀年，所损不及十之一。"由此可见，建康的地理形势是何等险要，其地理位置是何等重要。六朝以来，江南的偏安之国，国都都建在这里。宋高宗赵构开始南渡时，就有有识之士劝赵构在这里建行都，以便凭借有利的地理形势，守边固土，收复失地，后来也多次有人进言此策，但赵构根本不予理睬。站在赏心亭上眺望远方，作者思绪万千，为国土不能收复而忧虑，为帝王的荒淫无道而愤慨。这首诗前六句写了地理形势的险要，最后两句在无奈与感慨中含蓄地表达了自己的见解。写景壮阔，抒情深沉。

白鹭亭

白鹭亭在今江苏省南京市。李白《登金陵凤凰台》诗中有"二水中分白鹭洲"的句子，由于亭子正对白鹭洲，所以称此亭为"白鹭亭"。它在赏心亭的旁边，伫立其上，可看到江中的白鹭洲。

倦游客舍不胜闲，日日清江见倚阑。
少待西风吹雨过，更从二水看淮山。

倦游客舍不胜闲，日日清江见倚阑——长期飘泊在外，感到身心疲惫，现居客舍，孤独寂寞，百无聊赖，只好日日独自凭栏，眺望远方。

少待西风吹雨过，更从二水看淮山——等待西风吹雨过后，再从二水亭眺望那江北岸的山峰。二水：二水亭，由李白的诗句"二水中分白鹭洲"得名。

这首诗描写了作者由于厌倦宦游生活，闲居客舍日日远眺的情景，看似逍遥自在，但如果结合当时的社会现实，我们就会深深地体味到作者远眺时内心的不平静。绍兴十一年(1141)，宋金两国达成协议，淮河是两国的分界线，这就意味着淮河以北原属宋国的大片国土已为金国所有。面对国土的沦丧，任何一个有识之士都会痛心不已，作者也不例外，他遥望淮山，眺望江北，心中想的是那被金人占领的国土，并非真的闲来无事，而是心系国家，想着怎样收复失地。这首诗乃忧国忧民之作。

胭脂井三首（其一）

胭脂井在今江苏南京玄武湖南侧，据说用布擦拭井栏，在布上会留下胭脂的痕迹，所以叫胭脂井；此井又名辱井，是因为隋灭陈时，陈后主与张丽华、孔贵嫔为躲避隋兵的追捕，曾躲在此井中，后来还是被隋兵搜出，随之陈朝灭亡。

　　　　昭光殿下起楼台，拚得山河付酒杯。
　　　　春色已从金井去，月华空上石头来。

昭光殿下起楼台，拚得山河付酒杯——陈后主与嫔妃分住"临春"、"结绮"、"望仙"三阁，其间有复道相沟通，宫女千馀人，他们沉溺于酒色之中，日日寻欢作乐，诗歌声乐，通宵达旦，由于纵情于酒色，结果把江山社稷都葬送了。昭光殿：实为"光昭殿"。陈后主至德年间在光昭殿前建"临春"、"结绮"、"望仙"三阁，取材多用沉檀木，微风吹过，香飘数里，气势宏大，极尽奢华。

春色已从金井去，月华空上石头来——一切都已随"金井"消逝，昔日的繁华已不再有，月亮是历史的见证，只有它还在夜深人静之时，爬过墙来，依旧照耀着这座孤寂的石头城。金井：胭脂井。

新评

　　这首诗以荒淫误国的陈后主为叙述对象,前两句写他生前大造宫室、纵情声色;后两句写他身后景色依然、人事全非。在今昔的对比中,蕴含着对赵构这个荒淫皇帝的尖锐讽刺。南渡后,以皇帝为首的统治阶级只知纵情声色,不图自强,也不图北伐,他比陈后主也好不到哪里去。想到他们苟且偷安、荒淫无度,作者就无比愤慨,这首借咏史的形式来讽今的小诗把矛头指向了南宋小朝廷的当权者。

宴坐庵四首(选二)

题解

　　这两首诗写作者参禅修道、淡泊名利的心怀。《维摩诘经》:"心不住内,亦不住外,是为宴坐。"庵:小草屋。

其　一

　　油灯已暗忽微明,石鼎将干尚有声。
　　衲被蒙头笼两袖,藜床无地著功名。

新解

　　油灯已暗忽微明,石鼎将干尚有声——油灯在将要灭时,最后一霎,光定会突然一亮;石鼎快要被烧干时,会发出声响。鼎:古代蒸煮用的器物,多用青铜制成,也有用石做的,圆形三足两耳,也有方形四足的。

　　衲被蒙头笼两袖,藜床无地著功名——用破被蒙头,用两袖掩手,在破床上休息,来取得暂时的温暖,生活虽然艰苦,但心安理得,根本没有求取功名的念头。藜床:简陋的、用藜茎编成的床。著:放置。

新评

　　这首诗描写诗人夜间参禅的境况和他落寞的心态。"油灯已暗忽微明,石鼎将干尚有声",点明了时间是深夜,暗示了环境的冷清寂寞。这两句诗不单单是环境描写,还寄寓着诗人复杂的情感意绪。当时,诗人承受了父母双亡的不幸,遭遇了国家危亡的时局,正是男儿建功立业的时候,难道自己就甘于淡泊,与青灯古佛为伴吗? 油灯快要油尽灯枯的时候,还有瞬间的闪亮;石鼎中被烧得剩下最后一滴水了,还有短暂的声响,物尚如此,人何以堪? 但是,权臣当道,丧权辱国,自己又能做些什么呢? 用破被蒙住头,把手放在袖子里,说明天气非常寒冷,也传达出"躲进被窝成一统,管他冬夏与春秋"的极度苦闷与无奈。藜床,这里用的是汉末管宁的典故。据《高士传》记载,他经常使用一张木床,连续用了五十年,床上膝盖经常接触的地方都坏了。独守青灯,独居陋室,怡然自得,这些细节表达了作者无意于功名利禄,只求修身养性的情怀。

其 二

五更风竹闹轩窗,听作江船浪隐床。
枕上翻身寻断梦,故人待漏满靴霜。

五更风竹闹轩窗,听作江船浪隐床——五更之时,风声阵阵,竹子摇曳,击窗作响;我处于睡梦之中,感觉自己好像躺在船上,听那卧板下的江水拍打船体的声音。

枕上翻身寻断梦,故人待漏满靴霜——我被呼呼风竹之声闹醒后,也不过是翻了一个身,又进入了梦乡;而我那些做官的朋友此时正伫立于午门外等候上朝,霜雪已沾满了靴子。漏:古代计时用的漏壶。

这首诗将自己五更时分还高卧于床、安然而睡的情景,与那些做官的朋友在寒夜之中等待早朝、身不由己的生活进行对比,从而表明了自己淡泊名利、怡然自乐、不愿步入仕途的心志,同时对仕途生活给予了嘲讽。

姑恶并序

这是一首"禽言诗"。所谓禽言诗,就是摹拟鸟的啼叫声,将禽言与人语进行意义上的联系,通过想象和引申,在叙事或抒情中渗入作者的感想与立意。如宋代周紫芝的《五禽言·布谷》:"田中水涓涓,布谷催种田。贼今在邑农在山。但愿今年贼去早,春田处处无荒草。农夫呼妇出山来,深种春秧答飞鸟。"正常的现象应该是"农人在邑贼在山",现在却是反常,说农人躲进深山,家不能归,田不能种。题面是"劝农",题义是"伤乱",取意乃"悯农"。构思巧妙,出人意表。这类禽言诗在宋代较为流行,梅尧臣、苏轼、黄庭坚、陆游、范成大、赵孟坚、刘宰等皆有创作。从其基本风格看,亦庄亦谐,谐为体,庄为用,别有一番滋味耐人咀嚼,代表了宋代悯农诗一个新奇的侧面。姑,指丈夫的母亲。苕(tiáo)、霅(zhà),指苕溪和霅溪,流经浙江省北部,注入太湖。"后姑恶诗",因为苏轼先作有《姑恶》诗,所以如此说。

姑恶,水禽,以其声得名。世传姑虐其妇,妇死所化。东坡诗云:"姑恶,姑恶,姑不恶,妾命薄!"此句可以泣鬼。余行苕、霅,始闻其声,昼夜哀厉不绝。客有恶之,以为此必子妇之不孝者。予为作"后姑恶诗"。

> 姑恶妇所云,恐是妇偏辞。
> 姑言妇恶定有之,妇言姑恶未可知。
> 姑不恶,妇不死。
> 与人作妇亦大难,已死人言尚如此!

姑恶妇所云,恐是妇偏辞。姑言妇恶定有之,妇言姑恶未可知——婆婆恶毒是媳妇说的,这恐怕是媳妇的片面之辞。婆婆说媳妇恶毒是一定有的并且是对的,媳妇说婆婆恶毒就未必有并且对与不对也不一定了。

姑不恶,妇不死。与人作妇亦大难,已死人言尚如此——如果婆婆不恶毒,媳妇怎么会死呢?给人家作媳妇就够难的了,人都死了,人们还对媳妇如此刻薄呀!

写姑恶鸟的诗,宋代不止范成大一人,如苏轼诗云:"姑不恶,妾命薄!"听到姑恶鸟那凄厉的叫声,于是想到了关于姑恶鸟的传说,继而又想到了苏东坡的诗,对姑恶鸟的怜悯之情便油然而生,而那些世俗之人却厌恶姑恶鸟,诬蔑它是不孝的媳妇变成的,作者对此感慨颇多。此诗一反苏轼谴责虐待儿媳致死的恶毒婆婆时的那种有所顾忌、隐约其辞的说教,而是直接对封建礼教进行批驳,为被迫害的妇女喊冤。这首诗饱含了作者对世俗之人的批判和对被压迫妇女的深切同情。作为一个封建士大夫,能够向封建礼教挑战,这种精神是难能可贵的。

立春日郊行

这首诗不但写了新春美景,还记述了当时的迎春习俗——鞭春牛与戴金幡彩胜。立春是二十四个节气中的第一个节气,从这时起,地气萌动,生机勃勃的春天开始了。

> 竹拥溪桥麦盖坡,土牛行处亦笙歌。

曲尘欲暗垂垂柳，醅面初明浅浅波。

日满县前春市合，潮平浦口暮帆多。

春来不饮兼无句，奈此金幡彩胜何。

竹拥溪桥麦盖坡，土牛行处亦笙歌——小桥边，翠竹环绕，山坡上，麦苗青青；春牛经过之处，人们载歌载舞。土牛：用泥土做成的牛。古代立春时人们载歌载舞，鞭打土牛，迎春劝农，象征春耕的开始。清代富察敦崇《燕京岁时记·打春》："谨按礼部则例载：立春前一日，顺天府尹率僚属朝服迎春于东直门外，隶役舁芒神土牛，导以鼓乐，至府署前，陈于彩棚。"

曲尘欲暗垂垂柳，醅面初明浅浅波——枝条垂垂，柳芽初发，浅浅的绿色，春水碧于天，微波阵阵，一幅新春美景图。曲(qū)尘：酒曲上生的一种淡黄色的菌，这里形容柳芽的鹅黄色。醅(pēi)面：酒面上浅绿色的沫，这里形容春水的颜色。

日满县前春市合，潮平浦口暮帆多——立春这天，吴中农民在县衙前游集成市，一派争看土牛游郊乡的热闹情景；夕阳西下，风平浪静，许多船只停靠在浦口，也是鼓乐笙歌、响动天地，一派热闹的景象。市合：集市开市。宋代孟元老《东京梦华录·东角楼街巷》："以东街北曰潘楼酒店，其下每日自五更市合，买卖衣物书画、珍玩犀玉。"浦口：江河湖泊间小的出入口。

春来不饮兼无句，奈此金幡彩胜何——春天到来了，若不饮酒也没有好的诗句，怎样应对眼前"金幡彩胜"的盛况呀！金幡彩胜：唐宋时每年立春日，妇女用纸、绢等剪成各种图案饰物，互相馈赠，或戴在头上，或系挂在花枝上，用以欢庆春天来临。

这首诗写了新春美景：翠竹环绕的小桥，麦苗青青的山坡，浅绿色的柳芽，碧绿的春水。在这新春美景中，迎春习俗——鞭春牛的活动展开了，城市、乡村、渡口到处都充满了喜庆之气。诗句着墨不多，但写得绘声绘色，让人如临其境。鞭春牛的习俗始于周秦，而盛于唐宋。据《东京梦华录》等书记载，宋代立春日那天，人们一早就聚集在官府门前，看县官鞭打"春牛"——执鞭者在泥牛身上连打三下，也有打用苇或纸扎成的牛的，也有打真牛的。鞭春之后，表示一年一度的春耕农忙将要开始了。其中也有鼓励努力耕作，使农作物收成更好的意思。这表现了人们不但期盼官民能够同乐，更期盼能通过鞭春牛与戴金幡彩胜的活动给自己迎来一个风调雨顺、五谷丰登之年。

碧 瓦

题解

这是一首写景诗,但并非专咏"碧瓦"。其以句首字标目的模式,类似于晚唐李商隐的朦胧诗,而非中唐顾况、白居易的乐府诗。有题等于无题。

碧瓦楼头绣幕遮,赤栏桥外绿溪斜。
无风杨柳漫天絮,不雨棠梨满地花。

新解

碧瓦楼头绣幕遮,赤栏桥外绿溪斜——挂着绣帘的碧瓦楼,美轮美奂,富丽堂皇;一条小溪从赤栏桥那儿流过,溪水潺潺。碧瓦:青绿色的瓦。

无风杨柳漫天絮,不雨棠梨满地花——没有刮风,杨柳絮却漫天飞舞;没有下雨,棠梨花却铺得满地皆是。

新评

全诗由碧瓦、赤桥、绿溪、柳絮、棠梨等景物组成,它们由远及近、层次感很强地组合在一起,构成了一幅色彩斑斓的暮春图。这幅图动静相生,立体感强,给人心旷神怡的感觉。但细细品味,觉得此诗景中境外蕴含着丰富的内涵。碧瓦楼,富丽堂皇;赤栏桥、绿溪衬其侧,这是豪门大宅。这楼外观华丽,可楼中住着的为何许人,有何作为,我们不得而知,因为碧瓦楼有绣幕遮挡,这就让我们产生了许多悬疑。结合当时的社会现实,我们或许能意识到这首诗既是通篇写景,又是寄情于景的。南宋小朝廷偏安于江南一隅,以皇帝为首的统治阶级只知纵情声色,夜以继日,其时诗人林升有诗歌写道:"山外青山楼外楼,西湖歌舞几时休?暖风熏得游人醉,直把杭州作汴州。"这是南宋统治者醉生梦死生活的真实写照。暮春时节,风雨过后,柳絮飘散,棠梨花满地,一派衰败、凄惨的景象。这是南宋朝廷的象征,与辛弃疾的"舞榭歌台,风流总被、雨打风吹去"、"休去倚危栏,斜阳正在、烟柳断肠处"异曲同工,只是这首诗写得更含蓄、更深婉。

乐神曲

题解

此诗写农人的祭祀活动,约作于绍兴二十年(1150),与《缲丝行》《田家留客行》《催租行》为一组诗,自注"效王建",是效仿中唐诗人王建的乐府诗而作的。

　　　　豚蹄满盘酒满杯,清风萧萧神欲来。
　　　　愿神好来复好去,男儿拜迎女儿舞。
　　　　老翁翻香笑且言,今年田家胜去年:
　　　　去年解衣折租价,今年有衣著祭社。

　　豚蹄满盘酒满杯,清风萧萧神欲来——满盘的猪蹄、满杯的酒摆在祭祀的桌子上,等神仙来享受,突然,清风瑟瑟,好像神仙就要来了。豚(tún):小猪。

　　愿神好来复好去,男儿拜迎女儿舞——希望神乘兴而来乘兴而走,为此,男人拜伏在地,女人载歌载舞,恭迎神的到来。

　　老翁翻香笑且言,今年田家胜去年:去年解衣折租价,今年有衣著祭社——一个老翁点燃香后,把它翻转过来,香燃得更旺了,老农笑着说:今年农家的收成不错呀,去年还不得不卖掉衣服来完成租税,今年能够穿上衣服去参加祭社活动了。社:土地神。

　　这首诗写了农民参加祭祀活动的场面,这活动是庄严的、神圣的,因为在古代,祭祀是重大的活动。为了祭祀,人们都要尽最大的努力,使祭品丰盛些,让自己穿得体面些,以此来取悦于神。去年为了交租不得不卖掉衣服,他们感到羞愧,感到寒碜;今年参加祭社活动,能够穿上衣服去了,他们感到庆幸,感到光荣。他们笑了,笑得似乎很灿烂,这笑好像在表达"今年胜去年"的喜悦,但细细品味,就会感到这笑是比哭还让人难受的笑,是浸透了辛酸和苦水的笑。诗人只是客观叙写,语言平实,却含意隽永。

缲丝行

　　此诗约作于绍兴二十年(1150),是范成大早期的作品,与《乐神曲》《田家留客行》《催租行》为一组诗,自注"效王建"。这首诗写农民缲丝时繁忙热闹的情景。缲丝,把蚕茧放入热水中浸泡,然后将蚕丝抽出来。缲,同"缫"。

　　　　小麦青青大麦黄,原头日出天色凉。

姑妇相呼有忙事,舍后煮茧门前香。

缲车嘈嘈似风雨,茧厚丝长无断缕。

今年那暇织绢著,明日西门卖丝去。

小麦青青大麦黄,原头日出天色凉——在小麦青大麦黄的时候,天气晴朗、凉爽,正适合缲丝。"小麦"句与下文"姑妇"句化用汉代童谣:"小麦青青大麦枯,谁其获者妇与姑。"日出:天晴。

姑妇相呼有忙事,舍后煮茧门前香——婆婆和媳妇相互呼唤着,赶快趁此好天气缲丝,门前飘来屋后煮茧的阵阵香气。

缲车嘈嘈似风雨,茧厚丝长无断缕——缲车飞快地转动,发出嘈嘈的声响,好像刮风下雨一样;蚕茧很厚,蚕丝很长,没有断丝。

今年那暇织绢著,明日西门卖丝去——今年没有时间织绢穿在自己身上了,明天要赶快拿到西门卖掉。那:哪里。西门:指买卖蚕丝的市场。

这首诗前六句描绘了一个忙碌、祥和的场面:人们呼唤着,劳作着,为蚕茧丰收、蚕丝质地好欢笑着。乍一看来,这又是一个丰收年呀!对农民来说,这当然是值得庆祝的,来年又可以吃得饱些穿得暖些了;对作者这样一个关心农民疾苦的人来说,心情当然是喜悦的。但结尾两句又让我们陷入了深思:为什么质量这么好的丝不用来织绢自己穿,得赶快拿到市场上卖掉呢?让人如坠云雾,但细细思之就会恍然大悟:因为官府的租税催得太急了,农民实在活不下去了,只能凭这刚刚抽出的蚕丝解燃眉之急。这使人们想到当时农村经济是何等萧条,官府压榨、盘剥农民是何等严重。结尾两句笔锋一转,让读者产生了不尽的联想,这正是作者匠心独运之处,从而使这首诗馀韵无穷,耐人寻味。

催租行

此诗写农人与乡官的对话,是范成大早期的作品。约作于绍兴二十年(1150),与《乐神曲》、《缲丝行》、《田家留客行》为一组诗,自注"效王建"。

输租得钞官更催,踉跄里正敲门来。

手持文书杂嗔喜,我亦来营醉归耳。

床头悭囊大如拳，扑破正有三百钱。

不堪与君成一醉，聊复偿君草鞋费。

输租得钞官更催，踉跄里正敲门来——农家交了租税，得到了完租凭据，所谓"早完钱粮不怕官"，稍稍松了一口气，不料刚刚喘过一口气，里正又一歪一斜地来到了家门前。里正：古时乡官，里长，地保。《宋史·食货志》："淳化五年，始令诸县以第一等户为里正。"

手持文书杂嗔喜，我亦来营醉归耳——农家见里正突然而至，知其来意，忙拿出完租凭据，里正瞪眼睛摆架子，拿将在手，翻来覆去，仔细查证，知农家确已交税完毕，立刻嬉皮笑脸："交就交了呗，我也是想来讨几杯酒喝，混个醉饱罢了，没有别的意思。"

床头悭囊大如拳，扑破正有三百钱。不堪与君成一醉，聊复偿君草鞋费——对里正的勒索，农家敢怒不敢言，忙拿出储钱罐，递与里正，并笑脸赔礼道歉说："不成敬意，望你见谅，积钱罐里仅有三百钱，为了我们，你鞋都跑坏了，这点小意思哪够您喝一顿酒呀，姑且拿去贴补草鞋钱吧。"钱钟书《宋诗选注》曰："行脚僧有所谓'草鞋钱'，早见于唐代禅宗的语录。宋代以后，这三个字也变成公差、地保等勒索的小费的代名词。"悭(qiān)囊：储钱罐。

这首诗寓情于事，在客观叙事中，不加任何评论，作者的观点和感情全是从生动的叙事中流露出来的。作者仅仅用了五十六字，只是原原本本地描写了一个催租的场面，却有人物，有情节。人物形象鲜明生动：里正，贪婪无耻、机诈善变、令人生厌，这个形象是封建社会剥削者、压迫者的一个缩影，从他身上可以看到封建统治阶级的罪恶本质；农家，老实本分、畏势胆小、令人同情，这个形象是封建社会被剥削者、被压迫者的一个缩影，从他身上可以看到封建制度下下层人民命运的悲惨。情节生动，一波三折：一折，农民交完了租，收取了凭证，本以为可以太平无事了，不料里正又闯进门来，想干什么农家不得而知；二折，农民把"户钞"拿出来给里正看后，本以为他可以走了，不料这家伙却死皮赖脸，说自己不过是来讨杯酒喝，赖着不走，又想干什么农家还是不得而知；三折，农民无奈，把仅有的一点积蓄全部拿出来给了那个泼皮无赖，拿到钱后的他走了没有作者没写，这给读者留下了极大的想象空间，更加耐人寻味。随着情节的发展，人物形象愈加鲜明。

中国家庭基本藏书

名家选集卷

横　塘

题解

　　此诗作于绍兴二十一年(1151)。范成大在故乡吴县,行城西道中,赋诗二十首,这是其中的一首。此诗不是具体送别某一位友人之作,而是借咏横塘古渡,寄人生离别之恨。横塘:在今苏州吴中区西南,枫桥在其北,是一个风景秀丽的地方。

　　　　南浦春来绿一川,石桥朱塔两依然。
　　　　年年送客横塘路,细雨垂杨系画船。

新解

　　南浦春来绿一川,石桥朱塔两依然——春风又一次吹绿了南浦口,新的一年又开始了,而古老的石桥、朱红的宝塔依然如故。南浦:地名,亦泛指离别的河边,这里指横塘。屈原《九歌·河伯》曰:"子交手兮东行,送美人兮南浦。"江淹《别赋》云:"送君南浦,伤如之何。"一川:满川。石桥:指枫桥。朱塔:指寒山寺寺院中的塔。

　　年年送客横塘路,细雨垂杨系画船——年年在这里送别友人,今天,杨柳依依,细雨如烟,岸边牵系着即将远行的船只,又有朋友要离开这里远行了。画船:装饰华美的小船。

新评

　　这首诗前两句写景,后两句抒情,融情于景,情景相生。横塘渡口引发了作者无限的遐思,这里是千古送别之地,但时移事异,每年送别的人是不同的,惟有石桥朱塔依然如故。品味此诗,融入其境,我们似乎看到了离别双方相视无语、泪光莹莹的情景,体味到了他们难舍难分的那种无奈与痛苦。年年岁岁物相似,岁岁年年人不同,今日离别何时才能相见呀,无尽沧桑之感蕴涵其中,读来馀韵无穷。

龙母庙

题解

　　此诗属诗人早期作品,大约作于绍兴二十一年(1151)诗人26岁时。

　　　　孝龙分职隶湘西,天许宁亲岁一归。
　　　　风雹春春损桃李,山中寒食尚冬衣。

孝龙分职隶湘西，天许宁亲岁一归——传说孝龙分职在潇湘，上天答应他每年的三月十八日可省亲一次。宁亲：省亲，探望父母。

风雹春春损桃李，山中寒食尚冬衣——孝龙来去时必有大风雨，桃花和李子花都要受到不同程度的损害；山间春来晚，每到寒食的时候，人们还穿着冬天的衣服。

这首诗写了山中春来得迟、变化无常的特点：寒食已到，尚穿冬衣；乍暖之时，桃李已开，可乍暖还寒，花又受损。春来晚本是自然现象，而作者却说是由于孝龙回家探亲所致，只有孝龙探亲之后，山中方有春意。把天气的变化与神话传说结合起来写，生动形象，亲切可感。写山中春寒，与白居易"人间四月芳菲尽，山寺桃花始盛开"的诗句异曲同工。

田　舍

这首诗是关于乡村环境的描写，具有浓郁的生活气息。

> 呼唤携锄至，安排筑圃忙。儿童眠落叶，鸟雀噪斜阳。
> 烟火村声远，林菁野气香。乐哉今岁事，天末稻云黄。

呼唤携锄至，安排筑圃忙——大家呼唤着带锄而来后，忙做好安排，修筑打谷场。圃：场圃，打稻的场。

儿童眠落叶，鸟雀噪斜阳——傍晚时分，顽皮的孩子还在落叶中酣睡，林中的鸟儿唱起了归巢的歌。

烟火村声远，林菁野气香——远处的村庄，炊烟缭绕，鸡鸣狗叫，茂盛的草木林中飘来阵阵清香。

乐哉今岁事，天末稻云黄——今年的收成一定很好呀，金黄的稻子一眼望不到边，连接天际，就像一大片黄色的云彩。

作者在创作此诗时抓住了农村生活中几个典型的形象：顽皮的孩子，夕阳西下时林中的归鸟，飘渺的炊烟，隐约传来的鸡犬声，林中飘来的香气，天边的稻云，写出了农村生活的恬静与安详。这里,环境是清幽的,孩子是悠闲的,农民是喜悦的。在这欢乐祥和的气氛中,农民们劳作着,他们用自己勤劳的双手换来了这望不到边的、金灿灿的稻子,看着自己的付出即将得到回报,农民自然喜不自禁,就连诗人也吟出了"乐哉今岁事"的诗句。这首诗具有浓郁的生活气息,反映出了作者对农事的关注,对农民生活的关心。

元夕泊舟雪川

这首诗是作者赴徽州为官时所作。元夕:即上元夜,农历的正月十五夜。雪(zhà)川:就是雪溪,河水的名称,在今浙江省湖州市。

莲炬光中月自圆,人情草草竞华年。
最怜一夜旗亭鼓,能共钟声到客船。

莲炬光中月自圆,人情草草竞华年——上元之夜,圆圆的月亮高挂空中,月光如流水般泻下,地面的莲花灯与之交相辉映;凝望皎皎夜空,感慨万千,岁月如流水,人世匆匆。莲炬:一种花灯的名称。

最怜一夜旗亭鼓,能共钟声到客船——市楼的锣鼓声伴随着寺庙的钟声传到船上,非常美妙,让我这位异乡人展开遐想。此句暗用唐人张继"姑苏城外寒山寺,夜半钟声到客船"的诗句。旗亭:市楼。古代观察、管理集市的处所,上立有旗,故称。

此诗以洗练的笔墨写出了深夜不眠旅人的愁思:适逢佳节,本应和家人团聚,共度良宵,可此时自己独在异乡为异客,孤独寂寞不言而喻。但诗中并没有直接描写远在他乡的游子由于思念家乡而久久不能入睡的情景,而是通过圆圆的月亮、明亮的花灯、市楼的锣鼓声、寺庙的钟声间接表现出来,字虽少而情意浓。

早发竹下

题解

绍兴二十四年(1154),范成大进士及第,绍兴二十六年(1156)春至三十一年

(1161)冬,范成大初宦徽州司户参军,在任共六年。早发竹下:清晨从竹下出发。竹下,即黄竹岭,在徽州休宁(今属安徽)西一百六十里。

结束晨装破小寒,跨鞍聊得散疲顽。
行冲薄薄轻轻雾,看放重重叠叠山。
碧穗吹烟当树直,绿纹溪水趁桥弯。
清禽百啭似迎客,正在有情无思间。

结束晨装破小寒,跨鞍聊得散疲顽——清秋时节的早晨,我整理好衣服,骑马来到郊外,心情格外舒畅,暂时忘却了工作时的烦恼与疲劳。

行冲薄薄轻轻雾,看放重重叠叠山——我骑在马上,沿着弯弯曲曲的山路前行;穿过薄薄的轻雾,看到重重叠叠的山峦。

碧穗吹烟当树直,绿纹溪水趁桥弯——绿树丛中,炊烟缓缓升起,和树一样直;带有波纹的一弯绿水从小桥下流过。吹烟:炊烟。

清禽百啭似迎客,正在有情无思间——清晨,山林中的百鸟在歌唱,婉转清脆,好像在迎接到来的客人。漫游其中,看着那如诗如画的景物,听着那美妙动听的乐曲,我已经沉醉了,鸟儿是真的有情还是我自作多情呢,此时我已不能分辨了。

这首诗写了诗人早发竹下沿途的所见、所闻、所感。一路之上,轻雾、山川、炊烟、绿溪尽收眼底:雾是"薄薄轻轻"的,山是"重重叠叠"的,炊烟是直的,绿溪是弯的,所有的景物交相辉映,构成了一幅美妙的山村图画。除了看到的,还有听到的和体会到的,鸟儿的欢歌萦绕耳边,这时作者已陶醉于山间了。何以至此呢?因为作者此时的心情是轻松的、愉悦的。他将自己的主观感受融入自然景物之中,情中有景,景中含情,情景相生,读来倍感优美,回味无穷。

后催租行

诗为七言歌行,是作者出任徽州司户参军时写的。因作者赴试杭州时曾写过一首《催租行》,现在又写了一首反映农人遭受"催租苦"的诗,所以这首诗叫《后催租行》。

老父田荒秋雨里,旧时高岸今江水。

佣耕犹自抱长饥，的知无力输租米。

自从乡官新上来，黄纸放尽白纸催。

卖衣得钱都纳却，病骨虽寒聊免缚。

去年衣尽到家口，大女临歧两分首。

今年次女已行媒，亦复驱将换升斗。

室中更有第三女，明年不怕催租苦。

老父田荒秋雨里，旧时高岸今江水——秋雨成灾，田地荒芜，昔日高岸，如今全被江水淹没。

佣耕犹自抱长饥，的知无力输租米——由于田地被淹，老父生计无着，迫于无奈，只好替人家做工，但仍不能吃一顿饱饭，自知已没有交租纳赋的能力。佣耕：给地主家打工。的：确实。输：缴纳。

自从乡官新上来，黄纸放尽白纸催——自从乡官上任以来，更是变本加厉欺骗压榨百姓，朝廷刚刚下达诏书减免租赋，他们却又来催租，横征暴敛。统治者上下联手，上演一出出的双簧，共同欺骗压榨百姓，配合可谓默契。

卖衣得钱都纳却，病骨虽寒聊免缚——不得已老父卖掉了衣服，这样，除了挨饿，又要受冻，本来就体弱多病的他怎能忍受呀！但可以暂时躲过官府的追捕，免受鞭笞之苦，这已够庆幸了，因为对老百姓来说，官府要比挨饿受冻更可怕。纳却：纳完了租，缴完了税。

去年衣尽到家口，大女临歧两分首。今年次女已行媒，亦复驱将换升斗。室中更有第三女，明年不怕催租苦——为了缴纳租赋，不得不卖掉衣服和其他一切可以换钱的物品，然而衣物有尽，租赋无穷，年年都有。老父走投无路，只好把三个女儿逐一卖掉。第一年大女儿与家人分手，跟人家走了。二女儿虽然已由媒人提亲，配定了人家，但今年也得像她姐姐一样被卖掉，换取少许的米，以便交粮纳税。家中还有第三个女儿，明年就不怕官吏凶神恶煞般催收赋税了。在经历了两次骨肉分离之后，老父没有了眼泪，没有了悲伤，说出了令人惊诧的话："室中更有第三女，明年不怕催租苦。"这是灵魂扭曲者发出的声音，闻之令人胆寒。衣尽到家口：衣服典当尽了，再卖只能是卖儿卖女了。

范成大是爱民、忧民的诗人，"为国忧元元"（《与王夷仲检讨祀社》）的情怀，使他不断地创作忧民的诗作，所以不仅有《催租行》，还有《后催租行》。"忧元元"，使诗人不仅深知农人承受的"稼穑苦",而且深察农人遭受的"催租苦"。"黄纸",指朝廷免租的诏书;"白纸",指州县催租的公文。前免后催,免催同步,甚至催完虚免,是统治阶层惯用的伎俩,早已司空见惯。颠来倒去,说千说万,一句话:交租没商量!诗中所写"老父"就是这样的命运。洪水早淹没了他的一片地,靠打工还总是挨饿,更谈不上交纳赋税了。田荒了还收租,不仁不义;一边说免,一边紧着催,实乃假仁假义。农人被逼无奈,只有卖了衣服纳税;无衣可卖了,便卖女抵租。诗末句说"不怕",将诗意更向前推进一层。试想,在乡官逼迫下,老父已卖衣抵税,卖女抵租,待到无所卖时,他所面临的结局恐怕只剩下自己被"缚"了。诗人曾在《劳畲耕》一诗中写道:"我知吴农事,请为峡农言。……不辞春养禾,但畏秋输官。……两钟致一斛,未免催租瘝。重以私债迫,逃屋无炊烟。"毫无疑问,骨肉卖完之时,"缚","催租瘝","逃屋无炊烟"的情景和悲剧就接踵而至了。由此可见,这"不怕"是愤激之语,是反话。而这一首诗耐人寻味的一切内涵尽在这"不怕"的背面——苛政的罪恶、农人的血泪、农人的愤怒。

寒　亭

这首诗是作者在徽州任职期间往来宣城、休宁一带时写的。

> 沟塍与涧合,陇亩抱山转。向来六月旱,此地免焦卷。
> 早穗已垂垂,晚苗犹剪剪。一川丰年意,比屋闹鸡犬。
> 老农霜须鬓,矍铄黄犊健。自云足踏地,常赋何能免。
> 刈熟倩人输,不识长官面。康年无复事,但恐社酒浅。
> 我亦有二顷,收拾尚可茧。怀哉笠泽路,归铲犁头藓。

沟塍与涧合,陇亩抱山转。向来六月旱,此地免焦卷——稻田的水沟与山间流水合二为一,稻田随山势而走。向来六月干旱,但这里的禾苗却避免了因缺水而枯萎的厄运。沟塍(chéng):排水沟与田间路。

早穗已垂垂,晚苗犹剪剪。一川丰年意,比屋闹鸡犬——早穗已饱满地垂下了头,晚稻的禾苗短小而又齐整。放眼望去,到处都是丰收的景象;倾耳听去,家家户户,鸡犬相闻。

老农霜须鬓,矍铄黄犊健。自云足踏地,常赋何能免——老农已须发皆白,但

中国家庭基本藏书

精神矍铄,还像黄牛一样强壮,他自言自语道:生长在这块土地上,耕耘在这块土地中,法令所规定的租赋怎能免掉呀! 矍铄(juéshuò):形容虽然年纪大但很有精神的样子。

刘熟倩人输,不识长官面。康年无复事,但恐社酒浅——收割了稻谷,托人缴纳了租税,在丰收之年就没有别的事了。只怕祭祀时酒少,在分享祭物时,不能喝得醉醺醺的。

我亦有二顷,收拾尚可茧。怀哉笠泽路,归铲犁头薛——我还有一点田地,劳作起来,足可以使我磨起硬茧。好思念家乡啊,真想修整农具,归耕陇亩啊! 笠泽:太湖的别称,这里指诗人的家乡。

这首诗描写了乡间的生活。田间是一派丰收的景象:早穗垂垂,晚苗剪剪。村中洋溢着祥和的气氛:鸡犬之声相闻。老农虽年事已高,但身体康健,交租后无事,只等参加祭祀一醉方休。作者对看到的、听到的、了解到的深有所感,发出了"怀哉笠泽路,归铲犁头薛"的呼喊,这是作者心声的流露。诗人已厌倦了仕宦生活,希望回到农村,过那种清静悠闲的田园生活。

插　秧

绍兴二十九年(1159),作者在严、杭道中得诗十五首,《插秧》是其中的一首。

> 种密移疏绿毯平,行间清浅縠纹生。
> 谁知细细青青草,中有丰年击壤声!

种密移疏绿毯平,行间清浅縠纹生——人们把秧苗从育秧田中拔出,插在稻田里,远远看去,大地平平整整,好像铺上了一块绿色的毛毯,一望无际。其间有清澈的、浅浅的水在流动,那泛起的波纹乍一看去,好像纱上起的微微的皱纹。密:培育秧苗的田地。疏:用以插秧苗的田地。縠(hú):一种有皱纹的纱。

谁知细细青青草,中有丰年击壤声——我看那细嫩的秧苗在微风中摇动的样子,听那澄澈的水在田间丝丝流动的声音,似乎感觉到有人在歌唱,唱那丰收之歌。草:指秧苗。击壤声:传说尧舜时代,有一位年迈的老人一边击壤,一边唱歌:"日出而作,日入而息,凿井而饮,耕田而食。帝力于我何有哉!"《击壤歌》是人民康乐、社会升平的赞歌。

　　这首诗对插秧情节作了生动细腻的描写。前两句把插满秧苗的稻田比作绿色的毛毯,把稻秧田中清水流动产生的波纹比作縠上出现的微微的皱纹,两个比喻新颖奇特,勾勒出了一幅清新优美的图画,让人如临其境。后两句以小见大、言近旨远,表现了作者的美好理想:希望社会和谐安定。

渡　　淮

　　南宋孝宗乾道六年(1170)六月至十月,四十四岁的范成大以资政殿大学士、醴泉观使奉命出使金国,在这次出使途中,他以诗纪行,写下了七十二首绝句。在这组诗里,他把一路上所看到的中原残破景象,金人的野蛮统治,人民生活的痛苦情景以及他们渴望宋朝军队收复河山的迫切心情,都作了细致而深刻的描写。此书选其中的十九首,自《渡淮》至《会同馆》。
　　宋绍兴十一年、金皇统元年(1141),令人深感气愤和耻辱的"绍兴和议"签订,此后宋、金两国就以淮河为界,南北对峙。这是范成大使金诗七十二首中的第一首。

　　　八月十一日渡盱眙,过泗州,顺风如飞。

　　　　　　船旗袞袞径长淮,汴口人看拨不开。
　　　　　　昨夜南风浪如屋,果然双节下天来。

　　船旗袞袞径长淮,汴口人看拨不开——伴随我出使的众多船只驶进淮河,在当地引起了轰动,人们争相迎看,拨都拨不开。袞袞:众多。
　　昨夜南风浪如屋,果然双节下天来——昨晚南风很大,卷起的巨浪高过屋顶。今早,我果然来到了金统治区。南风:双关,既指自然的风,又指南宋已派使者出使金国的消息。

　　这首诗是作者刚刚进入金统治区时写的。肩负着朝廷使命的作者,在离开自己国土踏上异邦的一刹那,内心是复杂的,责任感、使命感压在心头。当他看到那么多的中原遗民争相观看,夹道欢迎自己时,这又增强了他的自信心和自豪感。

从这首诗可以看出作者积极向上、昂扬进取的斗争精神。

宿 州

【题解】

　　这是使金诗的第四首。宿州是中原重镇，宋、金两国曾在此发生过多次战争，抗金名将岳飞、张浚都和金国在这里激战过，几年前，著名的"符离大战"也是以这里为主战场的。然而，这些战争多数以宋军的失败而告终，失败不是由于宋军兵不强马不壮，而是由于统治阶级内部的矛盾。宿州得而复失，数以万计的将士白白牺牲在这里，甚至是"白骨露于野，千里无鸡鸣"。

　　　　五更出城，鬼火满野。

　　　　　　狐鸣鬼啸夜茫茫，元是官军旧战场。
　　　　　　土伯不能藏碧磷，三三两两照前冈。

【新解】

　　狐鸣鬼啸夜茫茫，元是官军旧战场——狐狸在尖叫，野鬼在哭嚎，暮色苍茫，眼前是一堆堆的白骨，原来这里是古战场。
　　土伯不能藏碧磷，三三两两照前冈——土伯不能隐藏游荡的鬼火，他们三三两两结伴而行，其光照着前面的山冈。土伯：神怪的名称，这里应指土地公。碧磷：磷火，俗称鬼磷火。

【新评】

　　在路过宿州时，作者以白描的手法写下了这首哀悼抗金将士的诗。这首诗描写了旧战场的凄惨、恐怖：那些牺牲在这里的抗金将士化为鬼火游荡在原野上，似乎是在发泄着自己内心的愤慨。在这首诗里，作者寄寓了多种情感：对死难将士给予了深切同情，对国土得而复失痛心不已，对统治阶级卖国以求苟安、视将士如草芥的罪恶行径痛心疾首。

雷万春墓

【题解】

　　这是使金诗的第五首。雷万春，唐代名将，安史叛军围攻雍丘时，他与张巡誓死守城，忠勇壮烈，名垂青史。序中"南京"指今河南商丘。

在南京城南，环以小墙，榜曰"忠勇雷公之墓"。

九陨元身不陨名，言言千载气如生。
欲知忠信行蛮貊，过墓胡儿下马行。

九陨元身不陨名，言言千载气如生——像雷万春这样的盖世英雄，后人总是敬佩他、怀念他，虽死犹生，万古流芳。言言：形容高大。

欲知忠信行蛮貊，过墓胡儿下马行——忠信之道盛行于北方，经过雷万春墓的胡儿也要下马，以示崇敬。蛮貊(mò)：古代汉人蔑称外族，南曰蛮，北曰貊，这里指代北方金国。

诗人通过对抗敌报国英烈的凭吊，表示了对先驱们的崇敬和仰慕。在北方的蛮荒之地，那些胡人在经过雷万春墓时，尚且表示景仰；可在南朝，抗金报国的功臣反遭杀害。诗人以此暗示朝廷以"莫须有"罪名杀害岳飞的史实，从而讽刺了南宋君主连胡儿都不如，对南宋君主杀害爱国将士，一味妥协投降的卖国行径进行了无情的揭露与批判。

双　庙

这是使金诗的第六首。张巡、许远：唐代名将，安史叛军围攻睢阳时，二人共守孤城，粮尽食鼠，直至杀爱妾以飨士卒。城破被俘后威武不屈，骂敌而死。后来唐肃宗在睢阳为二人立庙，此即"双庙"。

在南京北门外，张巡、许远庙也，世称"双庙"，南京人呼为"双王庙"。

平地孤城寇若林，两公犹解障妖祲。
大梁襟带洪河险，谁遣神州陆地沉。

平地孤城寇若林，两公犹解障妖祲——一马平川的大地上，孤零零地矗立着一座城池，安史叛军像重重树林密不透风，把这座孤城围困得水泄不通。在这样的危急情况下，张巡、许远二将还能够阻挡敌人的入侵，浴血奋战直到城陷壮烈牺牲。祲(jìn)：妖气，不祥之气。

大梁襟带洪河险，谁遣神州陆地沉——汴梁有险要的地势，黄河如襟带般围绕着它，汹涌奔腾。有这样有利的地势，为什么不能据险抗敌？是谁使国土沦陷的呢？大梁：指开封。洪河：指黄河。遣：让，使。陆沉：无水而沉。比喻国土沦丧。

据历史记载，宋钦宗靖康元年(1126)，金兵围困太原，守城的王禀等将士坚守二百五十多天，宋廷却视而不见，不派兵救援。城中粮尽，守城将士吃树皮、草根、皮甲，虽众志成城，但终因寡不敌众，城池被攻破。王禀率兵死战，投水殉国。太原失陷后，金兵分两路长驱直入，直捣汴京。四十五年后，范成大经过张巡、许远庙，想到了唐代张巡、许远死守睢阳、食尽粮绝而壮烈牺牲的史实，于是就写了《双庙》这首诗。诗中将唐代的张巡和许远在没有任何天险可依凭的情况下，在敌我力量对比悬殊的情况下，坚守睢阳，誓死报国的史实，与北宋君臣虽有黄河天险可以凭借，却不认真设防，致使金人长驱直入、国土沦丧的史实加以对比，在两者的比较中，令人明白是"谁遣神州陆地沉"的，从而委婉含蓄地对统治阶级一味妥协投降的卖国行径进行了揭露与批判。

宜春苑

这是使金诗的第十一首。题注中的"旧宋门"指汴梁内城东面的"丽景门"。

在旧宋门外，俗名"东御园"。

狐冢獾蹊满路隅，行人犹作御园呼。
连昌尚有花临砌，断肠宜春寸草无。

狐冢獾蹊满路隅，行人犹作御园呼——昔日的宜春苑，是皇家禁苑，非常繁华，今日却到处都是坟墓和狐獾的洞穴，一片荒凉，但过路人仍以"东御园"称呼这里。獾：一种动物，习惯在废墟、坟墓之中居住。

连昌尚有花临砌，断肠宜春寸草无——昔日富丽堂皇的宫殿已破败不堪了，但旧貌还依稀可见；而我面前的宜春苑，竟寸草都不可得，这怎不令人肝肠寸断呢？花临砌：典出元稹《连昌宫词》："上皇偏爱临砌花，依然御榻临阶斜。" 连昌：唐代长安的一座宫殿，安史之乱以后，一片荒凉。

当作者看到昔日繁华的京都已满目荒凉、颓败不堪时，感慨良多，于是写下了这首诗。昔日的宜春苑是何等繁华，何等气派，而今满目凄凉，惟颓垣荒草而已。在今昔的对比中，作者想到了当时统治者是怎样将国土拱手让给了金人，铸成空前国耻的。想到了南迁几十年后，朝廷不仅丧失了收复失地的能力，就是现存的城池，也岌岌可危，时时处于风雨飘摇之中。这时作者的心情是复杂的，既有黍离之悲，又有对统治者的谴责。

京　城

这是使金诗的第十二首。京城指汴京，今河南开封。

倚天栉栉万楼棚，圣代规模若化成。
如许金汤尚资盗，古来李勣胜长城。

倚天栉栉万楼棚，圣代规模若化成——以黄河为天然的屏障，且城高数十丈，城垛口排列很密，这好像是由圣人时代的格局、形式转化而成。倚：凭借。栉栉：排列很密。

如许金汤尚资盗，古来李勣胜长城——像这样固若金汤的城池都未能阻挡住金军的进攻，一切的优势都资助了金人。自古以来李勣阻挡敌人的力量是超过万里长城的。这里作者提出了一个非常有价值的见解：天时、地利、人和三者在战争中的作用，人和的重要性是第一位的。李勣：唐代名将。唐太宗李世民对他深为信任，让他镇守边关。

这首诗以唐太宗李世民与其大将李勣的历史和宋王朝进行对比。李世民对李勣充分信任，让他拥兵百万，镇守边陲，从而边关安定，国势强盛。宋王朝是奸臣当道，只知残害忠良，卖国求安，致使国土沦丧，国势衰微，靖康年间竟将汴京这座固若金汤的城池拱手让给了金人，铸成空前国耻；南迁后不吸取教训，仍坚持执行

"言和者昌，言战者默"的投降路线。两相对照，让我们感到宋王朝忠臣良将的可悲，他们有谁能像李勣那样受到皇帝的充分信任和重用呢！更让我们感到宋王朝奸佞小人的可恨，他们怎么就只知道陷害忠良、投降卖国呢！在同情与愤怒中，作者发出了"如许金汤尚资盗"的愤慨，这是诗人对统治者数十年来投降卖国政策的强烈谴责和批判。

相国寺

题解

这是使金诗的第十五首，写大相国寺的庙市。大相国寺是汴京著名的寺院，庙市非常兴盛。榜：牌匾。祐陵：宋徽宗的陵墓名为"永祐陵"，所以"祐陵"是宋人对宋徽宗的敬称。

寺榜犹祐陵御书。寺中杂货，皆胡俗所需而已。

倾檐缺吻护奎文，金碧浮图暗古尘。
闻说今朝恰开寺，羊裘狼帽趁时新。

倾檐缺吻护奎文，金碧浮图暗古尘——歪斜的屋檐掉了鸱吻，徽宗御书已无遮风挡雨的屏障了；整个寺院暗淡无光，布满了灰尘。吻：指鸱吻，中式房屋屋脊两端陶制的装饰物。奎文：此指皇帝的书法。奎，星宿名，古人认为此星主文章。浮图：佛塔，这里指寺院。

闻说今朝恰开寺，羊裘狼帽趁时新——听说今天恰巧是开设庙市的日子，看那些穿着皮衣、戴着皮帽的人多时髦呀。开寺：指庙市开市。时新：时髦。

在汴京，诗人重访相国寺，昔日扬名海内外的大相国寺，每逢开放之日，百姓云集于此，繁华热闹，如今寺庙却冷落萧条，目不忍睹。这样残破的景象是谁造成的呢？是惨绝人寰的金统治者，更是昏庸无道、懦弱无能的北宋君主！在这首诗里，作者写到了部分北宋的遗老遗少，他们"羊裘狼帽趁时新"，诗人对他们的态度是"哀其不幸，怒其不争"。

州　桥

这是使金诗的第十六首,写中原遗民盼望大宋收复失土的心情。朱雀门是北宋都城汴京的正南门。宣德楼是宫廷的正门楼。州桥是"天汉桥"的俗称,在汴河上,正对大内御街,低平不通舟船。

南望朱雀门,北望宣德楼,皆旧御路也。

州桥南北是天街,父老年年等驾回。
忍泪失声询使者,几时真有六军来?

州桥南北是天街,父老年年等驾回——州桥的南北是故国繁华的街道,但这不是普通的街道,而是"天街",是北宋朝廷的象征。在这里,中原的父老年年盼望车驾的归来,盼望中原的收复。

忍泪失声询使者,几时真有六军来——中原父老忍住泪水失声地询问我,究竟什么时候才真正有王师的到来呢? 六军:一万两千五百人为一军,王者有六军,这里指大宋的皇家军队。

这首诗用字精警,在明白如话的问询中,传达出汴京人民渴望驱逐敌寇,收复中原的迫切心情,同时有力地抨击了南宋统治者一味妥协投降的卖国政策。"年年"二字表现了中原父老期盼宋廷收复中原之心经久未变,并对这种故国之思表达出极大的同情与敬意;同时对南宋王朝偏安于江南一隅,不思进取,一次又一次使父老失望的行为进行了谴责。关于"等"字,清人高士奇曰:"北人土语以'候'为'等',诗人未有用者。范石湖《州桥》诗云……用'等'字,亦新。"周汝昌在《范成大诗选》中说:"然此处只宜用'等',方显企盼之情;若云'候驾回''待驾回',语味全异矣。""忍泪失声"四字,细腻传神地刻画出了父老复杂的心情与神态:有激动,有希望,也有失望。面对故国使臣,千言万语、万语千言只汇成了一句话:"几时真有六军来?""真有"句也是传神之笔,写出了遗民渴望天朝出师北伐、收复失地的迫切心情,而弦外之音则暗含对南宋统治者的诘问。诗仅二十八字,然而遗民渴望收复中原的迫切心情,对南宋统治者辱国苟存卑劣行径的批判,皆蕴涵其中,含蓄并且深沉。清人潘德舆在《养一斋诗话》中说这首诗"沉痛不可多诵",

名家选集卷

达到了七绝诗的"至高之境"。

市　街

这是使金诗的第十八首,描写汴京市街的残破景象。

> 京师诸市皆荒索,仅有人居。

> 梳行讹杂马行残,药市萧骚土市寒。
> 惆怅软红佳丽地,黄沙如雨扑征鞍。

梳行讹杂马行残,药市萧骚土市寒——梳行街、马行街、药市桥街、土市子,都是东京市街,昔日人山人海、热闹非凡,而今日的东京市街满目疮痍,杂乱不堪,萧条冷落。

惆怅软红佳丽地,黄沙如雨扑征鞍——面对此情此景,我感慨万千,昔日繁华绮丽的东京市街,如今却黄沙满天飞,像下雨一样飘洒在过路者的车马上。征鞍:经过的车马。

诗人以简练的笔墨描述了金统治者践踏下东京市街的萧条、冷落、残破。石湖《揽辔录》中记载:"旧京自城破后,疮痍不复;炀王亮徙居燕山,始以为南都,独崇饰宫阙,比旧家壮丽,民间荒残自若,新城内大抵皆墟,至有犁为田处。旧城内粗布肆,皆苟活而已。"而据孟元老《东京梦华录》载:东京的梳行、马行、药市、土市等街,当年曾是"街市酒店,彩楼相对,绣旆相招,掩翳天日","车马阗拥,不可驻足","夜市直至三更尽,才五更,又复开张"。昔日的繁华与今日的萧条形成了鲜明的对比,这触发了诗人的情感,于是写下了这首诗。这首诗虽然简短,但其中蕴涵了作者的无限情感:他期盼着国土的收复,中原父老能尽早摆脱金人的残酷统治,"靖康之难"的奇耻大辱早日得雪。

李固渡

这是使金诗的第二十二首,忆惨痛的"靖康之难"。

洪河万里界中州，倒卷银潢聒地流。

列弩燔梁那可渡？向来天数亦人谋！

洪河万里界中州，倒卷银潢聒地流——黄河河宽流急，与中州连接在一起，它是通往中州难以逾越的天堑。倒卷的大水流过，形成了纵横交织的水网和星罗棋布的沼泽地。这两句是对黄河天险具体形象的描绘。洪河：黄河。界：毗连，连接。中州：现在河南省一带。银潢：银河，天河。聒：喧扰，声音嘈杂。

列弩燔梁那可渡？向来天数亦人谋——金兵要进攻汴京，就必须越过这些天然的屏障，而金兵以骑射为主，不习水战，在如此的地理形势下，他们的作战能力就会大大下降。我军只要毁掉桥梁、渡口，在岸边高筑工事，调集重兵，利用强弓硬弩抵抗敌人，这样就可以逸待劳，凭借如此有利的地势固守，怎能让金兵渡过黄河呢？可是汴京还是落入金兵之手，向来凡事既在天数，更在人谋。

这是诗人在渡口忆起了惨痛的"靖康之难"而作的一首诗。在这首诗里，作者认为即使有再有利的地理形势，也不如"人谋"。作者深知，军事上一再惨败的真正原因不是"天数"，而是"人谋"，是朝廷最高统治者的腐朽无能，是他们一味奉行妥协投降的政策所致。"向来天数亦人谋！"是作者对当时局势的清醒认识，是对那些受蒙蔽的国人和大臣的提醒，也是对南宋王朝投降派的嘲弄。

相　州

这是使金诗的第二十八首。相州，治今河北临漳。韩魏公即韩琦，北宋名臣，封魏国公，曾在相州为官。曾和范仲淹驻守西北边陲，共同抵抗西夏的进犯。边塞流行一首歌谣说："军中有一韩，西贼闻之心骨寒！"

推车老人自言："吾州韩魏公乡里，南北两坟尚无恙。"

秃巾鬓髻老扶车，茹痛含辛说乱华。

赖有乡人聊刷耻，魏公元是鲁东家。

秃巾髽髻老扶车，茹痛含辛说乱华——那个头梳髽髻，未戴帽子的老车夫忍痛诉说着外族入侵相州的经过。髽髻(zhuājì)：梳在头顶两边或脑后的发髻。老扶车：老车夫。茹痛：含痛。乱华：外族入侵，国难当头。

赖有乡人聊刷耻，魏公元是鲁东家——老人在讲述了金人对相州的践踏掠夺后，反而自我安慰："有韩魏公这样的邻居，就略微可以减轻相州的一些耻辱了。"聊刷耻：略微能减少一些耻辱。鲁东家：据《孔子家语》记载，孔子之西邻，不知孔子为圣人，提到孔子，径直说："彼东家丘。"元：原。

这首诗用白描的手法，描写了一个生动感人的画面：一个白发苍苍的老人向作者诉说着金人入侵相州的经过，这时，老人的心情是愤怒的；后因家乡有韩魏公这样的英雄而自我安慰，这时，老人的内心是自豪的。这是沦陷区人民对抗敌英雄的怀念，对金人侵略的控诉；是作者期盼韩魏公式的英雄人物复出、北伐中原、收复失地的强烈愿望的反映，有着很强的艺术感染力。

翠　楼

这是使金诗的第三十首，描写中原遗民迎接南宋使者的景象。翠楼、秦楼：皆指旗亭酒楼类场所。

在秦楼之北，楼上下皆饮酒者。

连衽成帷迓汉官，翠楼沽酒满城欢。
白头翁媪相扶拜，垂老从今几度看。

连衽成帷迓汉官，翠楼沽酒满城欢——中原遗民争相迎接作为"汉官"的我，他们到翠楼买酒，满城欢庆。连衽成帷：形容人非常多。衽，衣襟。迓(yà)：迎接。

白头翁媪相扶拜，垂老从今几度看——那些白发老人相互搀扶着迎接我，他们年事已高，还能看到几次南宋使者呀。垂：将近，将要。

这首诗通过对"白头翁媪"的描写，以点带面，对那些被宋高宗遗弃了的苦难而又忠诚的人民给予了深切的同情。这里被金人占领已四十多年，当时的少年，此时已满头白发了，但尽管岁月流逝，南宋使者所过之处，仍是"遗黎往往垂涕嗟啧"。诗人在《揽辔录》中说："过相州，市有秦楼、翠楼、康乐楼、月白风清楼，皆旗亭也。……遗黎往往垂涕嗟啧，指使人云：'此中华佛国人也！'老妪跪拜者尤多。"这些亲身经历了南北战争、经历了两个时代尚幸存于世的老人，对故国是有思念之情的，诗人被他们的耿耿忠心所感动，他们盼望宋廷收复失地的心情与诗人也是相通的，于是作者以诗的语言描写了他们。除白头翁媪外，还有《相州》中的老车夫，《州桥》中的父老等等。这些老人是范成大诗中最真实、最典型、最能反映社会现实并且刻画得最为成功的形象。

蔺相如墓

这是使金诗的第三十五首，咏蔺相如怀璧使秦的故事，表达出了自己誓死不辱使命的决心。

> 在邯郸县南，赵故城之西。

玉节经行虏障深，马头酹酒奠疏林。
兹行璧重身如叶，天日应临慕蔺心。

玉节经行虏障深，马头酹酒奠疏林——我奉命出使金国，足迹深入沦陷区；来到蔺相如墓前，马头酹酒，祭奠这位历史上的英雄。玉节：古时朝廷官员用来作为身份证明的物件，是用玉做成的。虏：对敌人的蔑称。障：防御工事。奠：摆酒食祭祀死去的人。

兹行璧重身如叶，天日应临慕蔺心——这次出使金国，我的生命是轻微的，但我的责任重大，我定然不辱使命，老天一定能鉴察我的忠心。璧：比喻出使金国所肩负的使命。

蔺相如是战国时赵国人。当年赵惠文王得了楚国的和氏璧，秦昭王要拿十五座城池换取和氏璧,由于秦国强大,赵国不敢违背秦国之意,于是就派蔺相如怀璧入秦。当他到秦国后,看出秦昭王并没有用城池换取和氏璧的意思,蔺相如急中生智,要将玉璧和自己一起毁掉,秦王怕玉璧有失不敢逼迫。后来,蔺相如想方设法把和氏璧安全送回赵国,不辱使命。作者此次肩负重大使命出使金国,与当年蔺相如不畏强敌,负璧入秦很相似,所以在经过蔺相如墓时有感而发,作了这首诗。一二两句写自己已深入沦陷区,在荒郊旷野祭奠英雄;三四两句表明心志:自己要把任务看得重于生命,像蔺相如那样,在危急时刻勇于舍生就死、誓死完成使命。前两句叙事,后两句明志,咏史咏怀,浑然一体。

栾 城

这是使金诗的第四十八首。栾城:县名,今河北石家庄市栾城区。告:央求。

县极草草,伴使怒顿餐不精,欲榜县令,跪告移时方免。

颓垣破屋古城边,客传萧寒爨不烟。
明府牙绯危受杖,栾城风物一凄然。

颓垣破屋古城边,客传萧寒爨不烟——古城边有一个破屋,已是断壁残垣,那就是驿站招待所,灶中无火,根本做不成饭。颓垣:倒塌的墙。客传:驿站为招待过往客人所设的馆舍。

明府牙绯危受杖,栾城风物一凄然——栾城县的县令由于无力置办精美的饭菜招待客人而险些挨了打。栾城县到处都是凄凉、萧然的破败景象。明府:唐代以来,常以"明府"称县令。牙:象牙笏。绯:红色官服。危:险些。

这首诗描绘了栾城县破败、萧条的景象:墙是倒的,屋是破的,客舍是寒冷的、无烟的。如此穷困之地,不能置办精美饭菜招待客人也是在情理之中的,况且县令已做了最大努力,但伴使仍滥施淫威,致使县令几乎为此受皮肉之苦,可见伴使的霸道、强横、无礼。堂堂一县之长居然无力置办一顿精美的宴席款待贵客,那么百姓的生活便可想而知了。透过县令的遭遇,我们就可以想象出老百姓的命运。这首诗以小见大,言尽旨远。

滹沱河

这是使金诗的第四十九首。光武：即东汉开国皇帝光武帝刘秀，他在讨伐王莽过程中，曾在此渡水。

即光武渡水处，在真定南五里。

闻道河神解造冰，曾扶阳九见中兴。
如今烂被胡膻涴，不似沧浪可濯缨。

闻道河神解造冰，曾扶阳九见中兴——听说河神有灵，曾帮助过汉光武帝，使他转败为胜，终使国家中兴。"河神解造冰"是有关刘秀的典故：传说刘秀经略河北，讨伐王莽，适逢王莽兵合，敌不过而退转滹沱。过河无舟可渡，前锋王霸恐军心动摇，诡称河水结冰，刘秀督军赶到，河水竟真的结冰，刘秀军踏冰而过，王莽兵赶到时，冰却融化，从而救了刘秀。

如今烂被胡膻涴，不似沧浪可濯缨——如今的滹沱河，已被金人弄脏，不可作为"濯缨"之水了。涴(wò)：污染，弄脏。濯缨：屈原《渔父》："沧浪之水清兮，可以濯吾缨；沧浪之水浊兮，可以濯吾足。"清水洗头，浊水洗脚。喻社会清明时，可以出仕；社会黑暗时，可以隐遁。

作者站在滹沱河边，想到了刘秀，想到了光武中兴，再看那河水，已没有了往日的清澈，触景生情，感物抒怀，于是写了这首诗。诗中的两个典故蕴涵了作者的多种情感：有对金人残酷统治的强烈不满，有盼望君主振作奋发、以求宋室中兴的迫切愿望。南宋由于要向金国纳贡且统治阶级更加腐朽，所以国势衰微。在那个积贫积弱的时代，每一个爱国的、有进取心的臣子都想重振国威，收复中原，中兴大宋，范成大也不例外，这首诗通过歌咏光武帝刘秀表达了他的这一愿望。

名家选集卷

安肃军

 题解

这是使金诗的第五十四首。安肃：今河北徐水一带。军：宋时行政区域的名称。梁门：安肃军的治所，由于当时有"铜梁门，铁遂城"的谚语，所以又叫"铜门"。

旧梁门三城，今惟一城有人烟，溏泺皆涸矣。

从古铜门控朔方，南城烟火北城荒。
台家抵死争溏泺，满眼秋芜衬夕阳！

 新解

从古铜门控朔方，南城烟火北城荒——自古以来，铜门扼守着通往北方的要道，而今梁门三城，只一城有人烟，北城已经荒芜了。朔方：北方。

台家抵死争溏泺，满眼秋芜衬夕阳——北宋诸臣曾为溏泺的作用激烈争论过，而此时南宋的国力又远在北宋之下，旧时的溏泺，已无人提起，放眼望去，野草丛生，一片萧然，与夕阳相互映衬。台家：指执掌政权的省部级官员们。抵死：拼命坚持。溏泺：沽淀湖泊类沼泽地。北宋时期，由渤海西至保定，九百里中，沽淀湖泊相连不断，汪洋难渡，成为北宋与契丹边境上的天然屏障。

 新评

这首诗通过对安肃的描写，借景抒情，寄寓了作者无限的感慨。昔日的安肃，有"铜墙铁壁"之称，它是边境的天然屏障，驻守在此地的杨延朗、魏能名震边关，敌人闻之胆寒，边关安定无战事。今日的安肃，防御设施尽废，"旧梁门三城，今惟一城有人烟"，台家作为御敌的九百里屏障——溏泺，野草丛生，与夕阳相映衬，远远望去，满目萧条。面对此景，想到过去，作者触景生情，想到了南宋王朝朝廷的腐败、国势的衰微，百感交集，于是写下了这首诗，无限凄凉悲怆之感尽在其中。

清远店

题解

这是使金诗的第六十一首。黥(qíng)涅：在罪犯脸上刺上记号或文字，并涂上墨。

定兴县中客邸前,有婢两颊刺"逃走"二字,云是主家私自黥涅,虽杀之不禁。

> 女僮流汗逐毡軿,云在淮乡有父兄。
> 屠婢杀奴官不问,大书黥面罚犹轻。

女僮流汗逐毡軿,云在淮乡有父兄——一个女仆跟在主人毡车后面奔跑着,已是汗流浃背,她是淮乡人,是被抢来的,父兄虽都健在,但迫于威势无力解救她。毡軿(píng):古代妇女乘坐的带帷幕的车。

屠婢杀奴官不问,大书黥面罚犹轻——在金国随意杀死奴婢官府都不会管,刺面这种私下的惩罚对下人们来说都是轻的。

作者以饱含深情的笔墨对一个被主人"私自黥涅"的婢女进行了描写:主人在前面乘车飞驰,婢女在后面奔跑紧随;主人舒适自在,女仆汗流浃背、满面污垢。在主人与女仆的比较中,我们看到了女仆的生活是艰苦的、命运是悲惨的,但她没有抱怨,有的只是庆幸,这不禁让我们想到了《后催租行》中那个精神扭曲的老农,他们的命运同样悲惨。但女仆只不过是千千万万个沦陷区人民的代表,从她的遭遇我们就可以想象到整个沦陷区人民的遭遇。这首诗,流露出了作者对这些人的深切同情,表达了诗人对金人野蛮残酷统治的愤慨。

龙津桥

这是使金诗的第七十首。宣阳门:金都内城(在今北京城的西南)南面的一个门。

在燕山宣阳门外,以玉石为之,引西山水灌其下。

> 燕石扶栏玉作堆,柳塘南北抱城回。
> 西山剩放龙津水,留待官军饮马来。

燕石扶栏玉作堆,柳塘南北抱城回——站在用燕山玉石修筑的龙津桥上,扶栏远眺,河水由南向北环城而流,堤岸上杨柳依依。燕石:指燕山产的一种类似玉的石头。

西山剩放龙津水,留待官军饮马来——西山之水多流些在龙津河中吧,等到我军光复此地时,就可以饮马于龙津河了。

这首诗前两句描绘了一幅清新优美的图画:玉石的桥,环城而流的河水,堤岸上依依的垂柳。后两句是作者的愿望:希望龙津河水多些,以便有朝一日宋军北伐金国,收复失地,饮马于龙津河中。前两句写景,后两句抒情,情景交融,表现了诗人对王师北定中原,重整大宋江山充满了信心。

会同馆

这是使金诗的第七十二首,表现了范成大以苏武自比,赴死报国的决心。

山客馆也。授馆之明日,守吏微言有议留使人者。

万里孤臣致命秋,此身何止一沤浮!
提携汉节同生死,休问羝羊解乳不。

万里孤臣致命秋,此身何止一沤浮——我肩负着朝廷的使命,独自一人在万里之外的金国,此时感觉自己不过是一个小水泡,轻微至极不必怜爱。致命:赴死报国。一沤:一个水泡,比喻轻微不重要。

提携汉节同生死,休问羝羊解乳不——这是我报效国家的时候了,是生是死我已不再考虑,就不必再问公羊会不会产奶了。羝羊:公羊。汉时苏武,曾出使匈奴,被扣留在那里,饿了吃毡毛,渴了喝雪水,手拿汉节,不屈不辱。无奈之下,匈奴把他押到北海无人的地方,叫他去放牧羝羊,说:"羝羊生奶,方允回来。"

这是使金诗的最后一首。《宋史》本传载,范成大使金,在正式国书内,只载有索取河南"陵寝"之事，而要改变受书礼仪一事，不敢载入，却让范成大自己去设法交涉。金法严厉，不许使臣私递个人书信，范成大在金主面前诸事都"行礼如仪"之后，突然拿出私书来，要求接受，金国皇帝又惊又怒，厉斥负责外交事务的宣徽副使，说宋使从来没敢如此放肆的，并对范成大加以恫吓，后来竟要起身离位，气氛极为紧张。范成大不为所动，金廷纷纷然嘈吼，太子欲杀成大，越王止之。金帝没有办法，只得答应接受。对这次冒险，诗人早已做好了准备，这首诗就是证明。诗人以苏武自比，誓与汉节共存亡，在危急的时刻把生命置之度外，体现了范成大舍身为国的高贵品质。诗写得慷慨激昂，动人心魄。

沈家店道傍棠棠花

棠棠：古书上说的一种植物，属落叶灌木，初夏开花，花为黄色，且可入药。诗人抓住了棠棠花在雨后乍晴的一瞬间所表现出来的那种清新、亮丽的美好形象，对其加以歌咏，赞美了棠棠不择地而居、不择人而开的精神。

乍晴芳草竞怀新，谁种幽花隔路尘？
绿地缕金罗结带，为谁开放可怜春？

乍晴芳草竞怀新，谁种幽花隔路尘——一番新雨后，天空中，丽日高悬；大地上，绿草幽幽，黄花簇簇。彼此交相辉映，构成一幅清新、艳丽的图画。是谁种花于大路旁，让它在此群花怒放，争奇斗妍呢？

绿地缕金罗结带，为谁开放可怜春——绿油油的草地上，金黄的棠棠花伸展着、缠绕着，在这美好的春天里，她为谁开放呢？

咏花，多是赞美花美妙多姿、香气袭人，而范成大的这首诗却不同，他独辟蹊径，不是着力描写花貌花香，而是连用两个设问句写棠棠花的精神：它不是盛开于庭院，不是怒放于花园，而是绽放于大路旁。念路旁的棠棠，年年知为谁开？荒郊野外，无人浇灌之地，少有人光临之所，而棠棠花却在此按时而开，这不正体现了她不为贫瘠而不生、不为无人赏而不芳的傲岸风骨吗？全诗构思巧妙，语言清新，意象鲜明，不失为一首咏花的上乘之作。

黄罴岭

这首诗作于乾道九年(1173)作者赴任桂林道中。黄罴岭：在湖南祁阳北附近，据说这里曾经有熊罴栖息过，所以叫"黄罴岭"。

> 薄游每违己，兹行遂登危。　峻阪荡胸立，恍若对镜窥。
> 传呼半空响，朦朦上烟霏。　木末见前驱，可望不可追。
> 跻攀百千盘，有倾身及之。　白云叵揽撷，但觉沾人衣。
> 高木傲烧痕，葱茏茁新荑。　春禽断不到，惟有蜀魄啼。
> 谓非人所寰，居然见锄犁。　山农如木客，上下翾以飞。
> 宁知有康庄，生死安崄巇。　室屋了无处，恐尚橧巢栖。
> 安得拔汝出，王路方清夷。

薄游每违己，兹行遂登危——每次宦游都违背我的心志，这次出行要越过高耸的黄罴岭。薄游：为了薄禄而宦游在外。

峻阪荡胸立，恍若对镜窥——险峻的山坡当胸而立，我好像对镜而照。杜甫《望岳》诗："荡胸生层云。"藉此可想见山势之高峻。

传呼半空响，朦朦上烟霏——半空中好像传来声响，向上看，却灰蒙蒙的，山峰都在云雾之中，迷茫一片。烟霏：云雾。

木末见前驱，可望不可追——山路高峻，树木已在路边脚下，视线穿过树梢能够看见走在最前面的人，可山路弯曲，往前走了一段，还是和原来一样的距离，可望而不可即。

跻攀百千盘，有倾身及之——攀缘登高走过了千万重山峰，好像过了不大一会儿工夫就到达了山顶。跻：登。

白云叵揽撷，但觉沾人衣——白云是揽不到的，只觉身上湿漉漉的。叵：不可。揽撷：采摘。

高木傲烧痕，葱茏茁新荑——高大的树木傲视着烧过的痕迹，草木新生的叶子蓬勃地生长着，郁郁葱葱。荑(tí)：植物初生的叶芽。

春禽断不到，惟有蜀魄啼——春鸟是断然飞不到这里的，只能听到杜鹃的悲鸣。这里用杜鹃啼叫增加了山林的神秘感。蜀魄：杜鹃。这里运用了"望帝啼鹃"

的典故。古代传说，蜀王杜宇，号望帝，被迫传位给臣子，死后化为杜鹃鸟，常在山中悲啼。李善注引《蜀记》："蜀人闻子规鸟鸣，皆曰望帝也。"

谓非人所寰，居然见锄犁——这里根本不是人能居住的地方，可在这里居然看见了锄犁。寰：居住。

山农如木客，上下翾以飞——那些山农像木客一样，居住在深山中，上下攀援像飞一样。木客：居住在深山野林中的野人。翾(xuān)：飞翔。

宁知有康庄，生死安崄巇——他们哪里知道有坦途大道，生生死死都生活在这险恶难行之地。康庄：宽阔平坦的大道。崄巇(xì)：山路险要，难于行走。

室屋了无处，恐尚橧巢栖——在这里，看不到居室，恐怕他们还是用柴草搭房居住，像鸟巢一样。橧(zēng)巢：上古时代，人们用柴草搭成房子并居住在里面，像鸟住在巢里一样，叫"橧巢"。

安得拔汝出，王路方清夷——果真能够救助你们于苦海之中就好了，那样也就国泰民安，天下清平了。清夷：清明，太平。

这首诗对黄黑岭作了生动细腻的描写。写山的陡峭，诗人用了"荡胸立"、"百千盘"，仅仅数字，山路弯曲、陡峭壁立的黄黑岭就被勾画出来了。写山的神秘，用了"烟霏"、"蜀魄啼"几个字，"烟霏"，描写黄黑岭的云遮雾罩，增强了神奇感；"蜀魄啼"使黄黑岭显得幽深恐怖，总起来看，很有几分夺人魂魄的气势。如此险要之地，竟有人居住，于是对山民的居住环境进行了描写：无室无屋，聚薪柴而居。时至今日，竟有如此之民，于是发出感慨，其中寄予了作者对人民苦难生活的深切同情。最后作者表明心志，这是卒章显志的写法，很明显作者受到了杜甫、白居易的影响。

晚春二首（其一）

《晚春二首》作于桂林。这是其中的第一首，诗人勾画了一幅风光旖旎的晚春图。

> 静极闻檐佩，慵来爱枕帏。隙虹飞永昼，帘影碎斜晖。
> 燕踏花枝语，蜂萦柳絮归。轻飔宜白纻，时节近清微。

静极闻檐佩，慵来爱枕帏——困倦了，喜欢躺下来休息。静极了，虽然无风，却也好像能听到檐佩的声音。

　　隙虹飞永昼,帘影碎斜晖——从门缝或窗缝射进来的阳光中可以看到空中有无数细小的尘土在浮动,并带有多样的色彩,好像一道彩虹,悬挂屋中。透过帘子进入屋里的斜晖洒在地上,斑驳陆离,就像被揉碎了一样。

　　燕踏花枝语,蜂萦柳絮归——春燕栖息在花枝上,叽叽叫着,好像在窃窃私语;柳絮漫天飞舞,蜜蜂追逐着,伴着柳絮飞回。

　　轻飔宜白纻,时节近清微——时节已接近初夏,微风拂面,暮春时节天已暖和了,应该穿夏天的衣服了。飔:风。白纻:洁白的夏衣。

　　这首诗以极其细腻的笔墨描写了晚春的景象:隙虹浮动,斜晖洒屋,柳絮飞舞,春燕低语,蜜蜂展翅,这些意象组合在一起,让人看到了大自然的美丽并从中体味到了大自然带给人的美感,与叹春已逝、悲春不在之作迥然相异。这首诗在写作手法上、用字上、结构上也有独到之处。第一联运用了以动写静的手法,与"蝉噪林愈静,鸟鸣山更幽"意境相同。中间两联对仗工稳,用字传神:"飞"、"碎"准确、形象,"踏"、"萦"富有人的情感,亲切自然。尾联紧扣题目,点明时节是晚春。诗歌借景抒情,情景交融,反映了诗人心境的闲适,生活的安逸。

晓出北郊

　　这首诗大约是作者在静江知府(治今桂林)任上所作,是一首写实的田园诗。

　　　　逼仄深巷中,葱茏绿阴交。山家不早起,闭户如藏逃。
　　　　浓露蜕蝉咽,小风饥燕高。新渠麈涓流,坏陂方怒号。
　　　　遏泯病瘯土,不肯昏作劳。灭裂复灭裂,晚秧如牛毛。
　　　　空馀朝气白,浮浮湿弓刀。官称劝农使,临风首频搔。

　　逼仄深巷中,葱茏绿阴交——狭窄的小巷中,树木长得很茂盛,浓阴遮盖了整个街道。逼仄:(地方)狭窄。葱茏:草木茂盛的样子。

　　山家不早起,闭户如藏逃——深山里的农民从来不早起,天大亮了还关门闭户,好像在逃避什么。

　　浓露蜕蝉咽,小风饥燕高——大地上,由于露重,蜕过皮的蝉在鸣咽着;天空中,由于风小,燕子捕不到食物,饥饿的它们冲向了高空。

新渠厪涓流,坏陂方怒号——由于水利设施被毁坏,池塘里的水喷涌而出,所以新开的渠中只有涓涓细流;池塘里的水涌出时发出轰轰的声响,好像在怒号。厪(jǐn):通"仅"。才,只。涓流:细小的、缓慢的流水。陂(bēi):堤岸。坏陂,堤岸因失修而水淹低洼之地。

遐氓病瘠土,不肯昏作劳——边地农民厌恶这里这些贫瘠的土地,所以他们不肯早出晚归,把精力都浪费在这上面。遐氓(méng):边区的农民。遐,远方。氓,种田的人。

灭裂复灭裂,晚秧如牛毛——他们劳作时敷衍了事,所以晚稻长势不好,又细又弱。灭裂:耕地时锄草伤苗,代指工作不认真,粗略草率。牛毛:禾苗又细又弱又稀。

空馀朝气白,浮浮湿弓刀——在早晨这样的好时候,没有一个人下地干活,弯弯的镰刀闲置在那里,已被飘浮着的雾气打湿了。弓刀:弯镰刀。

官称劝农使,临风首频搔——面对这种情形,我也是无计可施,只有临风站立,挠头发愁了。劝农使:官名,这里指作者自己。

作为劝农使的诗人,勤于政务,一大早便来到北郊了解民情,伫立于此,看到的是凄清寂静的景象:街道狭窄幽深,绿树成荫;农家关门闭户,弓刀闲置;田野里,水渠坍塌,污水四溢,土地贫瘠,禾苗瘦细。对此作者作了细致而真实的描写,这是写实的手法,字里行间,流露出他对农业生产的关心和对普通百姓的深切同情,从一个侧面反映了边地的民风、民俗和农民的生产生活情况,为我们了解那里的情况提供了宝贵的资料。

画工李友直为余作《冰天》、《桂海》二图,《冰天》画使北虏渡河时,《桂海》画游佛子岩道中也。戏题

这首诗作于孝宗淳熙元年(1174),当时作者知静江府、广西经略安抚使。《冰天》图画的是宋孝宗乾道六年(1170)作者出使金国渡黄河时的情景,《桂海》图画的是作者游佛子岩(又名钟隐岩,在桂林附近)道中的情景。

许国无功浪著鞭,天教饱识汉山川。

酒边蛮舞花低帽,梦里胡笳雪没鞯。

收拾桑榆身老矣,追随萍梗意茫然。

明朝重上归田奏,更放岷江万里船。

许国无功浪著鞭,天教饱识汉山川——虽以身许国,但也是徒劳无功,未有作为,只是到处奔波,这或许是上天叫我饱览祖国的大好河山吧。浪:徒然,白白地。著鞭:着手去做。《晋书·刘琨传》:"与范阳祖逖为友,闻逖被用,与亲故书曰:'吾枕戈待旦,志枭逆虏,常恐祖生先我著鞭。'"

酒边蛮舞花低帽,梦里胡笳雪没鞯——酒席筵旁,歌女们跳着具有南方风情的舞蹈,插在舞女帽子上的红槿花随舞姿上下摆动。在胡笳凄厉动人的乐声中,出使的队伍走在没过马鞯的积雪中,此时回想起来,犹如在梦中。蛮:古时对长江中游及其以南地区少数民族的称呼。花低帽:跳舞的人把槿花插在帽子上作为装饰。笳:胡笳,一种乐器,类似笛子。古时一般在军中吹奏,声音凄厉动人。鞯:垫马鞍子的东西。

收拾桑榆身老矣,追随萍梗意茫然——以身许国,却功不成名不就,想回头收拾,可自己年事已高,已经晚了;多年来,自己像萍梗一样,四处漂流,居无定所,这种浪迹天涯的生活,现在回想起来,真是感到茫然。桑榆:落日的馀辉洒在桑榆之间,所以称晚景为桑榆;这里指晚年。萍梗:浮萍与残梗。喻漂泊游荡。

明朝重上归田奏,更放岷江万里船——我设想再次上书请求归隐田园,然后从成都出发,途经岷江,飞流直下,返回自己魂牵梦绕的家乡。在桂林时,作者已接到改任四川制置使的命令,曾三次上奏折推辞,所以这里说是"重上"。

诗人看了《冰天》、《桂海》二图后有感而发,写下了这首诗。第一联回顾了自己的人生经历:许国无功,只是南北驱驰。第二联紧承第一联而来并紧扣题目中的《冰天》、《桂海》二图,上句写在桂林的情况,下句回忆自己出使金国的情景,一南一北,这是作者此前主要的经历。第三联转入了对身世的感慨:年岁已老,还居无定所,漂泊不定,此联隐约流露出倦游思归之情。尾联点明题旨,明确提出要归隐田园。四联起承转合衔接紧密,浑然一体,写出了一个以身许国的封建士大夫的坎坷人生与复杂心态。

湘阴桥口市别游子明

这首诗是范成大自桂林赴成都道中所作。游子明,作者的朋友,长于诗词,作者在桂林时，他就在其帅府任职，交情甚好，作者晚年退居石湖时，两人还有来往。

> 马首欲东舟欲西，洞庭桥口暮寒时。
> 三年再别子轻去，万里独行吾蚤衰。
> 遥忆美人湘水梦，侧身西望剑门诗。
> 老来不洒离亭泪，今日天涯老泪垂。

马首欲东舟欲西，洞庭桥口暮寒时——暮色苍茫之时，洞庭桥口，我们要各奔东西。骑马向东的是游子明，泛舟而西的是我。

三年再别子轻去，万里独行吾蚤衰——三年之间两次离别，自你去后，万里之程，我踽踽独行，艰辛愁苦，早生华发。蚤：通"早"。

遥忆美人湘水梦，侧身西望剑门诗——别后，我将在遥远的他乡思念你。我即将入蜀，向西而望，我估计在这一路之上将要有写剑门的诗作。

老来不洒离亭泪，今日天涯老泪垂——年岁已老，离别已多，不应有泪再洒，可今日却老泪纵横，不知所云。

这首诗写了作者与朋友离别的情景。第一联写实，洞庭桥口，暮色苍茫，此时此地，作者和朋友将要分别，执手相看泪眼，竟无语凝噎，暗淡的色调为离别增添了悲伤的气氛，使离别双方更加悲苦。中间两联是作者的想象，想象离别之后，与朋友相距万里，在遥远的他乡，只有自己一人，孤苦伶仃，甚是伤感；并且年岁已大，不知与朋友能否再见，更觉凄苦；不过双方都会时时挂念着对方，可见二人感情甚笃。尾联回到现实，面对离别，老泪纵横。此诗笔力苍劲，真情挚意流露于笔端，读来令人心动，尾联尤为感人。

澧　浦

这首诗是淳熙二年(1175)范成大入蜀途中所作。

> 苇岸齐齐似碧城，江船篷岸逆风行。
> 绿蘋白芷俱憔悴，惟有菱蒿满意生！

中国家庭基本藏书

苇岸齐齐似碧城,江船罨岸逆风行——堤岸边长满了芦苇,整整齐齐的,像一面碧绿的城墙;东南风吹动着江水,浪花拍打着堤岸,船逆风前行。罨(yǎn):捕捉鱼鸟用的网,这里指掩盖、覆盖。

绿蘋白芷俱憔悴,惟有萎蒿满意生——站在船上,放眼望去,岸边的绿蘋白芷长得枯弱瘦小,只有萎蒿在那里得意地满地生长着。

这首诗短小精练,意蕴深远。绿蘋白芷和萎蒿长势的不同,让人颇有感触:自古以来,世上美好的、有价值的事物,好像总是不如那些丑陋的、无价值的东西易于生长、发展。这是一首寄寓了作者情感的诗作。南宋王朝,奸臣当道,残害忠臣良将,如汪颜伯、秦桧等长期把持朝政,祸国殃民,有识之士只能沉于下僚,有志不能伸。仕途较顺的作者,虽长期为官,入至两府,出为牧守,但也被几次论罢。朝廷的这种局面与河边绿蘋白芷和萎蒿的长势不是很相似么?

荆渚堤上

这首诗是淳熙二年(1175)范成大入蜀途中所作。

> 原田何莓莓,野水乱平楚。大堤少人行,谁与艺稷黍。
> 独木且百岁,骯髒立水浒。当年识兵烬,见赦几樵斧。
> 摩挲欲问讯,恨汝不能语。薄暮有底忙,沙头听鸣橹。

原田何莓莓,野水乱平楚——田野里为什么草如此茂盛呢?平地上为什么水到处横流呢?

大堤少人行,谁与艺稷黍——大堤这个地方为什么少有人行呢?有谁在这里种植庄稼么?大堤:地名。艺:种植。

独木且百岁,骯髒立水浒——有一棵大树将近百岁了,它高亢刚直、孤零零地挺立在水边。骯髒(kǎngzǎng):高大挺直的样子。文天祥诗《得儿女消息》曰:"骯髒到头方是汉,娉婷更欲向何人!"

当年识兵烬,见赦几樵斧——是由于当年承蒙关爱,被赦免了几板斧,才长成如今这个样子的么？这些年来，它见证了这里的兵灾战乱么？

摩挲欲问讯，恨汝不能语——用手抚摸着它，想问问当年的情况，遗憾的是它不会说话呀。

薄暮有底忙，沙头听鸣橹——接近傍晚的时候又要开船了，我只有在沙头听那鸣橹之声。沙头：今天的湖北沙市区。

这首诗描写了荆渚一带荒凉、冷落、萧索的悲惨状况：原野里，草木丛生；平地上，污水四溢；大路上，少有人行；河岸边，孤树高耸。是什么原因使这里如此颓废呢？是当年战争的频仍、金人的践踏和掠夺。四十多年过去了，这里还是如此残破，由此可知，生活在这里的百姓是何等的悲惨。这首诗借景抒情，通过对此地残破景象的描写，表达了作者对人民的深切同情，对宋统治阶级昏庸腐朽和金统治者凶狠残忍的深刻批判。在写法上，这首诗与姜夔《扬州慢》中的"自胡马、窥江去后，废池乔木，犹厌言兵"极为相似，两者可对照阅读。

蛇倒退

这首诗是淳熙二年(1175)范成大入蜀途中所作。蛇倒退：归州(治今湖北秭归)东南一个山岭的名字。

山前壁如削，山后崖复断。向吾达陇首，如海到彼岸。
那知下岭处，栗甚履冰战。牵前带相挽，绳后衣尽绽。
健倒辄寻丈，徐行廑分寸。上疑缘竹竿，下剧滚金弹。
岂惟蛇退舍，飞鸟望崖反。稍喜一径平，犹有千石乱。
仍逢新烧畲，约略似耕畔。心知人境近，颦末百忧散。
山民茆数把，鬼质犊子健。腰镵走迎客，再拜复三叹。
谓匪人所蹊，官来定何干？傥为饥火驱，平地岂无饭？
意者官事迫，如马就羁绊。我乃不能答，付以一笑粲。

山前壁如削，山后崖复断——山前的崖壁如刀削一样直上直下，山后的悬崖又从中间断开，无路可走。

向吾达陇首，如海到彼岸——从山前登上山顶，就像在惊涛骇浪的大海上航那知下岭处，栗甚履冰战——哪料从山后向下走，更令人哆哆嗦嗦、战战兢兢，好像踩在冰上一样。

牵前带相挽，缒后衣尽绽——下山时前面要牵着，后面要拽着，这样才能避免滑倒或坠入山谷，可衣服都被拽裂了。缒：拽，拉。绽：裂开。

健倒辄寻丈，徐行廑分寸——如果跌倒，就会摔到丈儿八尺远的地方；如果慢慢向前走，只能前进一点点的距离。健倒：滑倒，摔倒。寻：古代的长度单位，八尺为一寻。廑：同"仅"。

上疑缘竹竿，下剧滚金弹——由于山势陡峭，上坡就好像爬竹竿那样艰难，而下坡比滚弹丸还要迅速。剧：超过，比……还厉害。

岂惟蛇退舍，飞鸟望崖反——哪里只是蛇要退避三舍，就是鸟儿望见山崖也要往回飞。舍：三十里为一舍。

稍喜一径平，犹有千石乱——如果遇到一段较平坦的路，就感到很高兴；即使是较平坦的路段，也有乱石林立。

仍逢新烧畲，约略似耕畔——在行进途中，看到了一些新烧过的畲田，有些像耕地的样子。烧畲：山上居民焚烧山坡上的草木，用草木灰作为肥料下种。

心知人境近，輚末百忧散——看到这里有田地，心想离山民居住的地方该不远了，眉梢舒展开了，忧愁消散了。輚末：眉梢。

山民茆数把，鬼质犊子健——山下的居民居室简陋，形貌丑陋，但很健壮。茆（máo）数把：意思是茅草做成的小屋十分简陋。鬼质：形貌丑陋，长得像鬼一样。

腰镵走迎客，再拜复三叹——他们腰上别着铁锹，看到我们这些人，一面表示欢迎，一面又不住地叹息。镵（chán）：铁制的刨土工具，北方叫铁锹。

谓匪人所蹊，官来定何干？傥为饥火驱，平地岂无饭？意者官事迫，如马就羁绊——山民说："这山路不是你们应该走的，你们当官的究竟来这里干什么呢？如果是为饥饿所迫，难道平原上没有饭可吃么？或许是为了公事，不得已吧，就像马被人约束了一样吧。"匪：同"非"。饥火：意思是人饿极了肚子里好像火烧的一样难受。意者：表示揣测的语气。

我乃不能答，付以一笑粲——对山民提出的问题我不能作出回答，只好一笑了之。这是苦笑，是浸透了苦楚和辛酸的笑。粲：笑的样子。

这首诗可分为两部分。前十六句是第一部分，写了蛇倒退山路的险要，描写得生动、具体、形象。在描写中，用字传神，修辞手法运用得当。"削"、"断"二字，用得贴切，使山路的险峻之状跃然纸上。"上疑缘竹竿，下剧滚金弹"这两句，运用了比喻手法，写出了上山、下山的艰辛；"岂惟蛇退舍，飞鸟望崖反"这两句，运用了衬托手法，更表现出山路的险要，让人望而生畏。以下十六句是第二部分，写作者与山民对话的情景，语言简洁、真切。如此险要之地，竟然还有人在这儿居住，对生活在这里的居民，作者表示了同情，对山民提出的问题，其中有太多的苦楚不便说出，便以"一笑"了之，含蓄蕴藉。

判命坡

这首诗是淳熙二年(1175)范成大赴任蜀官路过归州(治今湖北秭归)时所作。判命坡：山岭名，在归州东。

钻天岭上已飞魂，判命坡前更骇闻。
侧足三分垂坏磴，举头一握到孤云。
微生敢列千金子，后福犹几万石君。
早晚北窗寻噩梦，故应含笑老榆枌。

钻天岭上已飞魂，判命坡前更骇闻——登钻天岭时已经要魂儿出窍了，但还比不上判命坡这样骇人听闻。钻天岭：归州东部的一个山岭。

侧足三分垂坏磴，举头一握到孤云——在这里攀登，只能侧着脚小心翼翼、慢慢地爬行，因为这里的山路就像从天而降但又坏了的石磴，是那样的陡峭，并且这里又是那样的高，抬头一看，好像一伸手就可以抓住天上的云彩。

微生敢列千金子，后福犹几万石君——自己只是卑贱之身，怎能像富家子弟那样娇贵，但如果我福大的话，当我走过判命坡之后，能不能像万石君那样享受荣华富贵呢？万石君：汉代三公又称万石。后泛指官职很高的人。

早晚北窗寻噩梦，故应含笑老榆枌——我早晚要归隐田园，像陶渊明那样在北窗之下高卧，悠闲自在地生活，那时想起过判命坡的情景，就会觉得那是做了一场噩梦，也会更加觉得归隐田园是明智之举。北窗：用陶渊明《与子俨等疏》句意："常言五六月中，北窗下卧，遇凉风暂至，自谓是羲皇上人。"榆枌(yúfén)：故乡。

这首诗第一联用衬托的手法写出了判命坡的险峻，钻天岭从名字上就可看出其山之高，而判命坡有过之而无不及，先声夺人；第二联更进一步，具体写了判命

中国家庭基本藏书

坡的高和陡,高得可伸手抓云,陡得只能侧足而爬,生动、形象;第三联转入对未来生活的构想,想象自己能像万石君那样福禄双全;第四联点明题旨,委婉含蓄地表达了归隐田园的心志。四联起承转合,浑然一体,前两联写景,景描写得生动;后两联抒情,情抒发得自然。全诗语言简练,形象鲜明,尤其是三四两句更为精警,清人陈衍评价曰:"三四对仗,工力悉敌。"

初入巫峡

【题解】

这首诗是淳熙二年(1175)范成大入蜀途中所作。

> 钻火巴东岸,拟金峡口船。束江崖欲合,漱石水多漩。
> 卓午三竿日,中间一罅天。伟哉神禹迹,疏凿此山川。

【新解】

钻火巴东岸,拟金峡口船——在巴东岸度过了寒食节,从峡口登船,船夫与急流险礁一路搏斗,金鼓震天。钻火:古代钻木取火,因四季所用木材不同,所以又叫"改火",后来也用以指节令的变换。这里指快要入夏了。巴东:县名,在湖北省西部。拟(chuāng)金:旧时在穿行于峡谷的船上,都有金鼓,开船时要敲击金鼓作为出发的号令,在险要之处也要敲击金鼓,为的是给船夫鼓舞士气。拟:敲,打。

束江崖欲合,漱石水多漩——大江两岸的悬崖似乎要合在一起了,江中的礁石、旋涡非常多。

卓午三竿日,中间一罅天——由于两岸山峰对峙,又高又近,到了正午,峡中才见到日光,但仅如平地日高三竿时的情景,仰望天空,也只能看到一条缝。卓午:正午时分。

伟哉神禹迹,疏凿此山川——大禹,太伟大了,治水的时候开凿了这样一条通道,以疏通江水。传说峡道是大禹开凿的,作者故有此叹。

【新评】

郦道元在《水经注》中曾记载说:"三峡七百里中,两岸连山,略无缺处,重岩叠嶂,隐天蔽日,自非亭午夜分,不见曦月。"在三峡中,巫峡是最为险要、最为壮观,也是最能引起历代文人关注和咏叹的地方。在这首诗中,作者仅仅用了"束江崖欲合,漱石水多漩。卓午三竿日,中间一罅天"这二十个字,就将巫峡路的狭窄,路的险要,两岸山高且近的特点描绘出来了,并且形态毕现。在对巫峡的描写中,融入了作者对大自然鬼斧神工造物神力的赞叹。结尾转入对人的歌咏，是人类的英雄——大禹创造了奇迹，人类才是最伟大的。诗以咏叹句结尾，直抒胸臆，情真意切。

劳畬耕并序

　　此诗写于淳熙二年(1175)，时范成大入蜀经过巫山。诗前有一小序，意思是说：畬田是峡中农民焚烧山坡上的草木，用草木灰做肥料来耕种的田地。由于土地坚硬、贫瘠，要多次斫畬，才能种一次田。但他们需要缴纳的租税很少，每亩纳税不到收成的十分之一，剩下的粮食可满足温饱，虽一生不知道粳稻什么样，但是能吃饱，不至于忍饥挨饿。吴地虽然田沃米鲜，但他们辛苦所得，被公租私债掠夺一空，只好流着口水看别人吃那亮晶晶的白米饭，他们还不如峡农过得好呢。为了安慰峡农作了这首诗。粳(jīng)：黏性小的稻。宋应星《天工开物·稻》："凡稻种最多。不粘者，禾曰秔，米曰粳；粘者，禾曰稌，米曰糯。"

　　畬田，峡中刀耕火种之地也。春初斫山，众木尽蹶；至当种时，伺有雨候，则前一夕火之，藉其灰以粪；明日雨作，乘热土下种，即苗盛倍收，无雨反是。山多硗确，地力薄，则一再斫烧始可艺。春种麦豆，作饼饵以度夏；秋则粟熟矣。官输甚微，巫山民以收粟三百斛为率，财用三四斛了二税，食三物以终年，虽平生不识粳稻，而未尝苦饥。余因记吴中号多嘉谷，而公私之输顾重，田家得粒食者无几，峡农之不若也。作诗以劳之。

峡农生甚艰，斫畬大山颠。　　赤埴无土膏，三刀财一田。
颇具穴居智，占雨先燎原。　　雨来亟下种，不尔生不蕃。
麦穗黄剪剪，豆苗绿芊芊。　　饼饵了长夏，更迟秋粟繁。
税亩不什一，遗秉得屡餐。　　何曾识粳稻，扪腹尝果然。
我知吴农事，请为峡农言。　　吴田黑壤腴，吴米玉粒鲜。
长腰莛犀瘦，齐头珠颗圆。　　红莲胜雕胡，香子馥秋兰。
或收虞舜馀，或自占城传。　　早籼与晚穤，烂炊甑瓹间。
不辞春养禾，但畏秋输官。　　奸吏大雀鼠，盗胥众螟蟓。
掠剩增釜区，取盈折缗钱。　　两钟致一斛，未免催租瘢。
重以私债迫，逃屋无炊烟。　　晶晶云子饭，生世不下咽。

中国家庭基本藏书

食者定游手，种者长流涎。不如峡农饱，豆麦终残年。

　　峡农生甚艰，斫畬大山颠——峡农生活非常困苦，要在大山顶上焚烧草木，就草木灰下种耕作。斫：砍。畬（shē）：焚烧山坡上的草木，用草木灰做肥料的耕作方法。

　　赤埴无土膏，三刀财一田——那里土地坚硬，极其贫瘠，要多次斫畬，才能种一次田。埴（zhí）：黏土。土膏：土壤里肥沃的成分。

　　颇具穴居智，占雨先燎原。雨来亟下种，不尔生不蕃——峡农虽见识不广，但非常有智慧与经验，他们能够观察天气的变化，在雨前烧山，雨来了就赶快下种，如果不这样做，庄稼就长不好。

　　麦穗黄剪剪，豆苗绿芊芊。饼饵了长夏，更迟秋粟繁——庄稼长得非常好，黄黄的麦穗绿绿的豆苗。靠饼饵可以度过长长的夏天，秋天就可以等待小米丰收来度日了。迟（zhì）：期待，等待。

　　税亩不什一，遗秉得餍飱。何曾识粳稻，扪腹尝果然——每亩缴税不到收成的十分之一，剩下的粮食还可以填饱肚子，虽一生未见过粳稻米，但经常摸着肚子说，吃得也饱饱的。不什一：不到十分之一。餍（yàn）：饱。扪（mén）：摸。

　　我知吴农事，请为峡农言——我知道吴中农民的一些情况，请允许我给你们讲一讲。这是承上启下的两句，下面是作者对峡农介绍的吴中农民的情况。

　　吴田黑壤腴，吴米玉粒鲜——吴地土壤肥沃，种出的稻米如玉粒那样洁白明亮。

　　长腰匏犀瘦，齐头珠颗圆。红莲胜雕胡，香子馥秋兰——长腰米像匏瓜子那样瘦长，齐头白像珠子那样圆润，红莲的颜色比雕胡还红一些，香子比秋兰还香。长腰：米名。作者自注："长腰米，狭长，亦名箭子。" 齐头：米名。作者自注："齐头白，圆净如珠。"红莲：米名。作者自注："色微赤。"雕胡：菰米，六谷之一。《本草纲目·谷·菰米》集解引苏颂曰："菰生水中，叶如蒲苇，其苗有茎梗者，谓之菰蒋草，至秋结实，乃雕胡米也。"香子：米名。作者自注："香子，亦名九里香，斗米入数合作饭，芳香满案。"合（gě），一升的十分之一。匏（páo）犀：匏瓜的子。

　　或收虞舜徐，或自占城传——这些稻种，有的是从虞舜时传下来的，有的是从占城这个地方引进的。

　　早籼与晚穤，烂炊甑甀间——早籼与晚穤是普通的稻米，它们是普通人家做饭用的。籼：早熟却无黏性的稻米。李时珍《本草纲目·谷·籼》："籼亦粳属之先熟而鲜明者，故谓之籼。种自占城国，故谓之占。俗作粘者，非矣……高仰处俱可种。其熟最早，六七月可收。品类亦多，有赤白二色，与粳大同小异。"穤：与籼一样都是普通稻米。作者自注："穤稏、籼禾，价最贱。"烂炊：原作"滥吹"，今从《宋

054

诗钞》校改。甑(zèng)甗(yǎn)：都是做饭用的器具。

不辞春养禾，但畏秋输官——农民不怕春天插秧种稻的辛苦，就怕秋天向官府缴纳租税。

奸吏大雀鼠，盗胥众螟蝝。掠剩增釜区，取盈折缗钱——那些奸诈狡猾的官吏像大麻雀和大老鼠，那些强盗般的小官吏像螟蛾和蝗虫一样，他们想方设法夺走农民的粮食，用大斗和折收现钱的办法向农民掠取。螟蝝(míngyuán)：螟蛾和蝗的幼虫，都是害虫。釜、区(ōu)：都是古代的量器名。《韩非子·外储说右上》："夫田成氏甚得齐民，其于民也，上之请爵禄行诸大臣，下之私大斗斛区釜以出贷，小斗斛区釜以收之。"

两钟致一斛，未免催租瘢。重以私债迫，逃屋无炊烟——缴租时总要被翻倍勒索，若是交不起租就要挨打，以致遍体鳞伤，再加上地主、富家高利贷的盘剥，农民走投无路，只好背井离乡，远遁他方，有屋无人，一片荒凉。钟、斛：都是古代的量器名。六斛四斗为一钟。杨万里《转对札子》："旧以一斛输一斛，今以二斛输一斛矣。"范成大《四时田园杂兴》之四十五："不惜两钟输一斛，尚赢糠覈饱儿郎。"致：交还。此指缴纳租税。瘢(bān)：疤痕。

晶晶云子饭，生世不下咽。食者定游手，种者长流涎——农民从来也没有吃过亮晶晶的白米饭，吃亮晶晶白米饭的都是那些游手好闲的人，耕种的人总是流着口水看别人吃。

不如峡农饱，豆麦终残年——吴地农民种着好的田地，还不如你们过得好呢，哪怕是吃豆麦，但毕竟还有饭吃，还能吃得饱呀。

诗分两部分。"峡农生甚艰"至"扪腹尝果然"是第一部分，描写山区农民的刀耕火种。"我知吴农事"至"豆麦终残年"是第二部分，叙说水乡农民的生活状况，从而安慰峡农。全诗运用了对比的手法。首先是第一部分和第二部分的对比，巫山农民耕种着贫瘠的土地，过着贫困的生活，但他们居住在边远山区，受剥削较少，能勉强填饱肚子；吴中农民居于富庶的江南水乡，耕种着肥沃的土地，可他们所受的剥削太重，结果却填不饱肚子，不得不背井离乡。他们各有各的苦楚，又各有各的满足。其次是第二部分内部的对比，收成虽好但农民生活却很困苦，这是为吴农鸣不平。全诗以简练的语言描写了宋代山区农民和水乡农民的生产生活情况，无论哪里的农民，他们都是弱势群体，都是受剥削的对象。《劳畬耕并序》表现了诗人对农民的同情，对剥削者的批判，使人们看到残酷的剥削带来的危害比自然条件的恶劣更可怕，更可恨。

夔州竹枝歌(九首选二)

题解

　　淳熙二年(1175),作者过巫山,进入瞿塘关,在杜甫高斋休息,赋《夔州竹枝歌》。这是南宋川峡一带的风景画和民俗图。这里所选为其中的第五首和第六首。夔州:地名,今重庆奉节县一带。竹枝歌:本是四川东部一带的民歌,李商隐根据民歌改作新词,后人也就根据他改创的形式和内容来创作,其形式是七言绝句,多咏地方风土人情,语言通俗,有山歌的意味,称为竹枝词。

其 五

白头老媪簪红花,黑头女娘三髻丫。

背上儿眠上山去,采桑已闲当采茶。

新解

　　白头老媪簪红花,黑头女娘三髻丫——白发苍苍的老妇人头上插着红花,年轻女子把头发梳成三角发髻,让人好生奇怪。媪:老年妇人。簪(zān):同"簪",插,戴。三髻丫:三个角的发髻。

　　背上儿眠上山去,采桑已闲当采茶——妇女把孩子背在背上去劳动,小孩已酣然入睡。她们去干什么? 采茶,因为采桑的时节过后就该采茶了。

其 六

百衲畲山青间红,粟茎成穗豆成丛。

东屯平田粳米软,不到贫人饭甑中。

新解

　　百衲畲山青间红,粟茎成穗豆成丛——农民在开垦的土地上,一块种青豆,一块种红粟,红粟已经抽穗,豆子已经成丛,长势很好。百衲:僧衣,因由许多长方形的小布块拼缀而成,所以叫百衲。这里比喻一块块田地。畲:焚烧田地里的草木,用草木灰做肥料的耕作方法。这样耕作的田地叫畲田。间:隔着。

　　东屯平田粳米软,不到贫人饭甑中——东屯的粳米是最好吃的,它虽产于当地的平田之中,可到不了穷人的饭碗中。东屯:地名。平田:平地上的田,与山上的田相对。

这两首诗是对当地民风、民俗、民情的反映。第一首侧重于写民风民俗。老人头插红花、青年头梳三角发髻、妇女身背小孩劳作，这在她们看来是自然而然的事，而对异地人来说，是那样的奇特，甚至认为她们不可思议，这反映了当地的民情风俗，这就是所说的山川不同，风俗各异吧。第二首侧重于写民情。这首诗前两句描写了田野里的景象：所种庄稼品种繁多，粟已抽穗，豆已成丛，一派丰收的景象。后两句则叙写了一个残酷的现实：粮食丰收了，农民辛苦的劳动有了回报，可收获的粮食却"不到贫人饭甑中"。这首诗通过庄稼长势良好和农民生活贫困的反差表达了作者对官府盘剥之重的不满。

冬至日铜壶阁落成

这首诗是范成大在成都为官时所作。铜壶阁：在成都西川门西北，宋初蒋堂建。崇宁中，因火废。政和中修复。淳熙二年(1175)六月，范成大重新修复此阁，陆游为之作记。

走遍人间行路难，异乡风物杂悲欢。
三年北户梅边暖，万里西楼雪外寒。
已办鬓霜供岁籥，仍拼髀肉了征鞍。
故园云物知何似？试上东楼直北看。

走遍人间行路难，异乡风物杂悲欢——足迹踏遍祖国南北，方知世事的艰辛；身处他乡，观异地风物，百感交集。

三年北户梅边暖，万里西楼雪外寒——在桂林居住了三年，感受到了那里的温暖；目前在蜀，体验到了这里的寒冷。作者在桂林居住了三年而来蜀，故有此语。

已办鬓霜供岁籥，仍拼髀肉了征鞍——我已豁出白发，任你岁月流逝吧；髀肉因东奔西走而日消，但仍功业未建。岁籥：犹"岁月"。髀肉、征鞍：此用刘备的故事。刘备居荆州时，一日从厕所回来，潸然流涕，刘表见他有泪容，忙问之。刘备长叹曰："备往常身不离鞍，髀肉皆消；今不复骑，髀里肉生；日月蹉跎，老将至矣，而功业不建，是以悲耳！"作者南北驱驰，但仍是功业未建，与刘备很相似，故有此感。

故园云物知何似？试上东楼直北看——冬至日，我想观看一下家国的日色云气呈什么形状,于是登上东楼向北看。铜壶阁在西面,作者的故乡吴中在成都的东面,故国中原则在北方,故有"试上东楼直北看"之语。

这首诗首联写自己东奔西走,已知世事的艰辛。颔联紧承首联而来,具体写了自己为官的经历,上句写在桂林的情景,下句写如今在四川的情况。颈联抒发自己的感慨:年事已高,功业未建。尾联写其故国之思。四联一气呵成,一脉相通,浑然天成。诗的题目虽为《冬至日铜壶阁落成》,但诗中既没有写铜壶阁的景色,也没有写铜壶阁的修复情况,而是抒写了内心的感慨,感慨自己漂泊异乡,历尽艰辛,仍壮志难酬。家,暂时不能回;国,偏安于江南一隅,长久不能收复中原。无限家国之思凝于笔端,含蓄蕴藉。

樱桃花

樱桃花:李时珍《本草纲目》:"樱桃树不甚高,春初开白花,繁英雪。"这是一首咏物诗,写得清丽细腻。

借暖冲寒不用媒,匀朱匀粉最先来。
玉梅一见怜痴小,教向傍边自在开。

借暖冲寒不用媒,匀朱匀粉最先来——樱桃花在乍暖还寒的时候,应节而开,色彩亮丽,莹莹如白雪。匀朱匀粉:把胭脂和铅粉均匀地涂抹好,即搽好胭脂抹好粉。

玉梅一见怜痴小,教向傍边自在开——白梅花在绽放时,看见痴情娇小的樱桃花,便有了大姐姐般的关心与爱护,让她躲到一边,自由开放,以便有更大的空间发展自己。玉梅:白梅花。

这首诗写了樱桃花开得早、开得茂盛的特点,虽然花朵小,不能与白梅花争芳斗艳,可冲寒的精神是可贵的。诗歌运用拟人的手法,赋予梅以人的情感:当娇小的樱桃花前来相伴时,高贵的梅花没有鄙视,没有不满,有的是长辈般的呵护,让她躲到一边,自由自在地生长,尽显风姿。在乍暖还寒的时节开放,本是樱桃花与白梅花的特性,但经诗人巧妙的构思、匠心独运的描写,它们都被赋予了灵性,读来颇为亲切,饶有趣味,富有情韵。

初发太城留别田父

题解

　　淳熙四年(1177),作者将要离开西蜀时写了这首诗。太城:今四川成都旧府城的南城。

　　西蜀夏旱,未行前数日连得雨,父老云:"今岁又熟矣。"

　　　　秋苗五月未入土,行人欲行心更苦。
　　　　路逢田翁有好语,竞说宿来三尺雨。
　　　　行人虽去亦伸眉,翁皆好住莫相思。
　　　　流渠汤汤声满野,今年醉饱鸡豚社。

新解

　　秋苗五月未入土,行人欲行心更苦——旱情严重,时至五月,秧苗未插,而此时我又要离去,内心更加愁苦。行人:作者自指。

　　路逢田翁有好语,竞说宿来三尺雨——上路后遇到几个种田老翁,他们争着告诉我,昨晚下了三尺深的透雨。

　　行人虽去亦伸眉,翁皆好住莫相思——虽然我将要离开了,闻听喜讯,眉头也舒展开了,嘱咐老农好好保重,不要思念我。伸眉:愁眉舒展开了。

　　流渠汤汤声满野,今年醉饱鸡豚社——听那渠水汤汤,发出的阵阵声响正回荡在原野里,想来今年一定是个丰收年,在祭祀时一定能摆上鸡猪等祭品,祭祀结束后你们可以好好享用一番了。汤汤(shāngshāng):水流大而急的样子。豚:猪。社:祭祀土地神的日子。每年二社,即春社和秋社。社日那天,人们聚在大树下祭祀神灵,祭后大家分享祭品。这里指秋社。

新评

　　这首诗写了作者即将离开他做地方官的西蜀时的情景。作者将要离任时,正值此地干旱,内心焦急不安;然天公作美,普降甘霖,当几个种田老翁争相告诉他昨晚下了三尺深的透雨时,他立即喜上眉梢。虽已不在此地为官,但仍为此地百姓的生计着想,并给予当地老农嘱托与祝福,从中我们可以体味到诗人与农民间情谊的深厚和诗人对农事的关心。诗人作为一个封建士大夫,还能时时关注农事,关心农民生活,这种精神实在难能可贵。此诗语言通俗晓畅,接近于口语,就像诗人在路旁与田翁话家常,读来倍感亲切。

荆渚中流,回望巫山,无复一点,戏成短歌

【题解】

淳熙四年(1177)的五月二十九日,范成大离开成都东下,八月,到了湖北江陵。此时,辛弃疾知江陵府,邀范成大同游渚宫,石湖此诗记述此次游历和所生感慨。荆渚:江陵。

千峰万峰巴峡里,不信人间有平地。
渚宫回望水连天,却疑平地元无山。
山川相迎复相送,转头变灭都如梦。
归程万里今三千,几梦即到石湖边。

【新解】

千峰万峰巴峡里,不信人间有平地——船在群山环绕的江面上飘浮,到处都是白茫茫的一片,于是我产生了人间没有平地的念头。这是作者到了江陵,回想船经过三峡的情景。巴峡:巴郡三峡,即巴县以东江面的石洞峡、铜锣峡、明月峡,但这里指巫峡等长江三峡。

渚宫回望水连天,却疑平地元无山——从渚宫沿江回望,水天相接,望不到尽头,我又怀疑那里本是平地,根本就没有山峰。渚宫:春秋时楚国的别宫,这里指江陵一带。

山川相迎复相送,转头变灭都如梦——山水不断地出现、消失,递转变化,引发了我的遐想。我已年过半百,还功业未建,内心无限感慨,此时,仕途的坎坷、人事的沧桑、自然景物的变化交织在一起,使我恍如在梦里。

归程万里今三千,几梦即到石湖边——归家的路程有万里之遥,我现在只走了三千里,不过,再做几次那样的梦也就到家了。

【新评】

这首诗写了作者经过三峡时的感受。一、二两句写经过三峡所见山之多。范成大在《吴船录》中说三峡"山之多不知其几千里,不知其几千万峰";三、四两句写渚宫回望而又觉无山;前四句从不同的视角写了三峡的景象。五、六两句运用了拟人手法,一"迎"一"送"使人觉得凡事都在不停地变幻,含蓄地表达出作者

对仕途坎坷和人事沧桑的慨叹。七、八两句通过路程的计算传达出作者对家乡的思念。前四句写景,五、六两句抒情,最后两句叙事,景、事、情融为一体,浑然天成,不愧为一篇佳作。

鄂州南楼

淳熙四年(1177)五月,范成大出蜀东归,中秋前夕到达鄂州(今湖北武昌)。此诗是诗人中秋之夜与当地官员宴集南楼时所作。

谁将玉笛弄中秋? 黄鹤归来识旧游。
汉树有情横北渚,蜀江无语抱南楼。
烛天灯火三更市,摇月旌旗万里舟。
却笑鲈乡垂钓手,武昌鱼好便淹留。

谁将玉笛弄中秋? 黄鹤归来识旧游——中秋之夜,南楼之上,游者听到歌管之声,这是谁在此演奏呢? 是黄鹤归来旧地重游吗? 首句化用李白的“黄鹤楼中吹玉笛”的诗意。下句点明所游之地是南楼附近的黄鹤楼,这里,仙人曾骑乘黄鹤经过,故有此名。此处暗指自己出蜀东归,就如黄鹤重游故地一样。

汉树有情横北渚,蜀江无语抱南楼——站在南楼上,眺望江北,见到南楼是与汉阳相对的,并且它的西面和北面都被长江环抱。汉树:唐代诗人崔颢《黄鹤楼》中有“晴川历历汉阳树”的诗句,“汉树”就是由此化来。

烛天灯火三更市,摇月旌旗万里舟——街面上,灯火通明;大江上,船自“万里”而来,遍插旌旗,热闹非凡,夜市一直持续到三更时分。

却笑鲈乡垂钓手,武昌鱼好便淹留——我的行为真是可笑,宦游不返,又在此欣赏鄂州的美景,不及早回归故乡。鲈乡:范成大家乡苏州盛产鲈鱼,所以“鲈乡”是指诗人的故乡苏州一带。垂钓手:这里指作者自己。武昌鱼好:三国时,孙权想把都城从建业移到武昌,建业人作歌曰:“宁饮建业水,不食武昌鱼。”

这首诗有两大特色,一是善于点化。首联化用李白的“黄鹤楼中吹玉笛”,尾联化用三国时的民谚“宁饮建业水,不食武昌鱼”。这显然是受江西诗派的影响,但没有江西派“字字皆有来历”的弊病。二是写景精工。“有情”、“无语”、“横”、

"抱",拟人化的手法,"烛"、"摇",灵动的描写,把鄂州南楼所见到的景象生动形象地刻画出来了,情与景相互交融,浑然一体。对这首诗,明代人胡应麟评价说:"范致能'烛天灯火三更市,摇月旌旗万里舟'……皆七言近唐诗者,此外不多得也。"清人贺裳评价说:"古之'宁饮建业水,不食武昌鱼',却如此点化,何减回道人半黍。"纪昀评价曰:"声调自好,然而浮声多于切响矣。"

初归石湖

淳熙五年(1178)六月,作者回到了石湖,这首诗就是作者初到石湖时写的。到此时,作者已离开家乡六年了。

> 晓雾朝暾绀碧烘,横塘西岸越城东。
> 行人半出稻花上,宿鹭孤明菱叶中。
> 信脚自能知旧路,惊心时复认邻翁。
> 当时手种斜桥柳,无限鸣蜩翠扫空。

晓雾朝暾绀碧烘,横塘西岸越城东——清晨,薄雾笼罩,太阳刚刚露出笑脸,天边青中透红,横塘的西岸,越城的东面就是我的别墅所在地。暾(tūn):刚出来的太阳。绀(gàn):青中带红的颜色。

行人半出稻花上,宿鹭孤明菱叶中——稻田里,禾苗已经长到了齐腰高,人行其中,只见上半身在移动,远远望去,就好像在绿色的海洋中浮动;池塘里,绿色的菱叶到处都是,白鹭栖息在茂密的菱叶之中,万绿丛中一点白,很是显眼。

信脚自能知旧路,惊心时复认邻翁——漫步在故乡的小路上,似乎一切都是陌生的,因为离家已经多年,同时家乡也在变化;但似乎一切又都是熟悉的,细细辨别之后,找到了早年走过的小路,认出了昔日的邻居,心中充满了久别重逢的惊喜。信:任意,随意。

当时手种斜桥柳,无限鸣蜩翠扫空——当年我亲手栽在斜桥边的柳树已绿荫蔽日,翠绿的枝条在空中飘拂,无数的知了在树上鸣叫。蜩(tiáo):蝉。

这首诗前两联描绘了作者初到石湖时所见到的景象:空中,薄雾笼罩,太阳初出;田间,片片稻田,稻花飘香;水上,菱叶丛中,白鹭栖息。这些景物交织在一起，构成了一幅恬静优美的风俗画。颈联写出了一个长期飘泊在外的游子初归家乡时的真实感受。尾联更是弦外有音，看着昔日亲手栽植的弱柳如今已是枝繁叶茂，想到自己当年离家时风华正茂，今日回乡已是满头白发，别有一番滋味在心头。全诗以简练生动的笔墨，写出了作者初归石湖时的所见所感，字里行间，流露出作者回到家乡、回归田园的愉悦之情以及对田园美景的无限热爱之情，同时也有人事沧桑之慨。

秋前风雨顿凉

这首诗是淳熙六年(1179)范成大在家乡时所写。

秋期如约不须催，雨脚风声两快哉。
但得暑光如寇退，不辞老景似潮来。
酒杯触拨诗情动，书卷招邀病眼开。
明日更凉吾已卜，暮云浑作乱峰堆。

秋期如约不须催，雨脚风声两快哉——何时立秋好比早已约定好了的，不须人去催促就应时而到；秋天虽到，天气仍然还很热，此时无论是雨还是风，它们的到来，都会让人感到爽快。

但得暑光如寇退，不辞老景似潮来——如果暑气在此时能像敌寇一样退却，天气变得凉爽，那么我就不介意老景像潮水一样来势凶猛了。

酒杯触拨诗情动，书卷招邀病眼开——天气凉爽了，引发了我的酒兴和诗情，本来我有眼病，不想看书，但由于此时心情舒畅，读书欲望又起，眼病也随之减轻，又继续看书了。

明日更凉吾已卜，暮云浑作乱峰堆——本来以为暑气消退只是一会儿的事，但观察一下天空，云还很厚，雨不会马上停止，我认为明天的天气会更凉爽，我也就更欢喜了。

由于天热，作者期盼凉爽的到来；为了凉爽的到来，作者不惜以牺牲年华为代价；凉爽到来后，作者欣喜若狂，酒兴、诗情一起而来；雨不会止，凉爽还将继续，作者更是喜不自禁。从盼凉爽时的急切到凉爽到来时的喜悦，这样一个心理变化过程,在此诗中得到了充分的体现,并且环环相扣。在语言的运用上也有其独到之处:用"如寇退"来比喻暑气的消退、"似潮来"比喻老景的到来,新颖奇特;"触拨"、"招邀",运用拟人手法,用语贴切。全诗取境雅瘦,清新自然。

晚步吴故城下

题解

这首诗是淳熙六年(1179)范成大在家乡时所写。吴故城:春秋时吴国旧城,今苏州市西横山之下有它的遗址。

> 意行殊不计榛菅,风袖飘然胜羽翰。
> 拄杖前头双雉起,浮图绝顶一雕盘。
> 醉红匝地斜曛暖,熨练涵空涨水寒。
> 却向东皋望烟火,缺蟾先映槲林丹。

意行殊不计榛菅,风袖飘然胜羽翰——我漫步在吴故城下,根本不计较那杂乱生长着的草木;秋风吹拂,两袖飘飘,很像鸟在展翅。榛:一种小树,属落叶乔木。菅:草名,多年生草本植物。

拄杖前头双雉起,浮图绝顶一雕盘——拄着拐杖正在前行,突然一对山鸡从身旁飞起,再看那高空,一只凶猛的禽鸟正在佛塔上空盘旋。这两句写出了吴故城的荒凉,取景典型,描写逼真。浮图:塔。雕:一种大型猛禽。嘴呈钩状,视力很好,腿部羽毛直达趾间,雌雄同色。也叫鹫。

醉红匝地斜曛暖,熨练涵空涨水寒——夕阳西下,落日的徐辉洒满大地,照在这满地红叶的林中,映在那澄静的江水里,使这个秋天的黄昏充满了暖意;可是不久江水涨潮了,这又让人感到暖意消退,寒意上升。

却向东皋望烟火,缺蟾先映槲林丹——举目东望,那袅袅的炊烟已经升起,时间过得真快,不经意间月亮已爬上了天空,映照着红色的槲林。皋:水边之地。缺蟾:缺月,农历十五之后渐缺不圆的月亮。槲(hú):一种落叶乔木。

这首诗写了诗人漫步吴故城下的所见之景:杂乱的草木,突飞的山鸡,盘旋的老雕,满地的红叶,澄静的江水,远方的烟火,月下的丹林。这些景物有远有近,有高有低,构成了一幅多彩而又立体的画面。诗人在对景物的描写中很注重炼字,尤其是

"熨"字,生动、形象、传神。诗歌首尾两联叙事兼写景,中间两联完全写景,可以说是通篇写景,但诗中没有罗列堆砌的痕迹,而是写得层次分明,有声有色,给人身临其境的感觉。翁方刚说范成大"善作风景语",的确如此,这首诗就是一个很好的例证。

上沙田舍

这首诗写于淳熙六年(1179),写的是在上沙村所见的景象。上沙:上沙村,在今苏州城西,作者曾在这里居住过。

> 更无云物起微阴,垄亩人家各好音。
> 岁晚阳和归稻把,夜来霜力到枫林。
> 儿童笑里丰年面,乌鸟声中落日心。
> 酿秫炊粳都入手,剩拚腰脚办登临。

更无云物起微阴,垄亩人家各好音——晴空万里,无一点儿云彩,农民欢呼着,歌唱着,与打稻声混合在一起,动听的音乐响彻原野。云物:云雾。垄亩人家:农家。好音:美妙的声音,此处指打稻声和欢笑声。

岁晚阳和归稻把,夜来霜力到枫林——时节已经很晚了,趁天气大好赶快收割稻子吧,因为昨晚秋霜已打红了枫叶。稻把:稻穗。

儿童笑里丰年面,乌鸟声中落日心——在儿童的笑脸上,似乎可以看到丰收的喜悦;在鸟儿归巢前的叫声中,似乎可以听到落日眷恋大地的心声。落日心:迟暮之感。

酿秫炊粳都入手,剩拚腰脚办登临——各种各样的庄稼都已收割完毕,剩下的时间就是等着重阳节到来,到那时用尽全身力气去参加重阳盛会。酿秫:一种黏的稻米,是用来酿酒的。炊粳:一种用来做饭的不黏的稻米。登临:登上高处,欣赏景物。

这首诗细腻地刻画出了农民在收获季节内心情感的变化:收获前,他们担心、忧虑,怕阴,哪怕是微阴;收获时,他们欢呼、歌唱,毕竟粮食即刻要到手了;收获后,他们内心才稍稍踏实、安心。旧社会里的农民,他们处在社会的最底层,是被剥削的对象,一年四季,奔波劳碌,辛辛苦苦,不但身累,心更累,只有秋收之后,看到自己辛勤的汗水换来丰收的粮食时,内心才略感轻松;但这样的心情只是暂时的,接下来又要交租纳税,又要坠入痛苦的深渊,所以即使丰收了也很难在农民脸上看到灿烂的笑容。为了给丰收的季节增添喜庆的气氛,文中写到了孩子的笑脸,因为他们才是天真可爱、无忧无虑、未知稼穑之艰辛的。在刻画农民内心世界的同时,作者也抒发了自己的情感——"乌鸟声中落日心",流露出了诗人的迟暮之感。多种情感相互交织,使诗歌变得深厚凝重。

咏河市歌者

【题解】

此诗是淳熙十二年(1185)作者在石湖归隐时所作。河市:地名,指北宋开封城南到汴河之间的沿河市区,这里居民众多,繁盛异常,民间艺人也多集中于此,靠卖艺为生。

> 岂是从容唱渭城,个中当有不平鸣。
> 可怜日晏忍饥面,强作春深求友声。

【新解】

岂是从容唱渭城,个中当有不平鸣——听那歌者的吟唱,美妙动听,难道他只是在单纯地演唱《渭城曲》吗?歌声中难道就没有别的意思吗?再用心去感受,歌声婉转悠长,似有不平之气,想必包含着内心的不平吧。渭城:即《渭城曲》,根据唐代诗人王维的送别诗《送元二使安西》谱成的乐曲,又叫《阳关三叠》,唐宋时期十分流行。个中:其中。当:应当。

可怜日晏忍饥面,强作春深求友声——可怜那个唱歌的人唱到天晚,还没有吃口饭,依然忍饥挨饿,强作黄莺般的歌声来吸引听众。日晏:天晚了。忍饥面:挨饿的脸色。春深求友声:用《诗经》中"嘤其鸣矣,求其友声"的典故,是说:春天黄莺叫个不停,是为了寻找伴侣。这里暗指歌者由于饥饿难耐想要寻求援助而发出的凄厉之声。

【新评】

在这首诗中,作者把目光投向了民间艺人,描写了一个流落街头、靠卖唱为生的歌者。他为了吃得饱些、穿得暖些,虽然天色已晚,仍强忍饥饿,街头卖唱,其悲惨之状跃然纸上。这首诗在用字上生动、形象、传神,"忍"字刻画出了歌者的痛苦之形,"强"字描绘出了歌者的挣扎之状。在写法上更是别出心裁,前两句一问一答,设置了悬念,紧接着后两句解开疑团,使诗有跌宕起伏之感。在这首诗里,诗人表达出了对下层人民的同情，同时又似乎与歌者心有戚戚焉，通过他表达了自己政治上的不平之声，抒发了自己在政治上的落寞之感。

四时田园杂兴六十首并引(选二十五首)

《四时田园杂兴》六十首是范成大在孝宗淳熙十三年(1186)于石湖养病期间所作。此为组诗，依时序分为春日、晚春、夏日、秋日、冬日五组，每组各十二首。概括地看，可归纳为农村风光、民风民俗、农事活动、农人欢乐、农民苦痛等几大方面。它是中国诗歌史上规模最宏伟、体系最完整、内容最丰富的田园组诗，有对田园风光的描写，有对农村风土人情的介绍，有对农民劳动生活的表现和对阶级压迫与剥削的反映。在田园诗中反映官僚的剥削和民生的疾苦，以往诗人很少涉及，而范成大正是在这些方面发展了田园诗，"使脱离现实的田园诗有了泥土和血汗的气息"(钱钟书《宋诗选注》)。范成大《四时田园杂兴》的划时代意义，就在于其以亲切可感的忧民与爱民之心，将田园诗、农事诗、悯农诗有机整合，形成新型的赋予了丰富饱满内涵的田园佳作。其成功的创作实践，使他成为田园诗、农事诗、悯农诗的集大成者。

诗前小序为组诗总序。丙午：淳熙十三年(1186)。沉疴少纾：重病稍有减轻。杂兴：随兴写来，没有固定题材的诗篇，相当于平常我们读到的诗歌中的某些无题诗，只是诗人有感而发，即兴所作。

　　淳熙丙午，沉疴少纾，复至石湖旧隐。野外即事，辄书一绝；终岁得六十篇，号《四时田园杂兴》。

其　一

这是《春日田园杂兴十二绝》中的第一首，写春天乡下的午闲时分。

　　　　柳花深巷午鸡声，桑叶尖新绿未成。
　　　　坐睡觉来无一事，满窗晴日看蚕生。

柳花深巷午鸡声，桑叶尖新绿未成——明媚的春光里，柳絮在深巷中飞舞，雄鸡在中午时分高声啼叫，田园里的桑树已长出了嫩芽，绿绿的，只是还未长成。

坐睡觉来无一事,满窗晴日看蚕生——一个老农一觉醒来,无事可做,趁阳光尚好,正在仔细观察刚刚孵化出来的蚕宝宝。

在这首诗中,诗人选择了日常生活中最常见却富有浓郁生活气息的事物:柳花、深巷、桑叶、鸡、蚕。对这些事物,作者用白描的手法进行了细腻的描写:柳絮在飞,鸡在叫,桑叶初发,蚕在长。这首诗最大的特点就是通过几种典型事物来描写早春的景象,而且写得形象逼真,给人以身临其境之感。而且诗中的事物都是以动态的形式出现的,反映了生机益然的春天已经来临。大好时节,老农闲来无事观察蚕的幼虫,既表现了农民生活的闲适,更突出了农民那种盼望收获的殷切心情。

其 二

这是《春日田园杂兴十二绝》中的第二首,写春来泥土解冻,万物生机勃发的景象。

土膏欲动雨频催,万草千花一晌开。
舍后荒畦犹绿秀,邻家鞭笋过墙来。

土膏欲动雨频催,万草千花一晌开——在春雨的催动下,大地顷刻间解冻,万物复苏,百花盛开。土膏:土地中的肥沃成分。《国语·周语上》:"阳气俱蒸,土膏其动。"这句是春来解冻,地气回苏,土地润泽的意思。一晌(shǎng):片刻之间,顷刻。

舍后荒畦犹绿秀,邻家鞭笋过墙来——大地披上了绿装,片片青葱翠绿;邻家院中的竹子像顽童一样,越过墙来。鞭:竹根。鞭笋:竹根上生出的新笋《齐民要术》曰:竹性爱向西南引,谚云:"东家种竹,西家治地。"为滋蔓而来生也。

这首诗最大的特点是选取景物的视角逐渐缩小。一二两句大处着笔,描写了春雨频催、大地解冻、万草萌生、千花盛开的景象,由天到地再到万草千花,到处都充满了春的气息。第三句把视角从广阔的天地转到了屋后的菜地。第四句的视角更小,转到了墙根。对墙根竹子的描写才是点睛之笔,它让人产生遐想:大概邻里关系一定很和睦吧,诗人一定很悠闲吧,是春的力量使它爬墙过来的吧!"舍后荒畦犹绿秀,邻家鞭笋过墙来"与"春色满园关不住,一枝红杏出墙来"一句有异曲同工之妙。如果说"出"字体现了一种想逾越却有些不安的心态,那么"过"字就完全摆脱了这种限制,除了让人体会到竹笋那种坚韧不拔的顽强生命力之外,更让人从中体会到邻里关系的融洽,让人从"邻家鞭笋过墙来"感到邻居家的人来了。全诗不事雕琢,语言清新自然,但整个大自然的勃勃生机已跃然纸上。

其 三

这是《春日田园杂兴十二绝》中的第三首,叙写清明时节乡村的景物、情事。

高田二麦接山青,傍水低田绿未耕。
桃杏满村春似锦,踏歌椎鼓过清明。

高田二麦接山青,傍水低田绿未耕——田野里,地势高的地方种的是大麦和小麦,长势很好,片片青翠,与远处的青山连在了一起;靠水的低洼田地还未耕作,长满了野草。高田:地势高的田地。二麦:大麦和小麦。傍水:靠近水。

桃杏满村春似锦,踏歌椎鼓过清明——桃花、杏花开满了山村,在明媚的春光里,人们载歌载舞,敲鼓助兴,欢度清明节。椎鼓:击鼓。清明:我国民间的传统节日。古时非常重视清明节,这一天,家家载歌载舞或去郊外游赏来表示庆祝。

这首诗写了清明时节村内、村外的景象。前两句"高田二麦接山青,傍水低田绿未耕",从远看和近看两个不同的视角描写了村外的田野,远处看见的是高地的麦田与山上的植物连接在一起,郁郁葱葱;近处看见的是水边长满碧绿的野草,到处都充满了绿色,让人心旷神怡。时值清明时节,正是百花盛开的时候,第三句中"桃杏满村春似锦"正写出了这一点。满村盛开着桃花、杏花,浓郁的花香让人对丰收充满了希望。在这美丽景色之外,清明时节那载歌载舞的景象更是让人神往。人们聚在一起,敲锣打鼓,踏歌起舞,热闹非凡。诗歌由远及近,由村外写到村内,远近交相辉映,层次分明,使景物更加鲜明,清明踏歌图更显庄重,反映了当地田园风光的美好和民风民俗的淳朴。

其 五

这是《春日田园杂兴十二绝》中的第五首,描写乡村祭社神的情景。

社下烧钱鼓似雷，日斜扶得醉翁回。
青枝满地花狼藉，知是儿孙斗草来。

　　社下烧钱鼓似雷，日斜扶得醉翁回——神像前，敲起了锣鼓，奏响了音乐，在此氛围之中，人们焚烧纸钱，点燃香火，敬上供品，一个个跪在地上虔诚地叩拜祈祷，祈求各路神灵保佑，今年又是一个丰收年。祭祀结束之后，排摆筵席，老少共饮，十分高兴，天色将晚，老翁已醉，于是年轻人扶着他们共同回家。《荆楚岁时记》载："社日，四邻并结宗会社，宰牲牛，为屋于树下，先祭神，然后享其胙。"

　　青枝满地花狼藉，知是儿孙斗草来——回家的路上，满地的树枝花瓣，杂乱不堪，人们心里想：这一定是淘气的孩子们喧闹玩耍时丢弃的。狼藉：乱七八糟，杂乱不堪。斗草：用草来比赛的游戏，以草的品种多少来决定胜负，多者为胜，又叫斗百草。

　　这首诗前两句写成年人的活动：祭祀的地方，人们敲锣打鼓，焚香祈祷，分享祭品，气氛热烈，井然有序。农民在古老的土地上播种下希望，却将来年的收获寄托在神灵身上，反映了当时生产力水平的低下、人们思想的落后，但同时也从另一个方面写出了当时人们的风俗习惯。祭祀土地神，可以说由来已久，古代帝王建国或登基时祭祀的"社稷"，也就是"土地神"和"谷神"，这反映了一种"民以食为天"的思想。后两句写孩子们的活动，但孩子们嬉笑玩耍的情景不着一字，完全由兴尽而归的成年人眼中表现出来，可谓言尽而情致犹然。这首诗通过对农民祭祀土地神情景的描写，反映了当地人们的生活习俗。

其 六

　　这是《春日田园杂兴十二绝》中的第六首，描写地方官乡村"行春"的情景。

骑吹东来里巷喧，行春车马闹如烟。
系牛莫碍门前路，移系门西碌碡边。

　　骑吹东来里巷喧，行春车马闹如烟——鼓乐之声从东面传来，刹那间，整个村庄都被惊动了，人们纷纷跑出家门，争着抢着来看热闹，原来是地方官"行春"来了，那仪仗队好生气派：远望，烟尘滚滚，旗幡招展；近观，车队、马队、乐队整齐有序。骑吹：指官员出行时在马上奏乐的仪仗队。行春：春季，官吏巡视地方，劝勉农民耕地养蚕。

系牛莫碍门前路，移系门西碌碡边——这是谁家的牛，竟然系在了这里，挡住了门前的路，赶快把它牵走，系到西面的碌碡旁，那里比较宽阔。碌碡(liùzhou)：石质圆柱的一种农具，用于碾压谷物或平场地。

这首诗写了地方长官"行春"时的盛大场面和农民对此作出的反应。"骑吹东来里巷喧，行春车马闹如烟"，将古代当官的人巡视时的那种威风、气派，淋漓尽致地表现了出来。"系牛莫碍门前路，移系门西碌碡边"，不但将老百姓的好奇、敬畏全都生动地表现了出来，同时也从侧面反映出这个官可能是一个勤政爱民的好官。尤其是将牛移系这个细节，描写得更是生动、细腻、传神，起到了见微知著的作用。清人陈衍曾评价此诗曰："置之诚斋集中，无能辨者。"

其十五

这是《晚春田园杂兴十二绝》中的第三首，写晚春初夏村落的寂静。

蝴蝶双双入菜花，日长无客到田家。
鸡飞过篱犬吠窦，知有行商来买茶。

蝴蝶双双入菜花，日长无客到田家——一个小院里，种着菜，菜已开花，彩蝶在连片的菜花丛中飞来飞去，很长时间都没有客人到农家来打扰了，可能人们都在忙于农活。

鸡飞过篱犬吠窦，知有行商来买茶——忽然鸡飞过了篱笆，狗在洞口狂吠，是谁打破了这里的宁静，农家已料到是外地茶商来了，因为这是春茶收获的季节。窦：孔穴、洞，这里指狗洞。买茶：收购茶叶。

在这首诗里，飞舞的蝴蝶、金黄的菜花、乱飞的鸡、狂叫的狗组成了一幅充满生活气息的画面。诗中第三句的描写颇为耐人回味，很有陶渊明的"狗吠深巷中，

名家选集卷

鸡鸣桑树颠"诗句中那美妙的意境。在这样的时候,"日长无客"是为什么呢？因为这时正是忙碌的季节,人们都在田中劳作,收获春茶。此时只有商人来农家收购茶叶,商人的到来打破了农家的寂静,使农家小院顿时显得很热闹。这首诗描写了暮春时节田园风光的优美和农民的生产生活情况,流露出诗人对田园生活的无限热爱之情。

其十八

这是《晚春田园杂兴十二绝》中的第六首,写江南农村的蚕忌习俗。

> 三旬蚕忌闭门中,邻曲都无步往踪。
> 犹是晓晴风露下,采桑时节暂相逢。

三旬蚕忌闭门中,邻曲都无步往踪——在蚕忌的三十天中,人们只能闭门不出,就是邻里之间也要断绝往来。吴地风俗,四月为蚕忌,在此期间,家家关门闭户,断绝一切邻里、亲朋之间的往来,禁止小儿啼哭,妇女要独宿,等等。这是由于当时生产力水平低下,人们还没有充分掌握养蚕的规律,为了使蚕桑获得丰收,就采用了祈神或蚕忌的办法。三旬:三十天。邻曲:邻里。

犹是晓晴风露下,采桑时节暂相逢——只有在晴朗的、微风拂面的、晨露沾衣的早晨,在桑田里采桑时,这些平日里不敢往来的人才能相逢。

这首诗写了农民养蚕的情景。为了养蚕,人们要蚕忌,深怕触禁影响收成。此时,人们的心情是紧张的,因为这是他们生活的保障,同时也体现了当时人们思想的落后。外出采桑,人们的心情是愉悦的,因为邻里之间可以话家常,虽然相逢是短暂的。在对户内、户外的描写中,我们体味到了农民养蚕的艰辛和苦楚,也为生活在那个时代的人们感到无奈。这首诗生动地描绘了江南蚕农的民俗风情,有着丰富的民族文化内涵。

其二十二

这是《晚春田园杂兴十二绝》中的第十首,描写雨后的乡村生活。

范成大集·诗

雨后山家起较迟，天窗晓色半熹微。
老翁欹枕听莺啭，童子开门放燕飞。

雨后山家起较迟，天窗晓色半熹微——一场春雨后，农民暂时有了空闲，不用再早起了。当晨曦微露，映在窗上时，他们还未起。此时，他们可能酣睡未醒，做那丰收的美梦；或者已经醒来，正在谈论耕作和生计的问题。

老翁欹枕听莺啭，童子开门放燕飞——老翁靠在枕上，闭目养神，窗外，绿树成荫，莺儿飞转，那老翁或许正在听莺儿的鸣叫；童子立于门外，燕子有的飞于屋门口，有的盘旋于空中，院中绿草成茵，花朵盛开，阳光明媚。

这首诗写了农家的雨后生活，反映了当时农民只能根据天气情况来安排自己生活的现实状况。"莺啭"、"燕飞"表现了大自然的春光是美好的。"起较迟"、"欹枕听"反映了农民生活的另一个侧面，他们也可以在辛苦的劳动之馀获得暂时的闲适。整首诗语言清新自然，尤其是三四两句，对仗工稳，"欹枕听莺啭"传神地刻画出了老翁的闲适，"开门放燕飞"表现了孩子的天真浪漫，形神毕肖地勾勒了两幅令人神往的图画。

其二十四

这是《晚春田园杂兴十二绝》中的第十二首。

乌鸟投林过客稀，前山烟暝到柴扉。
小童一棹舟如叶，独自编阑鸭阵归。

乌鸟投林过客稀，前山烟暝到柴扉——天色已晚，鸟儿正在归巢，都向树林中飞去，路上的行人也少了。晚烟首先从山中升起，山前烟雾弥漫，然后慢慢地向村庄移动，不久，整个村庄也笼罩在烟雾之中，目之所及，苍茫一片。烟：暮霭。暝：昏暗。柴扉：柴门。

小童一棹舟如叶，独自编阑鸭阵归——这时一个小孩子驾着一叶扁舟，独自赶着一大群鸭子走在回家的路上。棹：船桨。编阑：沈钦韩云："编阑，犹赶棹也。"

这里指拦挡鸭群让它们走在回家的路上。鸭阵：鸭群。

这首诗写的是傍晚时分的情景，逐渐笼罩在雾气中的山川、村庄，驾船回家的小孩组成了一幅动态的画面，一切都随着时间的推移而变化。尤其是那个赶着鸭群回家的小孩，他是多么的勤劳可爱呀，这让人深刻地体会到了"穷人的孩子早当家"这句话的含义，他们从小就要分担家里的劳动任务。小孩的出现也给这幅山村图画增添了灵动之感，使这个宁静的山村在傍晚时分显得更加欢乐祥和、富有生活气息。夕阳西下，鸟儿归巢了，家家户户都在准备晚饭，放鸭的孩子也在往回走，这些场景都反映了农村"日出而作，日入而息"的生活律动。

其二十五

这是《夏日田园杂兴十二绝》中的第一首。

> 梅子金黄杏子肥，麦花雪白菜花稀。
> 日长篱落无人过，唯有蜻蜓蛱蝶飞。

梅子金黄杏子肥，麦花雪白菜花稀——夏日里，田间一派丰收的景象：金黄的梅子、肥大的杏子、雪白的麦花、稀疏的菜花，遍布原野。

日长篱落无人过，唯有蜻蜓蛱蝶飞——白天渐渐变长了，可是没有人从篱笆边经过，只有蜻蜓在飞，蝴蝶在舞，散发着浓郁的乡野气息。

这首诗前两句罗列了梅子、杏子、麦子、菜花这些日常生活中常见的事物，但是它们之间不是简单的罗列，而是存在着内在的联系，它们组合在一起构成了一个完整的意境，写出了初夏时乡村色彩的绚丽，其写法与"鸡声茅店月，人迹板桥霜"很相似。后两句写蜻蜓在飞、蝴蝶在舞而无人经过篱笆，从这里可以看出夏天农事正忙，村民们正在田间忙碌，无人在家，写出了初夏时乡村生活的宁静。一、二、四句写景，境界优美，三句叙事，农民劳作的情景隐含其中，含蓄而富有韵味。清人潘德舆对这首诗赞不绝口："与坡公'溶溶晴港'一绝相配也。此则七绝至高之境，超大苏而配老杜者矣。"

其二十九

这是《夏日田园杂兴十二绝》中的第五首。

> 小妇连宵上绢机，大耆催税急于飞。
> 今年幸甚蚕桑熟，留得黄丝织夏衣。

小妇连宵上绢机，大耆催税急于飞——夜深人静了，那个妇女还在织布机上劳作着，为什么如此辛苦呢？因为官府催税催得太紧了，要赶快将绢织成布，然后拿到市场上卖掉，换得钱来交纳租赋。大耆：村中为官府征收赋税的官。

今年幸甚蚕桑熟，留得黄丝织夏衣——庆幸的是今年蚕桑丰收了，上等的白丝就足够纳税了，那次等的黄丝终于可以织成夏衣穿在自己身上了。黄丝：质量差的丝。

这首诗以形象生动的语言描写了一个妇女深夜织布的情景及其心理状态，非常具有典型性。夜深了，那个妇女还在辛苦地劳作着，身体虽然累了些，可她的内心是愉悦的，因为可以穿黄丝织成的夏衣了。这表现了劳动人民的艰辛和官府盘剥的严重，三四两句在妇女的庆幸中饱含着无尽的辛酸。能通过一个普通妇女的劳动场面和心理变化将当时的社会状况反映出来，说明作者写诗技巧的高超，表现出作者对农民的关怀和同情。

其三十

这是《夏日田园杂兴十二绝》中的第六首。

> 下田庤水出江流，高垄翻江逆上沟。
> 地势不齐人力尽，丁男长在踏车头。

下田庤水出江流，高垄翻江逆上沟——低洼处的稻田的水容易淤积，需用庤斗往外排放，使水随着江水流走；靠近山坡的高处的稻田经常缺水，却需要踏水车翻江水，使水倒流沿人工沟渠流入田中。下田：地势低洼的圩田(有土堤包围能防止外面的水侵入的稻田)。戽(hù)：戽斗，灌田的旧式农具，形状略似斗，两边有绳，两人齐力引绳，提斗汲水倾出。

地势不齐人力尽，丁男长在踏车头——由于地势不同，农民需要尽全力劳作，只有这样，才能有收获的希望；为了获得丰收，成年男子不得不长时间地站在踏车上工作，为稻田排水灌水。丁男：成年男子。踏车：水车。

这首诗写了农民翻水排与灌的具体过程。由于地势不同，田有"下田"和"高垄"之分，下田水多了要排，高垄水少了要灌。为了收获粮食，他们要"戽水出江流"、"翻江逆上沟"、"长在踏车头"。这些意象组合在一起构成了一幅农民排水与灌水图。由于当时生产力水平比较低下，农民不得不付出艰辛的劳动，以换取微薄的收入，这也让我们感受到"团结就是力量"这句放之四海而皆准的真理的存在。从这首诗中，我们能够感受到农民劳动的艰辛，同时也能感受到作者对农事的关心和对农民的体察入微。

其三十一

这是《夏日田园杂兴十二绝》中的第七首，写农忙情事。

昼出耘田夜绩麻，村庄儿女各当家。
童孙未解供耕织，也傍桑阴学种瓜。

昼出耘田夜绩麻，村庄儿女各当家——男的下地干活，女的在家纺线织布，他们各有各的职责。耘田：锄草。绩麻：把麻搓成线。各当家：每人都担任一定的工作。

童孙未解供耕织，也傍桑阴学种瓜——幼小的孙子们还不知道耕田织布的辛苦，看着大人们忙忙碌碌的样子，只是觉得有趣，也不肯闲着，在桑树荫下学着种瓜。童孙：幼小的孙子。未解：不懂。

这首诗以一个老农的口吻叙写了夏日村庄生活的场景：男耕女织，日夜操劳，虽然辛苦，却也其乐融融，将农村那种传统的生活方式表现得生动如见。诗中儿童学种瓜这一细节最耐人寻味，他们由于年纪小，还不懂得劳动的艰辛，种瓜只是出于好奇，反映了孩子的天真、淳朴、可爱，为这幅耕织图增添了欢乐的气氛，同时也衬托出农民的勤劳，是他们的行为给了孩子潜移默化的影响，使孩子也自觉加入劳动中来。全诗语言通俗易懂，文笔清新自然，使人读来虽如话家常，却印象深刻。

其三十三

这是《夏日田园杂兴十二绝》中的第九首，写农家的热情好客。

> 黄尘行客汗如浆，少住侬家漱井香。
> 借与门前盘石坐，柳阴亭午正风凉。

黄尘行客汗如浆，少住侬家漱井香——一位过路人走过一农家门前，农舍的主人见他风尘仆仆、汗流浃背，忙热情地迎上去，请他到家里稍稍休息一下，喝点儿清凉的井水解解渴。侬家：我家。漱井香：用井里清凉的水解渴，感觉清爽、舒畅。

借与门前盘石坐，柳阴亭午正风凉——门前有一块大石头，坐在这里，柳树的阴凉正好遮住正午的太阳，是一个凉爽的地方，农家又把这块石头借给行人，让他好好休息一下。亭午：正当午。

这首诗描述了一农家招待行客的场面，仅仅二十八个字，却有人物，有情节，写出了感动人心的真情，尤其是对那种真挚情感的表达不着痕迹，和情节结合得天衣无缝，这更令人佩服。行客，风尘仆仆、汗流浃背；农家，热情好客，周到体贴。情节有二：一是农家让行客到家中喝点儿清凉的井水，二是农家把门前的大石头让给行客坐。通过对人物和情节的分析，我们可以得知：二者只是萍水相逢。这一动人的场面，表现了这位农民的善良，反映了当地民风民俗的淳朴自然。

其三十五

这是《夏日田园杂兴十二绝》中的第十一首，讽刺苛政。

> 采菱辛苦废犁锄，血指流丹鬼质枯。

无力买田聊种水，近来湖面亦收租。

采菱辛苦废犁锄，血指流丹鬼质枯——农民不得已抛弃了犁锄，不再种地了，开始种菱角。采菱时非常辛苦，手指被菱角割破了，满是血污，人也瘦得不成样子。血指流丹：采菱时手被划破而流出血来。鬼质枯：枯瘦得像鬼一样。

无力买田聊种水，近来湖面亦收租——他们不再种田不是没有种植能力，而是受盘剥太重买不起田才来到水上，别无他法，只好靠采菱勉强度日。采菱那样辛苦，他们已经够惨的了，可近来湖面也收起租来了。聊种水：姑且到湖面上采菱维持生活。

范成大晚年隐居石湖，过着闲适自在的生活，写了很多的田园诗，这些诗多是描写田园风光的美好，而这首诗另辟蹊径，它描写的是那些深受剥削、无田可种、受苦受难的农民。他们为了生存逃到水上，但还是逃脱不掉沉重的租赋，"近来湖面亦收租"，这使他们上天无路入地无门。这是范成大写的一首悯农诗，作者以一种悲天悯人的情怀记录了农民炼狱般的苦难生活，其悲惨之状可想而知，这首诗也成了农民艰辛生活的见证。此诗语言质朴，但感情强烈。对采菱人的痛苦，作者给予了深切的同情；对官府的横征暴敛，表现出了极大的愤慨。作为一个封建士大夫，能比较深入地表现农民生活的这个侧面，是难能可贵的。

其三十八

这是《秋日田园杂兴十二绝》中的第二首。

朱门巧夕沸欢声，田舍黄昏静掩扃。
男解牵牛女能织，不须徼福渡河星。

朱门巧夕沸欢声，田舍黄昏静掩扃——豪门大户在七月七日乞巧节的傍晚欢声笑语，热闹非凡，而农民在这天黄昏的时候已关紧了门户，是那样的宁静。朱门：古代王侯用大红色涂门户，所以"朱门"一词用来作为豪门的代称。巧夕：七月七日乞巧节的傍晚。扃(jiōng)：门。

男解牵牛女能织，不须徼福渡河星——男的能够耕作，女的能够织布，自食其力,不须向天神求福。解:懂得。能:会。徼福:求福。

　　在文学宝库中,有很多以贫富差距为主题的作品,这首诗就是其中一例。七夕晚上,"朱门""沸欢声","田舍""静掩扉",两者对比是何等强烈,反映了双方生活的迥异。"男解牵牛女能织"运用双关的手法:"牵牛"既指牵牛星又指耕作,"女"既指织女星又指劳动妇女。这样就巧妙地将农民的劳动与乞巧节结合在一起,讴歌了农民的勤劳。最后一句含蓄蕴藉,表明了作者的观点:只要勤劳、善良,自会福星高照,是不必向上天祈求的,委婉地对那些豪门贵族进行了嘲讽。

其四十一

题解

　　这是《秋日田园杂兴十二绝》中的第五首。

　　　　垂成穑事苦艰难,忌雨嫌风更怯寒。
　　　　笺诉天公休掠剩,半偿私债半输官。

新解

　　垂成穑事苦艰难,忌雨嫌风更怯寒——庄稼眼看就要成熟了,即将收割了,但最终到手,也不是很容易的。因为此时庄稼更为娇贵,它怕雨,怕风,更怕冷。垂成穑(sè)事:庄稼已成熟,即将收割。此句运用《尚书·无逸》中"先知稼穑之艰难"之语。
　　笺诉天公休掠剩,半偿私债半输官——这时,农民万般焦急,他们祈求上天赐予一些好时日,不要掠取他们即将到手的粮食。因为这是他们辛苦一年的期盼,是他们的救命粮呀,这些粮食是要用来还债和纳税的。笺诉:向上祈求。掠剩:掠取。输:缴纳。

新评

　　首句总写农事之艰难,而且突出时至秋季、庄稼"垂成"之际的艰难。次句写为什么感到艰难:既怕风雨,又惧寒冷。倘若一场风雨或寒冻来袭,辛苦一年的劳作就全都白费了。不仅如此,更重要的是这些劳动成果并不为农民个人所占有,而是要"半偿私债半输官"!正因为如此,作者才祈告天公开恩,莫要让本已艰难至极的农民雪上加霜了。这首诗细腻地刻画了农民在收获粮食前的内心情感:担心、焦虑、恐惧。他们担心老天刮风下雨或突然变冷,一旦天有不测风云,影响了收成,后果就不堪设想;又怕交不了租还不了债,所以烦躁不安、坐卧不宁。对天气的变化他们无法预测,对不合理的剥削他们无力反抗,农民只能把所有的希望都寄托在对上天的祈祷上,这是那时农民生存状况的真实写照。

<h2 style="text-align:center">其四十二</h2>

这是《秋日田园杂兴十二绝》中的第六首。

秋来只怕雨垂垂,甲子无云万事宜。
获稻毕工随晒谷,直须晴到入仓时!

秋来只怕雨垂垂,甲子无云万事宜——秋天到了,农民就怕秋雨连绵,使庄稼的收割受阻,那么一年的辛苦就将白费;可喜的是甲子日天气晴朗,这是一个好征兆,秋收的一切事情就可以顺利进行了。甲子:农民把甲子日晴朗无云视为吉兆。谚云:“春雨甲子,赤地千里;秋雨甲子,禾头生耳。”

获稻毕工随晒谷,直须晴到入仓时——稻子入仓之前要经过收割、打场、曝晒几个程序,需要很长的时间,但愿天公作美,在此期间晴朗无云,不会有什么变化。

这首诗真实细腻地刻画了农民在秋季收获时盼望晴天的心理状况。他们高兴,今年“甲子无云”,这会给他们带来丰收的希望;他们忧虑收获时“雨垂垂”,那样他们辛苦一年的劳动成果就可能会受到威胁;他们期盼“晴到入仓时”,这样可以让他们顺利得到收成——一切的情感尽在二十八字中! 此诗没有华丽的词语,没有修辞手法的运用,就像一个老农在话家常,通俗易懂,读来倍感亲切。

<h2 style="text-align:center">其四十四</h2>

这是《秋日田园杂兴十二绝》中的第八首,写收获季节农人打稻的情景。

新筑场泥镜面平,家家打稻趁霜晴。
笑歌声里轻雷动,一夜连枷响到明。

新筑场泥镜面平,家家打稻趁霜晴——新修的打谷场像镜面那样平整,趁着天气晴朗，家家打稻，一派热闹忙碌的景象。

笑歌声里轻雷动，一夜连枷响到明——看着即将到手的粮食，人们非常高兴，他们笑呀唱呀，那歌声、笑声夹杂着打稻之声，听起来就像轻轻的雷声；打谷场上，人们夜以继日，连枷拍打谷穗的声音一直响到天明。轻雷：打稻声。连枷：一种农具，用它拍打谷穗可使籽粒脱落下来。

这首诗写了农民在收割之后忙于打稻的情景以及他们当时的心理。此时，人们已从收割前的担心、忧虑、恐惧中解脱出来，他们的心情是愉悦的，不管往日怎样辛苦，但毕竟有了收获。他们在镜面一样的打谷场上劳作着，歌声、笑声、连枷声交织在一起，汇成了一首劳动的赞歌。这让我们从中体会到了农民秋收时的喜悦之情，同时也反映了农民生活的艰辛，他们为了抓住好天气把稻子打完，需要不分昼夜地劳作。由此诗可以看出，作者对农民内心的把握是非常准确的。

其四十五

这是《秋日田园杂兴十二绝》中的第九首。

租船满载候开仓，粒粒如珠白似霜。
不惜两钟输一斛，尚赢糠核饱儿郎。

租船满载候开仓，粒粒如珠白似霜——农民守候着满载租米的船等待着官家开仓收粮，那租米粒粒亮似珍珠白似霜。这里极言交纳的租米好。租船：老百姓交纳租米时用的船。仓：官仓。

不惜两钟输一斛，尚赢糠核饱儿郎——不再痛惜"两钟输一斛"被翻倍盘剥了，因为即使这样交租，还可以馀些米糠、碎米屑让孩子们吃饱，这就满足了。这是反语，意在表明官府盘剥之重、农民生活之苦。钟、斛：都是古代的量器名。六斛四斗为一钟。杨万里《转对札子》："旧以一斛输一斛，今以二斛输一斛矣。"范成大《劳畲耕》："两钟致一斛，未免催租瘿。"输：输租，缴纳租税。糠核(hé)：亦作"糠籺鹕"，稻麦舂过后的碎屑，指粗劣的食物。

这首诗描写了劳动人民交租时的情景，反映了当时官府剥削之重。在南宋，统治阶级为了维护他们的腐朽统治，也为了向金国交纳岁币，疯狂地掠夺农民的劳动果实。农民除了交纳正常的租税外，还要交纳雀耗、鼠耗、虫耗等附加税，"私派倍于官征，杂项浮于正额"，致使农民生活极其贫困，境遇极其悲惨。诗人以饱含深情的笔墨对他们寄予了深切的同情，对官府的残酷剥削表示出了强烈的愤慨。苦涩之言以幽默之笔出之，体现了范成大诗歌创作的一个特点。

其四十九

这是《冬日田园杂兴十二绝》中的第一首。

> 斜日低山片月高，睡馀行药绕江郊。
> 霜风捣尽千林叶，闲倚筇枝数鹳巢。

斜日低山片月高，睡馀行药绕江郊——夕阳西下，孤月高悬，我服药后散步来到了郊外。行药：服药以后，散散步，使药力遍布全身。

霜风捣尽千林叶，闲倚筇枝数鹳巢——西风已吹落满树枯叶，我挂着竹杖，看那林中枝头上鸟巢高挂，一只只鸟儿正在归巢。捣：吹落。筇（qióng）枝：竹杖。鹳：鸟名，以捕鱼为生，在水边的高树上栖息。

自古以来文人墨客就有很多悲秋之作，范成大也不例外，这首诗就刻画了作者在一个秋天傍晚的凄凉心境。诗的前两句写作者因行药来到郊外，后两句写在郊外见到的初冬时节原野的景色：日近黄昏，孤月高悬，枯叶满地，鸟儿归巢，满目萧瑟荒凉。夕阳西下了，枯叶落地了，鸟儿归巢了，看到此景，作者想到了自己，此时自己隐居石湖，昔日门庭若市的场景不见了，现在是门前冷落鞍马稀，此景正与作者内心失落凄凉的心境相映衬，达到了情景交融的境界。

其五十一

这是《冬日田园杂兴十二绝》中的第三首。

> 屋上添高一把茅，密泥房壁似僧寮。

从教屋外阴风吼，卧听篱头响玉箫。

屋上添高一把茅，密泥房壁似僧寮——为了度过寒冬，屋顶上又添加了一些茅草，墙壁上又抹了些泥巴，整个屋子又破又小，好像一个穷和尚的住处。寮(liáo)：僧人住的小屋，此处指农家的茅草屋。

从教屋外阴风吼，卧听篱头响玉箫——屋子虽然简陋，但毕竟有个栖身之地；任凭外面寒风怒号，总算可以躺在炕上听那风吹过篱墙发出的声音，就像听人在吹玉箫一样。从教：任凭。

农民在经历了春种、夏锄、秋收的忙碌之后，终于到了冬闲时节，这首诗就描写了此时农民生活的情景。此诗运用了对比的写作手法，从屋外和屋内两个角度进行了对比。屋外寒风怒号，屋内安然在炕，他们正躺在炕上悠闲地听那风吹篱墙的声音，并且将其听成人在吹玉箫，感到十分惬意。这或许就是他们的娱乐方式，虽然寒酸，却也安然。前两句写农家修缮房屋，后两句写人的心境，并且家境的贫寒更能反衬出农民那种面对艰难困苦仍然乐观开朗的心境，真实可感。

其五十二

这是《冬日田园杂兴十二绝》中的第四首。

松节然膏当烛笼，凝烟如墨暗房栊。
晚来拭净南窗纸，便觉斜阳一倍红。

松节然膏当烛笼，凝烟如墨暗房栊——由于家庭贫困，点不起蜡烛，所以用松节照明；松木燃烧时散出的浓烟像墨一样染黑了整个屋子，致使屋里十分昏暗。然：燃。膏：油脂。古时取松树上有油脂处，点燃用以照明，以代蜡烛，古时叫松节。烛笼：灯笼。凝烟：松木燃烧时，由于烟很多而附着在墙壁或物体上的烟灰。

晚来拭净南窗纸，便觉斜阳一倍红——一天傍晚，闲来无事，把南面的窗纸擦净了，突然感觉到夕阳的馀辉比从前红得多。

这首诗描写了一个贫困的家庭，从另一个侧面反映了农民的生活。这家点不

中国家庭基本藏书

起蜡烛,室内漆黑,总的来说:房屋是简陋的,家境是贫寒的,但这家是充满生机的。生活的贫困并不可怕,关键在于以什么样的心态来对待这个问题。诗中的主人公乐观豁达,能保持心中的希望之灯永远明亮耀眼。当他擦拭那被浓烟熏黑的窗户时,突然一缕阳光射了进来,他感觉夕阳的馀辉比往日更鲜艳,此时屋子里的人是兴奋的、喜悦的。他坚信希望总是有的,只要付出努力,生活总是美好的。

其五十四

这是《冬日田园杂兴十二绝》中的第六首。

> 放船闲看雪山晴,风定奇寒晚更凝。
> 坐听一篙珠玉碎,不知湖面已成冰。

放船闲看雪山晴,风定奇寒晚更凝——雪后天晴,我放船湖面,遥望那远处满是积雪的山峰,不知不觉已日薄西山;风停了,天气变得更加寒冷了。

坐听一篙珠玉碎,不知湖面已成冰——天色已晚,该回家了,划船而走,一篙下去,听到清脆的声响,方知湖面原来已经结冰。珠玉:这里指薄冰。

人不是机器,不能整天生活在紧张压抑之中,这首诗就表现了作者闲适洒脱的心情。此诗记述了作者雪晴之后驾舟于湖面观看雪景的情景,并以清新洗练的笔墨勾勒出了乡村冬天美丽的景象。面对满山的积雪、宁静的湖面,作者沉醉其中,不知不觉已日薄西山。天气已冷,但作者身处严寒而不知,竹篙点破了薄冰方觉,反映了诗人生活的闲适自在。这首诗主要从听觉和触觉两个角度进行了描写,把当时的天气情况和作者的心态都一览无馀地表现了出来。俗话说"心静自然凉",面对任何问题时都有一个心态问题。

其六十

这是《冬日田园杂兴十二绝》中的第十二首。

> 村巷冬年见俗情,邻翁讲礼拜柴荆。

长衫布缕如霜雪，云是家机自织成。

村巷冬年见俗情，邻翁讲礼拜柴荆——冬至日，是最能体现村村巷巷的乡亲们交情浓厚的日子。这一天，家家户户都要迎亲送友，共话家常，互表心意。冬年：冬至。

长衫布缕如霜雪，云是家机自织成——人们身上穿着长衫，这长衫是用上好的白丝织成的，并且是用自家的机器织成的。

冬至日是二十四节气中一个非常重要的节日，源于汉代，流传至今。历来有全家团聚、祭拜祖先的习俗，因此在吴地有"冬至大如年"的谚语。这一天，人们要穿上最好的衣服，访邻拜友，馈赠礼物。这首诗写出了吴地的风俗，反映了当地民风的淳朴，乡里人情感的深厚。尤其让人们引以为豪的是他们穿着用自家机器织成的衣服，那种快乐溢于言表。这首诗同时也反映了农民生活的另一个侧面，在丰收的年景里，农民的生活还是可以的。

重阳后菊花二首

这两首诗是淳熙十三年(1186)作者隐居石湖时写的。重阳：九月初九，重阳赏菊的习俗在宋朝时还很盛行。

寂莫东篱湿露华，依前金靥照泥沙。
世情儿女无高韵，只看重阳一日花。

过了登高菊尚新，酒徒诗客断知闻。
恰如退士垂车后，势利交亲不到门。

寂莫东篱湿露华，依前金靥照泥沙——重阳之后，虽无人再来欣赏菊花，但它仍在开放，披着湿露，娇艳欲滴，甚是可爱；金黄色的花蕊映照着泥土，不异于重阳之前。东篱：陶渊明《饮酒》诗云："采菊东篱下，悠然见南山。"

世情儿女无高韵，只看重阳一日花——世俗之人没有高雅的情趣，只是在重阳节这一天看一日的花，为的是祈求福禄和长生不老，根本就不懂得赏花的乐趣。

过了登高菊尚新，酒徒诗客断知闻——过了重阳节，菊花还很鲜艳，可那些"酒徒"和所谓的"诗客"不再来欣赏了。

恰如退士垂车后，势利交亲不到门——好像当官的在辞官之后，那些势利小人就不再上门拜访一样。

重阳节是一个历史悠久的节日，它寓意深远，尤其在古代，人们对此具有特殊的情感。描写重阳节的诗歌可以说不乏佳作，这两首诗都是关于重阳节的，都写了重阳节之后花未变而已少有人欣赏的情景，而且都运用了借物抒怀的写作手法。第一首通过节日前后人们态度的比较讽刺了世人的跟风媚俗；第二首用打比方的手法讽刺了世人的势利。范成大曾长期在朝为官，显赫一时，而此时正隐居在家，门庭冷落。生活境况的改变，或许也让他体味到了世态炎凉的滋味吧，所以见到重阳后的菊花就有同病相怜之感，于是有感而发写了这两首诗，抒发了内心的无限感慨，且抒发得自然真切。语言虽平易浅近，但意蕴深远。

题夫差庙

这首诗是作者晚年隐居石湖时所作。题为咏史怀古，实为讽时刺今。

纵敌稽山祸已胎，垂涎上国更荒哉。
不知养虎自遗患，只道求鱼无后灾。
梦见梧桐生后圃，眼看麋鹿上高台。
千龄只有忠臣恨，化作涛江雪浪堆。

纵敌稽山祸已胎，垂涎上国更荒哉——在会稽山放跑了勾践，祸胎业已酿成；为了争霸而穷兵黩武，不自量力，屡次出兵讨伐齐、鲁，这更是荒唐。第一句暗指南宋与金国议和，留下祸害；第二句暗指金国攻打宋国，不自量力。

不知养虎自遗患，只道求鱼无后灾——不知道养虎自遗其害，只知道缘木求鱼，虽不得鱼，也无后灾。这两句承上两句而来，第一句暗指南宋姑息敌人，养虎为患，必反遭其害；第二句暗指金国攻宋，劳民伤财，必自取灭亡。

梦见梧桐生后圃,眼看麋鹿上高台——睡梦中看见园中长着梧桐树,麋鹿在姑苏台上游荡。夫差兴兵讨伐齐国,经过姑苏台时昼寝而梦,见园中生梧桐,于是就让太宰嚭(pǐ)解梦,太宰嚭为了取悦夫差,说这是吉兆。又让公孙圣解此梦,公孙圣说这是不祥之兆,劝夫差不要讨伐齐国,夫差不听,一意孤行,竟杀了公孙圣。伍子胥是夫差的臣子,忠心耿耿,曾多次进谏忠言,但夫差根本不听,伍子胥于是说:"臣今见麋鹿游姑苏之台也。"意思是说吴国不久就要灭亡了,姑苏台将变为废墟。

千龄只有忠臣恨,化作涛江雪浪堆——千百年来,只有忠臣留有遗憾,伍子胥死不瞑目,化作江涛,澎湃汹涌,似在诉说着自己的遭遇,进谏自己的忠言。传说春秋时伍子胥为吴王所杀,投尸浙江,成为涛神。后人因称浙江潮为"胥涛"。亦泛指汹涌的波涛。

这是一首咏史诗,写了夫差纵情声色、不自量力、荒淫误国的史实。作者并不只是再现历史,而是借古讽今,意在警示南宋统治者不要只是偏安一隅、耽于享乐、残害忠良,否则历史的悲剧将要重演。纪昀的评语是:"亦老生之常谈。词调尤野!"这评价是脱离了当时的历史背景的。绍兴十一年(1141),屈辱的绍兴和议签订,宋向金纳贡称臣,这激起了全国人民的愤慨,张伯麟在太学墙上写道:"夫差!尔忘越王之杀尔父乎?"这是所有爱国人士的心声,可又怎么样呢?张伯麟受到了刺配的处分。为了讨好金人,为了一时的荣华富贵,那些当权者根本不顾及国家民族的生存,一方面纵情享乐、荒淫无度,另一方面残酷地迫害那些想要收复失地、一雪国耻的爱国之士。这首诗并非老生常谈,而是应时而生,是向统治阶级敲响的警钟,也是作者关心国运、盼望统一心情的最好明证。

颜桥道中

这首诗是淳熙十五年(1188)作者晚年隐居石湖时所作。写的是去颜桥途中所见到的景象。颜桥:地名,在今苏州枫桥镇东北。

村村篱落总新修,处处田畴尽有秋。
一段农家好风景,稻堆高出屋山头。

村村篱落总新修,处处田畴尽有秋——村村落落的篱笆都是新修的,处处的田里都有好的收成。总：都是。有秋：有收成。

一段农家好风景，稻堆高出屋山头——更让人高兴的风景是稻堆的高度已超过了屋脊。

生活中的每个细节都可以成为写作的材料，都可以为作者所要表现的主题服务，范成大的这首诗就是通过选取生活中极其平常的事物来表现主题的。村庄里，到处都是新修的篱笆和高高的稻堆；田野中，处处是丰收的庄稼。这些是农村中最常见的事物，也是最能反映农村风貌、农民生活状况的事物。作者非常善于选择事物，选择了篱笆、稻堆和庄稼；又非常善于观察事物，篱笆是新的、稻堆是高的、庄稼是丰收了。通过对它们的简单描写，我们了解了这里农民的生产生活情况：粮食丰收，生活幸福。这从另一个侧面也反映了诗人对农事的关注，对民情的体恤，他的这种精神是可贵的。

检教石湖新田

这是诗人绍熙三年(1192)隐居石湖时写的，写出了他对未来生活的构想。检教：检查，核查。石湖：湖名，在苏州西南，与太湖相连，作者曾在此建别墅隐居，自号"石湖居士"。

> 今朝南野试开荒，分手耘锄草棘场。
> 下地若干全种秫，高原无几漫栽桑。
> 芦芽碧处重增岸，梅子黄时早浚塘。
> 田里只知温饱事，从今拼却半年忙。

今朝南野试开荒，分手耘锄草棘场——今天我来到村外的原野，试着开垦这片荒地，在这里劳作，要边锄草边用手分开那些茂盛的野草和荆棘。南野：南面的原野，出自陶渊明的"开荒南野际，守拙归园田"。试：说明作者做这样的事是第一次。草棘场：长满野草和荆棘的荒地。

下地若干全种秫，高原无几漫栽桑——低处的若干田地都种上黏高粱，高处的地由于很少就随便栽几株桑树。秫(shú)：黏高粱，可酿酒。高原：高处的地。

芦芽碧处重增岸，梅子黄时早浚塘——芦苇芽绿时，要加高堤岸以防止水淹没田地；梅子黄时正是雨水较多的季节，要提前疏通渠道，以便排出地里的积水。处：表时间，……的时候。浚：疏通。

田里只知温饱事，从今拚却半年忙——在这里只知温饱就可以了，从现在开始，我要豁出半年的时间忙于农活了。拚(pàn)却：豁出。

这首诗勾画出了一幅美好的田园生活图景。首联开门见山，写作者开荒南野，写出了作者开荒的决心、开荒的艰辛。中间两联展开联想，想象在自己的辛苦劳作下，高粱会丰收、桑树会长大、堤岸会加高、渠道会疏通，一切都将如愿以偿，这是作者对这片刚开垦的荒地做的设想。从中可以看出作者对未来的躬耕生活是信心十足的，对此种生活是向往已久的；如此井然有序的安排，从中也可看到作者平日对农事是关心的。尾联点明题旨，言近旨远，隐约流露出作者对仕途生活的厌倦。全诗结构严谨，语言自然流畅。

◎词

满江红

题解

这首词作于乙巳淳熙十二年(1185)六月初四。据词序可知,这一天是范石湖六十岁寿辰,平江府丘宗卿携带酒食前来为石湖祝寿,席间赋贺词,作者以丘宗卿原韵作词表示感谢。丘宗卿:名崈,江阴军人,隆兴元年(1163)进士,南宋杰出的爱国军事人物。时知平江府(今苏州)。

　　始生之日,丘宗卿使君携具来为寿,坐中赋词,次韵谢之。

　　竹里行厨,来问讯、诸侯宾老。春满座,弹丝未遍,挥毫先了。云避仁风收雨脚,日随和气薰林表。向尊前、来访白髭翁,衰何早。　　志千里,功名兆。光万丈,文章耀。洗冰壶胸次,月秋霜晓。应念一堂尘网暗,故将百和香云绕。算赏心、情话古来多,如今少。

新解

　　竹里行厨,来问讯、诸侯宾老——丘宗卿使君带着酒馔来问候我,为我祝寿。竹里行厨:指出游时携带酒食。唐代张谓《春园家宴》诗:"竹里行厨人不见,花间觅路鸟先知。"这里指丘宗卿携带酒食来为石湖祝寿。诸侯宾老:杜甫《醉为马坠诸公携酒相看》中有句云:"甫也诸侯老宾客。"这里解释为老朋友,是石湖自指。

　　春满座,弹丝未遍,挥毫先了——宾客们满脸春色,席间的音乐还没有停止,词已经写成。弹丝:弹奏琴瑟等乐器。挥毫:挥笔,这里指作词。

　　云避仁风收雨脚,日随和气薰林表。向尊前、来访白髭翁,衰何早——看到丘宗卿,乌云都收起了雨水,让太阳照耀着大地。丘使君来为我这个老头子祝寿,我还能那么早就衰老吗?雨脚:密集的雨丝。仁风:形容恩惠、仁慈如风般散布。古代常常用来颂扬帝王或官员的德政。晋代潘岳《为贾谧作赠陆机》诗:"大晋统天,仁风遐扬。"这里是范石湖对丘使君的赞美。

　　志千里,功名兆。光万丈,文章耀。洗冰壶胸次,月秋霜晓——丘使君志向千里,功绩名声显赫,文笔极佳。品德高尚,且清白廉洁。冰壶:本指盛冰的玉壶。常用以比喻某人品德高尚、公正廉洁。这几句依然是对丘崈的赞美。

应念一堂尘网暗，故将百和香云绕——想到尘世间的喧嚣，官场的黑暗，我心中感慨万千，于是燃起百和香，让我们暂时沉醉在美妙的香雾中吧。尘网：指尘世。百和：用各种香料合成的香。

算赏心、情话古来多，如今少——细想起来，我们往往谈前人多，今世少。

这首词作于词人六十岁生辰，是范石湖为了感谢平江府丘崈的到来而作的，是一首和韵之作。全词分上下两片，描写了词人生日宴的盛况，对丘崈的到来表示感谢并对其人的政绩、品德大加赞美。由外在影响力"收雨脚"，到他的政绩和博大的胸怀，通篇溢美之词，却写得层次分明，层层深入，令人不得不钦佩词人写作技巧的高超。

因为是一首和韵之作，所以它并没有多少深刻的思想内涵，只是在词尾隐约透露出对现实社会的不满。词作感情真挚，用词精当，语言流畅，丝毫没有造作之感。

满江红

这首词是范石湖任广西经略安抚使期间所作，时在乾道九年（1173）到淳熙元年（1174）之间，描写了夏日雨后词人举家游桂林西湖的情景。西湖：指广西桂林西湖。《桂林郡志》："位于桂城西三里，西山之下。"

雨后携家游西湖，荷花盛开。

柳外轻雷，催几阵、雨丝飞急。雷雨过、半川荷气，粉融香浥。弄蕊攀条春一笑，从教水溅罗衣湿。打梁州、箫鼓浪花中，跳鱼立。　　山倒影，云千叠。横浩荡，舟如叶。有采菱清些，桃根双楫。忘却天涯漂泊地，尊前不放闲愁入。任碧筒、十丈卷金波，长鲸吸。

柳外轻雷，催几阵、雨丝飞急——几声轻雷过后，下起了阵阵大雨。

雷雨过、半川荷气，粉融香浥。弄蕊攀条春一笑，从教水溅罗衣湿——雨后荷花香气四溢，粉嫩可爱。看到如此美丽的荷塘，不禁弄花蕊攀柳枝，好不开心，任

中国家庭基本藏书

凭花瓣上的水珠弄湿轻柔的衣裳。荷气:荷花的香气。从:任凭。

打梁州、箫鼓浪花中,跳鱼立——席间箫鼓频频作响,《梁州曲》起,惊起了不远处池中的鱼儿。梁州:一个曲子的名称。如李益的《夜上西城听梁州曲》。

山倒影,云千叠。横浩荡,舟如叶。有采菱清些,桃根双楫——在碧空、白云、青山、绿水的映衬下,在广阔的天地间,画船犹如一片落叶小巧玲珑。歌伎们唱起了《采菱曲》,悦耳的歌声萦绕在耳际。采菱清些:采菱,古代歌曲名;清些:指清曲;些:句末语气助词。桃根双楫:桃根是晋代王献之的爱妾桃叶之妹,后用桃叶、桃根代指歌伎或爱恋的女子,这里应指歌伎。

忘却天涯漂泊地,尊前不放闲愁入——酒宴上暂且忘记自己在他乡漂泊,暂且忘记心中无尽的愁绪。

任碧筒、十丈卷金波,长鲸吸——斟满酒杯,开怀畅饮,感受片刻的酣畅淋漓吧。碧筒:用荷叶做成的饮酒器具。金波:一种酒的名称。长鲸吸:喝酒的一种姿态。杜甫《饮中八仙歌》:"饮如长鲸吸百川。"

这是石湖的一首夏日记游之作,词人以轻快的笔调叙述了与家人同游的过程。

上片主要是以家人的活动来展现西湖的美丽景色。"粉融香浥"四个字描绘出了雨后莲花的色泽和香气,而"从教水溅罗衣湿"一句更加突出了花的可爱、芬芳,令人忘我地想去亲近,哪怕是弄湿了自己的衣裙。

下片主要是抒情。面对青山、绿水,耳听箫鼓、歌吟,如此美好的景致,让词人发出了"忘却天涯漂泊地,尊前不放闲愁入"的感慨,这两句既透露出了词人的思乡之情,又体现了作者自我劝慰和旷达的胸襟。而最后一句"长鲸吸",一方面体现了石湖的洒脱,另一方面,又透出词人的无奈,用豪壮掩饰心中的感伤。

满江红

这首词大约作于乾道七年(1171)中秋,石湖《桂林中秋赋》有"辛卯出西掖,泊舟吴兴门外"的句子,由此推测在此时。此时石湖漫游溪山,夜宿太湖,回顾多年前与朋友同游松江的往事,不禁有所感怀。

　　卷画溪山,行欲遍、风蒲还举。天渐远、水云初静,柁楼人语。月色波光看不定,玉虹横卧金鳞舞。算五湖、今夜只扁舟,追千古。　　怀往事,渔樵侣。曾共醉,松江渚。

算今年依旧，一杯沧浦。宇宙此身元是客，不须怅望家何许。
但中秋时节好溪山，皆吾土。

　　罨画溪山，行欲遍、风蒲还举——溪山景色美丽如画，将要游遍整个溪山的时候，风起了，蒲草来回摇荡。罨画溪山：形容溪山景色美如画。罨(yǎn)画：色彩鲜艳的图画。风蒲：风中的蒲草。

　　天渐远、水云初静，柁楼人语——天色渐渐暗下来，夜空显得格外深邃、幽远。云气散去，水面初静，在这寂静的夜里，仿佛能够听到船舱里的话语声。柁楼：这里指船舱。

　　月色波光看不定，玉虹横卧金鳞舞——月影波光在湖中晃动，大桥横卧在湖面上，欢快的鱼儿在水中跳跃着。玉虹：指桥梁。

　　算五湖、今夜只扁舟，追千古——料想今夜湖上只有我这一只小舟承载着一个追忆久远的年代的人吧。五湖：太湖的别名。指太湖及附属的四湖。

　　怀往事，渔樵侣。曾共醉，松江渚——我依然怀念和老朋友共醉在松江边的美好时光。松江：吴淞江的古称。

　　算今年依旧，一杯沧浦——料想松江边，今年依旧是一片葱茏。沧浦：即青浦，草木葱茏的水滨。

　　宇宙此身元是客，不须怅望家何许——在宇宙中，我们本来就是匆匆的过客，又何必去忧愁哪里是家乡呢。

　　但中秋时节好溪山，皆吾土——只要在中秋时节能观赏到美丽山色，哪里都是我的家乡。

　　这首词作于中秋时节。石湖游览溪山景致，泛舟太湖。上片主要写景。如画的景致、深邃的天空、寂静的湖面，营造出一种安静祥和的氛围，意境空灵蕴藉。在这样的夜里，词人追忆千古，其间既有空间上广阔与渺小的相互映衬，又有时间上久远与现实的对比。"怀往事，渔樵侣。曾共醉，松江渚"，下片转入抒情，怀念往日曾与友人共游松江，一种淡淡的思乡之情蔓延开来。但后几句并没有延续这种感伤的情怀，而是转向宇宙与个体的比较，从而得出"但中秋时节好溪山，皆吾土"的结论，一种豁达的情怀喷涌而出。词作语言典雅、清丽、洒脱自然，是一篇写景抒情的佳作。

千秋岁
重到桃花坞

题解

千秋岁,又名千秋节。双调,七十一字。龙榆生《唐宋词格律》曰:《宋史·乐志》入"歇指调",《张子野词》入"仙吕调"。兹以《淮海长短句》为准。七十一字,前后片各五仄韵。别有《千秋岁引》,八十二字,前片四仄韵,后片五仄韵。

这首词大约写于范石湖返乡之后。闲来无事,词人重游桃花坞。桃花坞:地名,在江苏阊门,今苏州市桃花坞大街周边。

北城南埭,玉水方流汇。青樾里,红尘外。万桃春不老,双竹寒相对。回首处,满城明月曾同载。　分散西园盖,消减东阳带。人事改,花源在。神仙虽可学,功行无过醉。新酒好,就船况有鱼堪买。

新解

北城南埭,玉水方流汇。青樾里,红尘外——从城北到南头水坝,河水方才汇集起来。望着四周的绿树林立,我仿佛进入了一个清凉世界。埭(dài):堵水的土坝。青樾:绿荫。

万桃春不老,双竹寒相对——万树桃花年年盛开,两株青竹寂寞地相对。

回首处,满城明月曾同载——回忆从前,月光像今天一样也曾经洒满整个城市。

分散西园盖,消减东阳带——繁杂的公务使我日渐消瘦,我要摆脱官场的羁绊,遣散跟随我的随从,过轻松快意的生活。西园盖:曹植《公宴》诗:"清夜游西园,飞盖相追随。"盖,车盖、车伞。这里指石湖的手下和随从。消减东阳带:此句意义和"东阳销瘦"同。东阳,南朝齐永明时期沈约出任东阳太守,世称沈东阳。《梁书·沈约传》:"永明末,(沈约)出守东阳。……百日数旬,革带常应移孔;以手握臂,率计月小半分。"指沈约因操劳日渐消瘦。此处是说石湖被公务所累日渐消瘦。

人事改,花源在——人世间的事虽然瞬息万变,但心中的桃花源恒久不变。花源:指陶渊明幻想的桃花源。

神仙虽可学,功行无过醉——虽然可以向神仙学习,但不要太沉迷于神仙的修行。功行:道家的修行功夫。

新酒好,就船况有鱼堪买——新酒好,靠近渔船就能买到鲜鱼。词人告诉我们,与其期盼得道成仙,不如在平常的生活中感受快乐。就:靠近。况:副词,就。

这首词是词人重游桃花坞的感怀之作。再次来到桃花坞，看着此处的绿树、堤坝、桃花，不由得想起了从前，因此感叹这轮明月曾经也像现在一样照着这里，表达了对过去的怀念，也许是在怀念自己的青年时代吧。

"分散西园盖，消减东阳带。人事改，花源在"几句，由"西园"和"东阳带"两个典故可以体会到词人对官场的厌倦，而桃花源一句充分表达了词人渴望回归田园，重做自我的迫切心情。最后两句"新酒好，就船况有鱼堪买"是词人对自在生活的向往，没有同僚的奉承，没有干不完的公务，只是单纯地享受那份平淡，体味人生的真谛。

词作内容丰富，音节婉转、流畅，通篇读来没有大的起伏，可以说平平淡淡却回味悠长。

浣溪沙
烛下海棠

浣溪沙，又名小庭花、江南词、怨啼鹃、试香罗、满院春、踏花天、霜菊黄。龙榆生《唐宋词格律》曰：唐教坊曲，《金奁集》入"黄钟宫"，《张子野词》入"中吕宫"。四十二字，上片三平韵，下片两平韵，过片二句多用对偶。别有〔摊破浣溪沙〕，又名〔山花子〕，上下片各增三字，韵全同。

范石湖在成都时曾在烛下赏过海棠花，赋诗《锦亭然烛观海棠》，此次又有同一题材的词作，词中尽情地描绘了海棠花的艳丽多姿。

> 倾坐东风百媚生，万红无语笑逢迎，照妆醒睡蜡烟轻。采蛛横斜春不夜，绛霞浓淡月微明。梦中重到锦官城。

倾坐东风百媚生，万红无语笑逢迎，照妆醒睡蜡烟轻——春风吹来，海棠花斜垂花颜，其他百花顿时失去了光彩。她笑盈盈地迎接着赏花的人们。我赶忙吩咐随从点上蜡烛，生怕花儿因为夜深而沉沉睡去。此处化用了苏轼的《海棠》诗"只恐夜深花睡去，故烧高烛照红妆"的诗意。倾坐：斜斜地倚着。东风：指春风。

采蛛横斜春不夜，绛霞浓淡月微明。梦中重到锦官城——彩虹一般灿烂的海棠花照亮了夜空，红霞一样艳丽的海棠令月亮都失去了颜色。梦里我似乎又回到了繁花似锦的成都。采蝀(dōng):指彩虹。绛霞:红霞。锦官城:古代成都有大城、少城。少城曾经是主管织锦业之官员官署所在地,所以称成都为"锦官城"。

这是一首赏花之作,石湖喜欢夜间燃烛赏海棠,小词通篇都是在描摹海棠花的娇艳动人、婀娜多姿。

前两句形容海棠花婀娜的姿态,"倾坐东风百媚生"一句化用白居易《长恨歌》中的诗句"回眸一笑百媚生,六宫粉黛无颜色",把花儿比作一位迷人的少女,"万红无语笑逢迎"更突出了海棠的娇羞。四、五两句用"绛霞"、"采蝀"来形容海棠花的色彩,比彩虹还灿烂,比晚霞更红艳,作者用一种近似夸张的手法来描写海棠的艳丽。再加上是在夜间燃烛观赏,柔和、朦胧的光线,醉人的晚风,使海棠显得更加迷人,让人读来不禁陶醉其中。

浣溪沙

这首词也是夜咏海棠,写作时间不确定,或许与〔浣溪沙〕(烛下海棠)作于同一时间。

　　催下珠帘护绮丛,花枝红里烛枝红,烛光花影夜葱茏。锦地绣天香雾里,珠星璧月彩云中。人间别有几春风。

催下珠帘护绮丛,花枝红里烛枝红,烛光花影夜葱茏——催促侍从放下珠帘以保护海棠花,海棠与红烛相映红,在烛光花影里夜色更显朦胧。绮丛:形容海棠花的艳丽。葱茏:朦胧。

锦地绣天香雾里,珠星璧月彩云中。人间别有几春风——在香雾弥漫的秀丽天地间,在灿烂的夜空中,人间另有一番不同的春色。

这依然是一首夜赏海棠的作品,从内容上看似乎是紧承上一首而来,写得更为深入。不仅仅是对姿态、色彩的描摹,这里更关注海棠与环境的和谐及花与烛的相互衬托。

从首句可以推测,大概风起了,为了保护花丛所以催促侍从放珠帘。夜色朦胧,烛影也朦胧。朦胧的世界，映衬着晶莹、摇荡的珠帘，海棠花尽情开放，散发着浓郁的香气，让所有人陶醉在这醉人的夜里，因此有了"人间别有几春风"的感叹。

这首词可以说是辞藻华丽，无句不美，连续的七字句更加强了词作的表达效果，仿佛海棠的香气已溢出字里行间，弥漫在我们身边。

浣溪沙
新安驿席上留别

这首词作于绍兴三十年(1160)。这一年范石湖徽州司户参军任期满，他在临别的酒宴上作了这首小词。

送尽残春更出游，风前踪迹似沙鸥，浅斟低唱小淹留。

月见西楼清夜醉，雨添南浦绿波愁。有人无计恋行舟。

送尽残春更出游，风前踪迹似沙鸥，浅斟低唱小淹留——春末我再一次出游，在风中漫步发现一些痕迹，好似沙鸥的脚印。停留在一家酒肆，大家一起喝酒吟唱。更：又。淹留：逗留、停留。

月见西楼清夜醉，雨添南浦绿波愁。有人无计恋行舟——月已高升，我们醉倒在这清静的夜里。雨水使得南边的水滨又添几多忧愁，有人无可奈何地盼望行船到来。末句是说自己就要离开这里和朋友们分别了。南浦：本是地名。因屈原《九歌·河伯》有"子交手兮东行，送美人兮南浦"、江淹《别赋》中有"送君南浦，伤如之何"之句，后人便沿用来泛指与人分手的河边。无计：没有办法。

新评

这是一首留别之作，词人即将要离开相处多年的同僚好友和这块生活了六年的土地，心中那份感伤自然难以言说，因此石湖邀上朋友们再次出游，在此地最后一次享受相聚的欢乐。喝酒、歌吟一直到月上西楼，大家一起醉倒在这清静的夜里，心想这样就能忘记离别的悲伤了吧，这样永远醉倒大家就不用分别了吧。下雨了，俗话说："下雨天，留客天。"可是"南浦"却依然要送走将要远行的人们，所以才有"雨添南浦绿波愁"这样的句子出现。词作的下片，用无奈的"醉酒"、惆怅的"雨水"和不得不发的"行舟"表现了词人的依依不舍，抒发了石湖浓浓的离别之情。

浣溪沙

 题解

　　词中提到了歙浦这个地方，此地位于安徽省休宁县，因此推测这首词可能作于词人在徽州任司户参军期间。

　　　　歙浦钱塘一水通，闲云如幕碧重重，吴山应在碧云东。
　　无力海棠风淡荡，半眠官柳日葱茏。眼前春色为谁浓。

 新解

　　歙浦钱塘一水通，闲云如幕碧重重，吴山应在碧云东——歙浦和钱塘是由一条河流贯通的。闲云像帷幕一样一层一层重叠着。"我"心中想着，吴山应该就在这些白云的东面吧。歙(shè)浦：地名，位于安徽省休宁县。钱塘：古县名，在今浙江杭州。

　　无力海棠风淡荡，半眠官柳日葱茏。眼前春色为谁浓——和煦的春风，慵懒的海棠，曾经没有完全苏醒的柳树也日渐茂密。这春色是为谁而艳丽呢？淡荡：水流回环和舒。葱茏：形容草木青翠而茂盛。浓：艳丽。唐代李白有《清平调》词："云想衣裳花想容，春风拂槛露华浓。"

新评

　　这是一首春日怀乡之作，当时词人在徽州任上。"歙浦钱塘一水通"，看到歙浦就令石湖想到了回家的路，由此也就勾起了对家乡的思念之情。眺望远方，重重白云遮住了词人的视线，使石湖无法望见家乡，但还是在心中忖度家乡大概就在白云的东面吧。上片语言平淡，点到为止，不对心情做大篇幅的渲染，但就是这种语言上的淡然，更显示了词人内心的波涛汹涌。下片前两句描写春日的景色，望着日渐葱茏的柳树，词人联想到漂泊在外的身世，体会到身居他乡的孤独。此外，柳树由"半眠"到"葱茏"，也容易让人感觉到时间的变迁，更加深了词人内心的滞留感，使得词人的思乡之情变得更加浓郁。最后一句"眼前春色为谁浓"是词人的感叹，游子们都在为自己的背井离乡而感伤，为什么春色如此不解风情，年年繁花似锦。

　　这首词感情深沉委婉，把浓浓的乡愁表现得淋漓尽致。

浣溪沙

元夕后三日王文明席上

正月十八石湖到王文明处做客,席间作此词。这首词描绘了宴会上的盛况。元夕:正月十五为上元节,上元节的夜晚称元夕。王文明:范石湖的朋友,生平未详。

宝髻双双出绮丛,妆光梅影各春风,收灯时候却相逢。

鱼子笺中词宛转,龙香拨上语玲珑。明朝车马莫西东。

宝髻双双出绮丛,妆光梅影各春风,收灯时候却相逢——酒宴上舞伎双双由花丛中移出。女子的盛装、容貌和梅花的疏影都非常美丽。元宵节已经过了,我们却相聚在一起。宝髻:古代女子的一种发髻样式。唐代王勃《登高台》诗:"为君安宝髻,蛾眉罢花丛。"这里代指酒宴上的舞伎。妆光:谓盛装的样子。梅影:梅花的疏影。收灯:旧俗农历正月十五为灯节,正月十三日谓上灯,正月十八日谓收灯。

鱼子笺中词宛转,龙香拨上语玲珑。明朝车马莫西东——鱼子笺上小词含蓄曲折,琵琶弹奏出的曲子清越婉转。真希望明天我们不要各奔西东。鱼子笺:纸的一种。唐代刘恂《岭表录异》卷中:"广管罗州,多栈香树……皮堪作纸,名为香皮。纸灰白色,有纹如鱼子笺。"龙香拨:拨,弹奏弦乐的用具。指用龙香木做成的拨。

小词用简明洗练的语言叙述了热闹非常的晚宴,充分显示了词人的叙述功底。婀娜的舞姿,动人的乐曲,使得嘉宾诗兴大发,纷纷作词以表达喜悦心情。石湖也乐在其中,所以才会对宴会恋恋不舍,感慨"明朝车马莫西东"。

虽然只是描写宴会的情景,但是可以推想,只有好朋友们聚在一起才能令石湖如此忘归吧。因为石湖从少年时期就喜与方外人交往,深受佛家思想影响,喜欢清静,厌恶浮华,所以若是官场应酬定不会如此尽兴。可以说在浮华的背后隐藏了真挚的友情。〔浣溪沙〕下片前两句通常使用对仗,这首词也是这样,且对仗工整,词语清丽,格调雅致。

浣溪沙

这首词写作具体时间不详，大约作于词人重过浙江临平的时候，是一首描写浙江临平风物的作品。

　　红锦障泥杏叶鞯，解鞍呼渡忆当年，马骄不肯上航船。
茅店竹篱开蓆市，绛裙青袂屬姜田。临平风物故依然。

　　红锦障泥杏叶鞯，解鞍呼渡忆当年，马骄不肯上航船——再次来到了临平，想当年，曾骑马来过这里。马上配有红锦做的障泥和绣着杏叶图案的鞍鞯。解下鞍子准备渡河，骄纵的马儿却不肯上船。障泥：置于马腹两侧，遮挡尘土等脏物的用具。鞯：马鞍下的垫子。骄：指马不受控制。

　　茅店竹篱开蓆市，绛裙青袂屬姜田。临平风物故依然——茅草屋、竹篱院里，人们在做着小生意，而农夫农妇们则在姜田里辛勤地劳作着。"我"不禁感叹道：临平的风物依然如故啊！绛裙：红裙，借指妇女。青袂：黑色上衣，借指农夫。

　　这是一首描写乡村秀美景色，反映百姓生活情况的小词。开篇描写了石湖一行人渡河时的慌乱场面。在随从们处理失控的马儿时，词人环顾四周看到了以下的情景：茅屋里、竹院外到处都热热闹闹的，主人家忙着招揽生意；再往远处望，姜农们也在田里忙碌着，红裙、黑袄，搭配着绿色的田地，煞是好看。这幅秀丽的农家劳作图，虽不如花鸟、山川优美雅致，但更显得真实、自然，且透露出无限的生机与活力。

　　朴实的百姓、动人的场面、秀美的景物，让人领略到自然的美好，体会到淳朴民风的珍贵以及作者对此处的眷恋之情。

浣溪沙

这首词写春光，写梦境，抒发了词人的春日情怀。

白玉堂前绿绮疏，烛残歌罢困相扶，问人春思肯浓无。

梦里粉香浮枕簟，觉来烟月满琴书。个侬情分更何如。

白玉堂前绿绮疏，烛残歌罢困相扶，问人春思肯浓无——厅堂的酒宴结束了，烛残歌住，宾客们疲倦地相互搀扶着，此刻我一时感怀，问道："你的春思浓烈吗？"白玉堂：指富贵人家的宅院。绮疏：指镂空雕刻的窗户。春思：春日情怀。无：副词，常用在句尾，意为"否"。

梦里粉香浮枕簟，觉来烟月满琴书。个侬情分更何如——梦里枕席上散发出花粉的香气，醒来发现月色已经洒满古琴和书卷了。大自然的一切都是那么温馨、宁静，可人与人之间的情谊又是怎样呢？枕簟(diàn)：指枕席。烟月：指夜晚朦胧的月色。唐人张九龄《初发道中赠王司马》诗："林园事益简，烟月赏恒馀。"个侬：这人、那人。

此词采用了先叙事后抒情的形式，二者相互结合，寓情于事。上片，先写酒宴将尽的场景，接着抒发春日的情怀。词人看着宴席上的一片狼藉，想到春天也会像这宴席一样渐渐凋残，不由得生出感慨，吟出"问人春思肯浓无"这样的句子。这其中既包含了对春的眷恋又包含了将要离别的愁绪。

下片依然是这种模式。一觉醒来，月色朦胧，月光洒满整个房间，依稀记得梦中香气四溢，宛如仙境，令人久久不能忘怀。醉人的梦境以及美丽的夜色不禁让石湖感慨：现实生活能不能也如此恬静、安详，令人愉悦呢？这样的问句，表达了词人对人事的感慨，对清凉世界的期盼。

小词描绘了两段美妙的时光，只不过欢愉的宴会结束了，美丽的梦境也消失了，一切都是短暂的，只留下那亘古不变的夜空和孤寂的明月。这一切预示着人生短暂，世事无常。

朝中措

朝中措，又名梅月圆、芙蓉曲、醉偎香、照红梅。龙榆生《唐宋词格律》曰：《宋史·乐志》入"黄钟宫"。四十八字，前片三平韵，后片两平韵。

这首词描写立春的景色和风俗，作于丙午淳熙十三年(1186)。这一年是闰年，有两次立春，词中所记应为年末的一次立春。小序中所言"十二月九日"或为"十二

101

月十九日"之误。

丙午立春大雪,是岁十二月九日丑时立春。

东风半夜度关山,和雪到阑干。怪见梅梢未暖,情知柳眼犹寒。　　青丝菜甲,银泥饼饵,随分杯盘。已把宜春缕胜,更将长命题幡。

东风半夜度关山,和雪到阑干——春风半夜吹过了关山,春雪飘落在栏杆上。东风:代指春风。

怪见梅梢未暖,情知柳眼犹寒——少见的是梅花还未复苏,心中料想柳树一定还没有返青吧。柳眼:稚嫩的柳芽细长如人蒙眬的睡眼,古人因此称其为"柳眼"。

青丝菜甲,银泥饼饵,随分杯盘——盘中盛着青丝般青翠的菜芽,银色的春饼。菜甲:菜初生的叶芽。饼饵:泛指饼类食品。古人的习俗立春日多吃春饼,谓之咬春。银泥:一种银色的颜料,用来敷面、涂抹饰物。这里用来形容食物的颜色。

已把宜春缕胜,更将长命题幡——已经写好了"宜春"二字准备张贴起来,再把祝福长寿、安康的话写成。

淳熙十三年(1186),此时词人已经六十一岁了,在这一年范石湖完成了他的成名作《四时田园杂兴六十首》,这首词很显然受了其诗的影响,写得清新雅致,可与他的田园诗相媲美。

"和雪"、"柳眼"、"青丝菜甲"、"饼饵"使这首词处处透露出春的气息。一个"已"、一个"更"字写出了词人对春的期盼,表达了词人盼望春天到来的迫切心情。范石湖体弱多病,时又年岁渐老,盼望春天也就表达了他对生命的渴望,对大自然的无限热爱。

词作寓情于景,字面虽不写春,却处处表现春意,是一篇不可多得的佳作。

朝中措

从作品的写作内容及抒发的情感推断,此词大约作于石湖退闲居家时期,抒发了词人的隐逸情怀。

身闲身健是生涯，何况好年华。看了十分秋月，重阳更
插黄花。　　消磨景物，瓦盆社酿，石鼎山茶。饱吃红莲香饭，
侬家便是仙家。

身闲身健是生涯，何况好年华——身体健康，能够自由自在地四处走走逛逛
就是令人满意的人生，更何况拥有好的时光。生涯：人生，生命。

看了十分秋月，重阳更插黄花——刚赏过中秋的圆月，重阳又该观赏灿烂的
菊花了，时光就是这样短暂易逝。

消磨景物，瓦盆社酿，石鼎山茶——闲时观赏秀美的景物，畅饮瓦盆中秋社日
酿的美酒，细细品味石鼎煮的山茶。石鼎：古代烹茶用的器具。

饱吃红莲香饭，侬家便是仙家——饥饿之时，饱餐一顿红莲稻蒸的香饭，如此
生活，悠闲自在，我家就是神仙一般的地方。红莲香饭：吴地有红莲稻，此处指红
莲稻蒸的饭。

这又是一首田园风格的小词，其中充满了词人对田园生活的热爱、对功名的
不屑和超脱的心境。作者由于体弱多病且常年漂泊在外，更加珍惜这份悠闲，所
以感慨"身闲身健是生涯"。正因为石湖退闲之后远离官场的险恶、世俗的纷扰，
得以领略日常生活的乐趣，因此才咏出"何况好年华"这样的句子。小词后面几句
都是对"好年华"的具体描绘。赏月、赏菊、喝酒、吃茶，何等惬意、舒畅。最后两
句甚至把这种生活提升到可与神仙相媲美的境地，更突出了词人对闲适田园生活
的热爱。

朝中措

这首词以春景切入，借鲈鱼的典故表达了浓烈的思乡之情。

系船沽酒碧帘坊，酒满胜鹅黄。醉后西园入梦，东风柳
色花香。　　水浮天处，夕阳如锦，恰似鲈乡。中有忆人双泪，
几时流到横塘。

新解

系船沽酒碧帘坊，酒满胜鹅黄——把小船停靠在岸边到酒坊去打酒，黄色的清酒盛了满满一酒壶。鹅黄：淡黄色，像小鹅绒毛的颜色。碧帘坊：酒坊。碧帘，即酒旗。酒满胜鹅黄：反用杜甫诗《舟前小鹅儿》之意："鹅儿黄似酒，对酒爱新鹅。"

醉后西园入梦，东风柳色花香——醉后梦见自己进入了美丽的园林，那里因春天的到来而柳绿花香。西园：代指美丽的园林。曹植《公宴》诗："清夜游西园，飞盖相追随。"东风：指春风。

水浮天处，夕阳如锦，恰似鲈乡——醒来之后已到傍晚，水天相接处，夕阳像一条丝滑的锦缎一般，更好似鲈鱼的故乡——美丽的吴淞江。这里是从侧面表达思乡之情。锦：有彩纹的丝织品。鲈乡：盛产鲈鱼的地方。吴中松江鲈鱼尤盛。苏轼《顾东浦载酒相过》诗中有"斜日鲈鱼乡"之诗句。

中有忆人双泪，几时流到横塘——吴淞江中有思乡之人的眼泪，什么时候才能流到横塘呢？横塘：一个大水塘，在江苏省吴县(今苏州)西南。

新评

词人亲自打酒，自斟自饮，醉梦中畅游园林，享受无限春色。醒来之后已是彩霞满天了，远望晚霞好似"鲈乡"，由此想到了《世说新语》中一则有名的故事："张季鹰，齐王东曹掾。在洛，见秋风起，因思吴中菰菜羹、鲈鱼脍，曰：'人生贵得适意尔，何能羁宦数千里以要名爵？'遂命驾便归。"词人从他人的情感中更深地体会到了客居他乡的苦痛，更加深了词人对家乡的思念。

上下两片相互映衬，用上片词人自身的悠闲、春色的美好来衬托下片中游子的思乡之切、游宦之苦。一喜一悲，正反对比，使这份情感更深刻、更浓郁。这首词不露痕迹地化用了前人的诗句和诗意，例如，苏轼的"斜日鲈鱼乡"。且用"恰似鲈乡"这样淡淡的一笔，令读者联想到"鲈鱼脍"的典故，使得思乡之情穿越古今，读来意味悠长，含蓄蕴藉。

朝中措

题解

这是一首思考人生追求、向往山林隐逸生活的词作。

海棠如雪殿春馀，禽弄晚晴初。倦客长惭杜宇，佳辰且醉提壶。 逍遥放浪，还他渔子，输与樵夫。一棹何时归去，扁舟终要江湖。
. . . .

海棠如雪殿春馀,禽弄晚晴初——春末之际海棠花如雪一般洁白。傍晚初晴,
天边的禽鸟鸣叫不停。殿春:暮春时节,指农历三月。清人徐灿《水龙吟·春闺》词:
"浓阴侵幔,飞红堆砌,殿春时候。"弄:指禽鸟鸣叫。唐代刘长卿《酬郭夏人日长
沙感怀见赠》诗:"流莺且莫弄,江畔正行吟。"晚晴:谓傍晚晴朗的天色。

倦客长惭杜宇,佳辰且醉提壶——漂泊在外的游子看到杜鹃就会想到家乡,
心中惭愧不已。在这美好的春光里暂且抛去烦恼把酒寻欢。倦客:客居他乡并对
这种旅居生活感到厌倦的人。杜宇:杜鹃鸟的别称。据《成都记》载:"杜宇又曰
杜主,自天而降,称望帝。好稼穑,治郫城。后望帝死,其魂化为鸟,名曰杜鹃。"
后人常以此典表达思归的情感。提壶:鸟名,即鹈鹕。宋人欧阳修《啼鸟》诗:"独
有花上提壶芦,劝我沽酒花前醉。"此处有双关之意。

逍遥放浪,还他渔子,输与樵夫——暂时放浪形骸于天地间,像山野村夫那样
怡然自得,不受世俗约束。逍遥:优游自得,安闲自在。放浪:自由自在,不受拘束。
晋代郭璞《客傲》:"不恢心而形遗,不外累而智丧,无岩穴而冥寂,无江湖而放浪。"
渔子:捕鱼的人。唐人孟浩然《夜渡湘水》诗:"榜人投岸火,渔子宿潭烟。"

一棹何时归去,扁舟终要江湖——苦究"小舟什么时候能归去呢",却忘记了
船儿终究要四处漂泊。一棹:棹指船桨。这里代指小船。

"海棠如雪殿春馀,禽弄晚晴初",这两句点明时间是春末的傍晚。夕阳西下
的时候,漂泊在外的游子更容易心生感慨。想到"杜主",就会对自己的今生感到
惭愧,思乡之情愈发浓烈。但是转念一想,人生在世转瞬即逝,与其自寻烦恼不如
洒脱地享受生活。享受当下是作者传达出来的重要信息。

石湖写词,很少抒发不平之意,这和他一生仕途较为平坦有很大关联,同时也
因为石湖深受佛老思想的影响。归隐,回归本我,体悟人生真谛,始终是词人的终
极追求。此外,这首词还使用双关,使得词作的内容更丰富,主旨更含蓄蕴藉。

朝中措

这首词写作时间不详。小词用"探病"这件小事体现了朋友之间珍贵的友情。

　　　　天容云意写秋光，木叶半青黄。珍重西风祛暑，轻衫早
怯秋凉。　　　故人情分，留连病客，孤负清觞。陌上千愁易散，
尊前一笑难忘。

　　天容云意写秋光，木叶半青黄——天色云气都显出了秋天的意味，树叶也开
始泛黄了。天容：指天色；天空的景象。欧阳修《采桑子》："天容水色西湖好，云
物俱鲜。"云意：云的景象。

　　珍重西风祛暑，轻衫早怯秋凉——珍惜秋风的凉爽，又感到单衣早已耐不住
秋寒了。西风：西面吹来的风，多指秋风。怯：畏惧，害怕。

　　故人情分，留连病客，孤负清觞——亲爱的朋友到我家来探病，我兴奋之馀想
到，你一定冷落了家中的美酒了。此句虽然是客套之语，但同样流露出了石湖的
欣喜之意。

　　陌上千愁易散，尊前一笑难忘——世上再多的愁绪也能轻易地忘记，但是酒
樽前的笑容最是难忘。"易"与"难"二字，突出了朋友间的真挚感情。陌：道路；
街道。

　　"天容云意写秋光，木叶半青黄"两句，点明了写作时间是在初秋。后两句写
身体羸弱的作者早已感觉到凉意，从穿衣的角度对初秋的天气作了进一步说明。
由于秋凉，石湖卧病在床，于是有了下片故人的来访。病榻上的石湖看到朋友顿
时把千般万般愁绪抛到脑后，开心之馀还担心故人"留连病客，孤负清觞"，其中虽
含客套、感谢之意，但快乐、欣喜之情还是溢于言表的。

　　此词抒情婉转、悠长，语言清新、雅致。追求自然宁静、厌倦繁复的范石湖，
作品也是如此，用"词如其人"来形容他的作品最恰当不过。

蝶恋花

　　蝶恋花，又名江如练、一箩金、卷珠帘、鱼水同欢、明月生南浦、桐花凤、西笑
吟。龙榆生《唐宋词格律》曰：又名《鹊踏枝》《凤栖梧》。唐教坊曲。《乐章集》《张
子野词》并入"小石调"，《清真集》入"商调"。赵令畤有《商调蝶恋花》，联章作《鼓
子词》，咏《会真记》事。双调，六十字，上下片各四仄韵。

　　这首词，与其说是一首描写田园风光的作品，不如说是描绘百姓农耕生活的

农村词。

　　春涨一篙添水面。芳草鹅儿，绿满微风岸。画舫夷犹湾
百转。横塘塔近依前远。　　江国多寒农事晚，村北村南，
谷雨才耕遍。秀麦连岗桑叶贱。看看尝面收新茧。

　　春涨一篙添水面。芳草鹅儿，绿满微风岸——春日水面涨高，春草满地，鹅儿
在水面上嬉闹，处处都散发着春的气息。一篙：篙，撑船用的竹竿。这里用来形容
水深的程度。

　　画舫夷犹湾百转。横塘塔近依前远——画船缓缓地在河道中行驶，慢慢地看
着横塘塔接近我们。夷犹：犹豫迟疑。这里指船行缓慢。横塘：一个大水塘，在江
苏省吴县(今苏州吴中区)西南。

　　江国多寒农事晚。村北村南，谷雨才耕遍——江南水寒，翻耕水田常常会比
较晚，到谷雨时才刚刚翻过地。江国：江乡，河流多的地区。多指江南。寒：指江
南水乡的水冷，因此翻耕晚一些。谷雨：二十四节气之一，在清明之后。

　　秀麦连岗桑叶贱。看看尝面收新茧——田里的麦子抽穗的时候，蚕虫早已作
茧，桑叶将不再值钱了。紧接着很快就能尝到新麦，看到收茧的热闹场面了。这
是词人在看到江南水乡后联想到的农耕及丰收场面。秀麦：出穗扬花的麦子。桑
叶贱：桑叶不再可贵，因为蚕已经作茧了。看看：即将。面：这里指炒面。将新麦
割下尝鲜的方法。

　　这是一首精彩的田园风格的农村词，散发着浓郁的生活气息。上片，古塔屹
立近前，鹅儿四处游动，两岸杨柳青青，尽显水乡春色的秀丽、俊俏。下片则转向
描写乡村的农耕生活。由看到新翻的水田，想到了此后麦秀连岗、将收新茧、品尝
新麦，一桩桩、一件件，表现了百姓们的喜悦心情，体现了石湖对乡村生活的喜爱。

　　可以说这是一首田园风光词和农村词的结合体，不仅体现了石湖作词风格的
多样性，还体现了词人主要的两种思想倾向，即"归隐"思想和"爱民"思想。想
要回归自然，寻找真正的自我，远离尘世的喧嚣，但是由于深重的"爱民"思想，又
使得石湖无论何时都能想到百姓的利益，关心百姓的生活状况，因此才会出现这
种两种思想相混合的田园词作。

　　词作内容充实，描写技艺高超，把普通、辛苦的劳作场面写得动人、优美，使
读者读来仿佛在欣赏图画一般。

南柯子

题解

南柯子,又名南歌子、风蝶令。龙榆生《唐宋词格律》曰:唐教坊曲,《金奁集》入"仙吕宫"。二十六字,三平韵。例用对句起。宋人多用同一格式重填一片,谓之"双调"。这首词重在表现词人暮年的心境,表现了石湖的佛老思想。

　　槁项诗馀瘦,愁肠酒后柔。晚凉团扇欲知秋。卧看明河银影、界天流。　　鹤警人初静,虫吟夜更幽。佳辰只合算花筹。除了一天风月、更何求。

新解

　　槁项诗馀瘦,愁肠酒后柔——羸弱的人会写出枯瘦的词作,忧郁的心肠酒后更加柔弱。槁项:羸弱、清瘦貌。愁肠:满怀忧愁的心肠。

　　晚凉团扇欲知秋。卧看明河银影、界天流——晚上天气渐渐转凉,连团扇都知道秋天快来了。夜晚在榻上看天上的银河闪闪。明河:天河,银河。唐人宋之问《明河篇》:"明河可望不可亲,愿得乘槎一问津。"

　　鹤警人初静,虫吟夜更幽——人们熟睡的时候白鹤便机警起来,有虫儿鸣叫的深夜里更显得幽静。鹤警:鹤夜晚机警放哨。晋人周处《风土记》:"鸣鹤戒露,此鸟性警,至八月白露降,流于草上,滴滴有声,因即高鸣相警,移徙所宿处。"

　　佳辰只合算花筹。除了一天风月、更何求——在这美好的时光里最好是投壶,能够快乐地玩一天还有什么可求的。花筹:古代投壶用的矢。白居易《醉忆元九》诗中有"醉折花枝当酒筹"的诗句。风月:这里指闲适之事。

新评

　　开篇"槁项诗馀瘦,愁肠酒后柔"两句,表现了词人此时的状态和心境。将近暮年,自己越来越虚弱、苍老了,好似秋天的团扇一般,即将告别尘世,失去它的用处。清夜里拿着将弃的团扇,心中无限苦闷,回忆起从前的叱咤风云,想到此刻的自己只能眼睁睁地看着天上的星光灿烂,而不能参与其中,渐渐失去了睡意,在这沉静的夜里独自伤感。

　　但词人并没有永远这样伤感下去,最后两句"佳辰只合算花筹。除了一天风月、更何求",让我们体会到石湖的洒脱与旷达。以闲适生活来面对岁月的无情、人生的短暂,这是石湖佛老思想在生活中的具体体现,突出了词人超脱却不脱俗的特性。

南柯子

这是一首抒发离情别绪的作品,分上下两片,作者用清丽幽远的笔触创作出了一曲动人的恋歌。

怅望梅花驿,凝情杜若洲。香云低处有高楼。可惜高楼、不近木兰舟。　缄素双鱼远,题红片叶秋。欲凭江水寄离愁。江已东流、那肯更西流。

怅望梅花驿,凝情杜若洲——他惆怅地盼望着能有爱人的消息,却无法得到;想送枝杜若表达对爱人的思念,却无从寄托,因此把所有的感情都聚集在杜若上,痴痴地思念着自己的心上人。梅花驿:此处化用了陆凯赠范晔诗"折梅逢驿使,寄与陇头人。江南无所有,聊赠一枝春"的典故。这里以梅花代指恋人的消息。杜若:一种香草的名称。这里代指男主人公对女主人公的思念之情。

香云低处有高楼。可惜高楼、不近木兰舟——香云下面有高楼,可惜这楼远离那精美的小船。木兰舟:形容装饰精美的船只,这里代指远游的男子。

缄素双鱼远,题红片叶秋——想让鱼儿带给你书信,可鱼儿都在远方;想题一片红叶带去我的相思,可秋天已经到来。缄素:古人常在白色的绢帛上书写文字,后称书信为"缄素"。双鱼:乐府诗《饮马长城窟行》:"客从远方来,遗我双鲤鱼。呼儿烹鲤鱼,中有尺素书。"题红片叶:即指红叶传情的故事。唐代诗人顾况在"苑中,坐流水上,得大梧叶",上有题诗云:"一入深宫里,年年不见春。聊题一片叶,寄与有情人。"诗人有感,也在叶上题诗与之唱和。事见唐孟棨《本事诗·情感》。后以"题红叶"为吟咏情思、闺怨或良缘巧合之典。

欲凭江水寄离愁。江已东流、那肯更西流——想让江水带去我的思念之情,可江水已经流向东边,哪里还肯再流回西边带来你的消息。

这首词是范石湖的得意之作。上片主要写游子的心情,词中"梅花驿"代表恋人的信息,"杜若"则代表男主人公的情愫,可是这些既无从得来,也无法寄去,因此男主人公惆怅、失望。而"小舟"远离"高楼"则喻指男子远离家乡无法与家中的恋人相见。不得信息,不得相见,幽幽的愁绪笼罩在男主人公心头。

相对的，下片主要写思妇的心理状态，女子想效仿古人书缄素、题红叶传达思绪，可是鱼儿、红叶都无从得到；又想通过江水寄去相思之情，奈何江水从不肯回流。心中的无奈、痛苦之情是难以言说的，比较起来，女子的感情显得更加急切、炽热。上下两片，前后呼应，如同二人在细细诉说自己的相思之情。

全词用典虽多但是并不繁杂晦涩，每一个典故都很常见却用得奇特新颖。此外这首词还有一个特点，通篇写相思之情却没有出现过一个"思"字，含蓄的手法使得悲情更加悠长，意境更加深远。

南柯子
七 夕

【题解】

这首词作于七夕，描绘了牛郎织女之间那段凄婉的爱情，动人缠绵。

银渚盈盈渡，金风缓缓吹。晚香浮动五云飞。月姊妒人、颦尽一弯眉。　　短夜难留处，斜河欲淡时。半愁半喜是佳期。一度相逢、添得两相思。

银渚盈盈渡，金风缓缓吹——秋风缓缓吹来，预示着七夕就要到了，相思的织女、牛郎终于可以渡过盈盈的天河了。银渚：天河。金风：秋风。

晚香浮动五云飞。月姊妒人、颦尽一弯眉——菊花的香气在空中飘动，彩云在天上浮动。月亮嫉妒一对佳人的相聚，生气地把自己弯成了月牙。晚香：指菊花。宋代韩琦有"且看黄花晚节香"的诗句。月姊：指传说中月宫的嫦娥。这里指月亮。

短夜难留处，斜河欲淡时——知道相见的时刻就要到了，更知道天亮时就要分别。

半愁半喜是佳期。一度相逢、添得两相思——悲喜交加的日子就要到了，这一相逢，使得织女、牛郎双双多添了一份相思。

词作前三句渲染牛郎织女见面前的美丽景象，表现了二人的喜悦心情。句中又用一些有代表性的景物，金风、晚香，再次突出了二人见面的时间。料想织女为了这一天一定经过精心打扮，连月亮都嫉妒了，拼命弯成月牙形。此处还可以想象为嫦娥嫉妒织女，更显织女的美丽。

喜悦之情刚起,离别就悄悄地临近了,又惹得两人伤心起来。相会时候忧喜参半,既高兴终于得见又感伤好景不长,就这样又一轮相思拉开了帷幕。

这首词采用了一种回环式的抒情方式。由见面前的喜悦到见到时的悲喜交加,再到分别时更深的思念,接着又盼望再次见面,如此回环往复,千百年来谱写着一曲醉人的恋歌。

水调歌头

水调歌头,又名江南好、元会曲、花犯念奴、台城游。龙榆生《唐宋词格律》曰:唐大曲有〔水调歌〕,据《隋唐嘉话》,为隋炀帝凿汴河时所作。宋乐入"中吕调",见《碧鸡漫志》卷四。凡大曲有"歌头",此殆裁截其首段为之。九十五字,前后片各四平韵。亦有前后片两六言句夹叶仄韵者,有平仄互叶几于句句用韵者。

淳熙四年(1177),石湖辞去成都任返乡归里,途中经过鄂州南楼因作此词。《吴船录》载:"壬午晚,遂集南楼,楼在州治黄鹤山上。"

  细数十年事,十处过中秋。今年新梦,忽到黄鹤旧山头。老子个中不浅,此会天教重见,今古一南楼。星汉淡无色,玉镜独空浮。 敛秦烟,收楚雾,熨江流。关河离合、南北依旧照清愁。想见姮娥冷眼,应笑归来霜鬓,空敝黑貂裘。酹酒问蟾兔,肯去伴沧洲。

细数十年事,十处过中秋。今年新梦,忽到黄鹤旧山头——十几年间,我分别在十个不同的地方过中秋节。没想到今年中秋来到了黄鹤山。黄鹤山:在湖北武昌西,今又称蛇山。传说仙人王子安曾乘黄鹤过此地,因此得名。

老子个中不浅,此会天教重见,今古一南楼——今天在这里重见南楼,并在这里小聚,真是令我兴致高涨。老子个中不浅:这里范石湖化用东晋庾亮的典故,意思是今天的场面与庾亮当年的情景相似。据《晋书·庾亮传》,庾亮镇守武昌时,曾乘秋夜登南楼,席间亮徐曰:"诸君少住,老子于此处兴复不浅。"与众僚属谈笑吟咏。个中:此中。南楼:在武昌黄鹤山上。

星汉淡无色,玉镜独空浮——中秋的明月悬在空中,令所有的星星都暗淡无光。星汉:银河。这里指天上的星星。玉镜:指月亮。

敛秦烟,收楚雾,熨江流。关河离合、南北依旧照清愁——皓月当空,月光笼

中国家庭基本藏书

罩着大江南北,江流像一幅平滑的白练静静流淌,柔美、恬静。突然转念一想,南北依然分裂,在这柔美的月光下有多少人还在盼望着山河一统啊。秦:指今陕西一带。楚:特指今湖北一带。

想见姮娥冷眼,应笑归来霜鬓,空敝黑貂裘——想来嫦娥应该会嘲笑我,多年来东奔西走,已是头发斑白却仍功不成名不就。姮娥:嫦娥。空敝黑貂裘:据《战国策·秦策》,苏秦前去游说秦王:"书十上而不行,黑貂之裘敝,终无成而归。"

酾酒问蟾兔,肯去伴沧洲——斟上酒举起酒杯问月亮,归隐家乡怎样? 酾(shī)酒:斟酒。蟾兔:指月亮。沧洲:退隐之地。这里指石湖的家乡。

这首词作于淳熙四年(1177)中秋,石湖到鄂州南楼赴知州刘邦翰的赏月宴会。上片描写自己登上南楼的喜悦心情,极力渲染中秋月色的恬静、明亮。

下片依然是描写月色,但是相比于上片而言境界更加开阔,内涵更加丰富,由眼前的一轮明月拓展到月色下的大好河山。更由此而想到了国家至今仍是山河破碎,忧国之心油然而生。一喜一忧,情绪陡转。下面又一次转到了作者的身世,用苏秦事自嘲,嘲笑自己忙碌半生却功名不成,感慨自己的漂泊倦怠之感。于是有了最后的"酾酒问蟾兔,肯去伴沧洲"两句,更凸显了词人的归隐之意。

这首词用了"黄鹤山"的传说、东晋庾亮的典故、苏秦的旧事,上下古今,由虚到实,丰富了词作的内涵,展现了石湖的叙述功力。整首词读起来意境开阔,豁达洒脱。

水调歌头
燕山九日作

这首词作于乾道六年(1170),作者以起居郎、假资政殿大学士,为祈请国信使出使金国。根据词题推测应作于九月初九,与其诗作《燕宾馆》同时。

万里汉家使,双节照清秋。旧京行遍,中夜呼禹济黄流。寥落桑榆西北,无限太行紫翠,相伴过芦沟。岁晚客多病,风露冷貂裘。 对重九,须烂醉,莫牵愁。黄花为我,一笑不管鬓霜羞。袖里天书咫尺,眼底关河百二,歌罢此生浮。惟有平安信,随雁到南州。

万里汉家使,双节照清秋。旧京行遍,中夜呼禹济黄流——"我",大宋的使臣,行走万里来到旧时都城汴梁,深夜之时,梦中呼喊天兵渡过黄河,收复失地。双节:唐代节度使出行时的仪仗。旧京:指汴梁,北宋旧都城。当时已被金占领。中夜:半夜。济:渡河。黄流:黄河。

寥落桑榆西北,无限太行紫翠,相伴过芦沟——冷清的北方要地,苍翠的太行山脉,伴我走过卢沟桥。寥落:冷落,冷清。桑榆:指失地,金国统治区。

岁晚客多病,风露冷貂裘——因年纪渐老,疾病增多,感慨身上的貂裘抵挡不住北方的寒冷。

对重九,须烂醉,莫牵愁。黄花为我,一笑不管鬓霜羞——重阳佳节,观赏菊花,畅饮美酒,看着盛开的菊花,瞧着斑白的两鬓,想着时至今日仍然没有功成名就,颇感羞愧,还是大醉一场吧,不去牵动那些愁思。

袖里天书咫尺,眼底关河百二,歌罢此生浮——袖中装着国书一封,眼前望着北方的险要关卡,想着完成这件事,这一生就算就此结束也无悔了。天书:南宋致金国的国书。关河:关山隘口、河流大川。《后汉书·荀彧传》:"此实天下之要地,而将军之关河也。"这里借指北方险要的关山。

惟有平安信,随雁到南州——只有报平安的信随大雁到了临安。南州:指南宋都城临安,今杭州。

范石湖此次使金是为了索要陵寝之地和更改南宋皇帝受书礼仪,但是正式的国书中只写明了陵寝之事,因此改受书礼仪这一项只能靠他自己想办法达成。但是由于金法严苛,不允许使臣递私人书信,石湖在金廷上突然拿出私书犯了金国大忌,几遭杀身之祸,后被金主拘在客馆。这首词就写于当时,用以明志,表现了词人视死如归的坚定决心。

词中"袖里天书咫尺,眼底关河百二,歌罢此生浮"几句以及同时作的诗"万里孤臣致命秋,此身何止一沤浮!提携汉节同生死,休问羝羊解乳不",表达了同样的感情和决心。这首词上片描写了北方的景物和寒冷的气候,这里描写的既是自己的心境,同时也是当地百姓的心情。在外敌统治下的百姓,日子过得非常艰难,期盼大宋一统却看不到希望,心境凄凉、痛苦。词人看到这大好河山被他人占领,百姓生活艰难,心中更是凄苦。上片写看到、想到的这一切,下片转而描写石湖的坚定决心:为完成使命,甚至不惜牺牲自己的生命。由此与上片呼应起来。

西江月

西江月，又名西江美人、壶天晓、双锦瑟、醉高歌、白蘋香。龙榆生《唐宋词格律》曰：又名〔步虚词〕、〔江月令〕。唐教坊曲，《乐章集》《张子野词》并入"中吕宫"。清季敦煌发现唐琵琶谱，犹存此调，但虚谱无词。兹以柳永词为准。五十字，上下片各两平韵，结句各叶一仄韵。沈义父《乐府指迷》："〔西江月〕起头押平声韵，第二、第四句就平声切去，押侧声韵，如平韵押'东'字，侧声须押'董'字、'冻'字方可。"

这是一首描写思妇相思情怀的小词。

> 十月谁云春小，一年两见红娇。人间霜叶满庭皋，别有东风不老。　　百媚朝天淡粉，六铢步月生绡。云英寂寞倚蓝桥，谁伴玉京霜晓。

十月谁云春小，一年两见红娇——谁说小阳春不如五月艳阳天，因为她的存在，一年中可以两次看到繁花了。春小：即小春，指阴历十月。宋陈元靓《岁时广记》卷三七引《初学记》："冬月之阳，万物归之。以其温暖如春，故谓之小春，亦云小阳春。"红娇：喻万物繁盛貌。

人间霜叶满庭皋，别有东风不老——虽然枯叶满地，却是暖风依旧。庭皋：水边的高地。霜叶：经霜的叶子。东风：春风。

百媚朝天淡粉，六铢步月生绡——朝见天子，淡妆更加妩媚，穿着六铢衣在月下散步，步幅好像锦缎一般轻柔。这两句是用比喻的手法描写小阳春的妩媚动人。百媚：形容极其妩媚。六铢：指六铢衣。唐谷神子《博异志·岑文本》："(岑文本)又问曰：'比闻六铢者天人衣，何五铢之异？'(上清童子)对曰：'尤细者则五铢也。'"步月：月下散步。绡：丝织品。

云英寂寞倚蓝桥，谁伴玉京霜晓——佳人在蓝桥上寂寞地等待着，感叹谁来陪伴在远方的夫婿。云英：唐代神话故事中的仙女名。传说裴航过蓝桥驿，以玉杵臼为聘礼，娶云英为妻。后夫妇俱入玉峰成仙。事见唐人裴铏的《传奇·裴航》。诗文中常用此典，借指佳偶。玉京：泛指仙都，又指帝都。

上片用反问的语气凸现了小阳春的绚丽，描写了春风的顽强，下片前两句表面上是描写女子的容貌、穿着，事实上还是在描摹小阳春，他虽没有春天繁茂、绚烂，但却更显雅致、轻盈，表达了作者对小阳春景色的喜爱。

如此多的铺垫，迎来了最后两句："云英寂寞倚蓝桥，谁伴玉京霜晓。"在这美丽的景色中有位佳人在盼望着远方的游子，想着游子是否寂寞，远在他乡是否有人陪伴。这是一首以乐景写哀情的小词，景中透出了淡淡的无奈，毕竟冬日将近，春风再顽强也是强弩之末，以此来衬托佳人的愁绪。

词作最后两句化用了唐传奇中仙女"云英"的典故，使得作品内涵更加丰富，想象的空间更大。

西江月

此词写作时间不详，由开篇之"北客"推测，大约写于范石湖出使金国之后。

北客开眉乐岁，东君著意华年。遮风藏雨晚云天，应怕杏梢红浅。　　不惜灯前放夜，从教雪后留寒。水晶帘箔万花钿，听彻南楼晓箭。

北客开眉乐岁，东君著意华年——新年到了，我欢乐开怀，春神在费心地剪裁春日的时光。北客：作者自称。东君：指春神。著意：用心，集中精神。

遮风藏雨晚云天，应怕杏梢红浅——老天爷费尽心思又挡风又藏雨，大概是怕刚发芽的杏花苞被吹落吧。

不惜灯前放夜，从教雪后留寒——一点也不吝啬元夕前后的放夜日，任凭大雪飘扬，雪后的寒气停留在人间。不惜：不吝惜。放夜：古代都城有夜禁，夜晚街道不许通行。从唐代开始，正月十五夜前后各一日暂时解禁，准许百姓夜行，称为"放夜"。从教：任凭。

水晶帘箔万花钿，听彻南楼晓箭——水晶帘箔如美人头上闪闪的发钿，黎明时分，南楼里听晓箭声声。万花钿：万花艳丽如美人头上的发钿。晓箭：黎明时分漏壶中指示时刻的箭。常用来指代凌晨。

新的一年开始了，春风把春意洒向大地，阻止风雨，生怕吹落了待放的杏花。春意浓浓，可是我却希望大雪盈门，寒意四溢，让我们感受一下北方的清冷，体味一下故京的味道。这首词虽是在写新春，但却透露出强烈的统一情怀。金归来的词人，渴望感受寒意，渴望再次体会到故京的爽利痛快，词间带有一种家国之痛。

鹊桥仙
七夕

鹊桥仙，又名梅已谢、满朝欢、蕙香囊、广寒秋、金风玉露相逢曲。龙榆生《唐宋词格律》曰:《风俗记》:"七夕，织女当渡河，使鹊为桥。"因取以为曲名，以咏牛郎织女相会事。《乐章集》入"歇指调"，较一般所用多三十二字。兹以《淮海词》为准。五十六字，上下片各两仄韵。亦有上下片各四仄韵者。

这首词作于七夕，感怀牛郎织女悲苦的爱情。

　　双星良夜，耕慵织懒，应被群仙相妒。娟娟月姊满眉颦，更无奈、风姨吹雨。　　相逢草草，争如休见，重搅别离心绪。新欢不抵旧愁多，倒添了、新愁归去。

双星良夜，耕慵织懒，应被群仙相妒——七夕这一天是牛郎织女相会的日子，因此这一天他们都懒于耕织，盼望着良宵的到来。如此不易的相会却引来了天上众神仙的嫉妒。双星:指牛郎织女二星。

娟娟月姊满眉颦，更无奈、风姨吹雨——知道两人即将相聚，嫦娥嫉妒地皱起了眉头，风神无奈地吹打着雨水。月姊:指传说中月宫的嫦娥。眉颦:皱眉头。表示烦闷或不快。风姨:古代神话传说中的风神。

相逢草草，争如休见，重搅别离心绪——这样草草地相见，真还不如不见面的好，重又引起了阵阵离别的愁绪。争如:不如。

新欢不抵旧愁多，倒添了、新愁归去——相聚的欢愉何其短暂，往日的相思何其漫长，这短暂的相聚倒让两人更添了许多新的愁思。

上片描写即将相会的牛郎织女不平静的心情"耕慵织懒"，更用月姊、风姨从侧面烘托了二人的心情，必是既甜蜜又迫切吧，引得天上众神仙都嫉妒了。这从另一个角度看又反映了天上众仙的寂寞和孤独，更反映了牛郎织女爱情的可贵。

下片写二人相见的情景和心绪。这样短暂的相见丝毫不解相思之苦，反倒增添了更多离别愁绪。最后三句让我们体会到了两人爱情的悲苦，年年相见草草，年年愁绪增加，长此以往相思之情无限，悲苦之意不断。每次的相会，甜蜜难抵悲苦，且这种相思年年加剧，真是世间最残忍的一种惩罚。联想到上片众仙连这样的相聚都嫉妒，更使得这段爱情显得凄惨，富有悲剧性了。

可以说牛郎织女用永世的相思、悲苦谱写了一曲辛酸的离歌。让世人为之陶醉，千百年来吟咏不绝。这首词没有华丽的词语，于平淡中尽显浓郁之情。而着重描绘主人公的心理活动又是本词的一个创新。无论从哪个角度来说，这首词都是一首歌咏七夕的佳作。

宜男草

谢映先《中华词律》：双调，有五十八字和六十字两体，前后片句式均相同，各四句三仄韵。

秋高气爽之日到山湖去荡舟，此词描摹山湖广阔的景象。

> 篱菊滩芦被霜后。袅长风、万重高柳。天为谁、展尽湖光渺渺，应为我、扁舟入手。　　橘中曾醉洞庭酒。辗云涛、挂帆南斗。追旧游、不减商山杳杳，犹有人、能相记否。

篱菊滩芦被霜后。袅长风、万重高柳——深秋，菊花和芦苇都蒙上了厚厚的一层霜，柳条也被吹得在空中乱舞。长风：大风。

天为谁、展尽湖光渺渺，应为我、扁舟入手——上天在为谁展现这悠远的山湖景色呢？应该是为了小舟上的我吧。渺渺：悠远貌。扁舟入手：取杜甫诗《将适吴楚留别章使君留后兼幕府诸公得柳字》中"不意青草湖，扁舟入吾手"的诗意。

橘中曾醉洞庭酒。辗云涛、挂帆南斗——记得那天云涛翻转，帆鼓船飞，我与友人痛饮洞庭酒，在天地间切磋象棋的技艺。"橘中"句：传说古时有一巴邛人家橘园，霜后两橘大如三斗盎。剖开见有二老叟相对下棋，谈笑自若。一叟曰："橘中之乐不减商山。"事见唐牛僧孺《玄怪录·巴邛人》。这里用此典故借指两人下象棋。洞庭酒：酒名，洞庭春。

追旧游、不减商山杳杳，犹有人、能相记否——追忆往日曾游处，那里幽远苍翠，好似"四皓"归隐的商山，不知是否还有人记得呢。商山：山名。这里指归隐的山林。

"篱菊滩芦被霜后"一句点明了作者出游的时间是在深秋。在秋高气爽的日子里荡舟山湖，迎着飒飒秋风，是多么的畅快！在如此清爽的日子里，与故人对弈亭中，畅饮美酒，又是何等的惬意啊！这种景象比和风丽日中漫步湖边虽少了些温情，却更加痛快，更加潇洒。大风吹去了满身的忧愁，送来了词人美好的回忆。怀念那苍翠的山林，怀念曾经的情分，欣赏今日的景观，情中带景，情景交融，感怀颇深。

　　词作使用了"橘中"典故，化用了杜甫"不意青草湖，扁舟入吾手"的诗句，加上"商山"一词的出现，表达了词人浓浓的归隐之意，希望能像汉初"四皓"一样纵情山水，亲近自然。同时也充分体现了词人的文学功底、文化底蕴。

宜男草

　　这是一首清新的田园风格的词。由内容看可能作于词人初归故里之时。

　　　舍北烟霏舍南浪。雪倾篱、雨荒薇涨。问小桥、别后谁过，
惟有迷鸟羁雌来往。　　重寻山水问无恙。扫柴荆、土花尘网。
留小桃、先试光风，从此芝草琅玕日长。

　　舍北烟霏舍南浪。雪倾篱、雨荒薇涨——房舍的北面云气缭绕，南面水波荡漾。大雪重重地压在篱笆上，此时薇草早已消失得无影无踪了。薇：一种菜名，也称野豌豆。

　　问小桥、别后谁过，惟有迷鸟羁雌来往——问小桥，我离开后还有谁来过呢？料想只有孤单的鸟儿来访吧。迷鸟羁雌：语出谢灵运的《晚出西射堂》："羁雌恋旧侣，迷鸟怀故林。"羁雌，失偶的雌鸟。

　　重寻山水问无恙。扫柴荆、土花尘网——我重游故地，寻访家乡的山山水水。归来后，我打扫房舍。柴荆：柴门。土花：苔藓类。

　　留小桃、先试光风，从此芝草琅玕日长——初春的小桃最早沐浴了春日的和风，从此万物复苏，草木将渐渐繁盛起来。小桃：一种初春开花的桃树。光风：雨过天晴后的和风。芝草：灵芝。琅玕：神话中的仙树，果实似珠。

冬末,词人回到家乡,"舍北烟霏舍南浪。雪倾篱、雨荒薇涨"、"留小桃、先试光风"几句点明了写作时间大约是在冬末春初。紧接着通过和小桥的对话,说明自从词人离家后,庭院寂寞,只有迷途的鸟儿偶尔造访。另一方面,用羁雌、迷鸟喻指自己,表现了词人对故乡的眷恋,抒发了自己多年来旅居他乡的感慨。

词人回到家乡,打扫家乡的房舍,重访那里的山山水水,感慨无限。望着风采依旧的山色,想着自己已是满面沧桑、一身疲惫,这种强烈的对比很容易令词人感慨生命的易逝、时光的宝贵。另一方面,再次看到家乡的美丽景色,心中又是无比愉悦的。家乡的一切都亲切得像自己的亲人,看到它们无恙,又畅快淋漓。

初春的小桃最先感受初春的和风,作为春的信使,送来春的消息。此后万物复苏,整个世界一片繁华。末尾两句表现了词人对春天的向往,喻指了对退闲生活的憧憬,对生命的渴望。词作白描勾画,不做繁复雕饰,如一股清泉沁人心脾,清新自然,含蓄蕴藉,令人读后回味无穷。

秦楼月

秦楼月,即忆秦娥。龙榆生《唐宋词格律》曰:始见黄昇《唐宋诸贤绝妙词选》,题李白作。四十六字,前后片各三仄韵,一叠韵,亦以入声部为宜。又有改用平韵者。〔秦楼月〕共五首,按照时间顺序来描写闺中少妇一天当中朝、昼、暮、夜的思恋之情。此为清晨第一首。

　　窗纱薄,日穿红幔催梳掠。催梳掠,新晴天气,画檐闻
鹊。　　海棠逗晓都开却,小云先在阑干角。阑干角,杨花满地,
夜来风恶。

窗纱薄,日穿红幔催梳掠——清晨,阳光穿过窗纱,透过幔帐,呼唤着睡梦中的女子,催促她起来梳妆。

催梳掠,新晴天气,画檐闻鹊——刚刚放晴的好天气,在屋檐鸣叫的喜鹊,都像在催促人们起来观赏春日美景。梳掠:梳拢头发。新晴:天气刚刚放晴。画檐:有画饰的屋檐。

海棠逗晓都开却,小云先在阑干角——海棠花在破晓就开放了,但小云却先

于它们倚靠在栏杆处。逗晓：天刚亮、初晓。小云：词人家的歌女。阑干：栏杆。

阑干角，杨花满地，夜来风恶——栏杆拐角处，柳絮堆积，想来昨夜一定是狂风阵阵。

上片描写春日的动人景象。天气晴朗、阳光明媚，喜鹊叽叽喳喳地鸣叫，海棠在院中怒放，柳絮在晴空中飘荡，它们仿佛在施展全身解数来唤起沉睡中的女子，让她欣赏它们的绚丽多姿。哪里知道，小云早在海棠盛开之前就已经起来，倚着栏杆发呆了。昨夜，狂风阵阵，让满心愁绪的她更加无眠了，想着远方的恋人是否安好，那里是否也是这样的天气。就这样想着，天蒙蒙亮了，起身走到屋外，发现昨夜的狂风吹落了柳絮，望着满地的柳絮，感慨着自己的身世就像柳絮一般飘来飘去、无依无靠；又觉得它们像自己内心无尽的愁绪，数不清，理还乱。而这美景就像是一面镜子，映衬出主人公内心的悲哀与烦闷，料想女子应该会在内心怨恨大自然的美好吧。

词作是典型的以乐景来写哀情。用明媚的春景来反衬主人公内心的零乱、不平静。不过，有学者认为，〔秦楼月〕这五首词是经过周密构思的一个整体，非实写闺情，而是别有寄托的作品，即用词中女主人公怀人的情感寄托作者的忠君爱君之意。此可备一说。

秦楼月

此为组词的第二首，描写少妇白天烦乱的心绪。

　　珠帘狭，卷帘春院花围合。花围合，昼长人静，双双蝴蝶。　　花前苦殢金蕉叶，曹腾午睡扶头怯。扶头怯，闲愁无限，远山斜叠。

珠帘狭，卷帘春院花围合——正午卷起珠帘，发现院内花团锦簇，一派春光。

花围合，昼长人静，双双蝴蝶——满园的花团锦簇，却没有人欣赏，只有蝴蝶在花丛中翩翩起舞。

花前苦殢金蕉叶，曹腾午睡扶头怯——坐在花前频频饮酒，微醺睡去。殢(tì)：滞留，引申为沉湎。金蕉叶：一种酒杯的名称。唐冯贽《云仙杂记·酒器九品》："李适之有酒器九品:蓬莱盏、海川螺、舞仙、瓠子卮、幔卷荷、金蕉叶、玉蟾儿、醉刘伶、东溟样。"也可省作"金蕉"。膏腾:朦胧迷糊,恍惚不清。怯:这里指因喝醉酒而身体虚弱。

扶头怯,闲愁无限,远山斜叠——本想借酒消愁,没想到却依然是愁绪无尽,想念着远方的爱人。

词作中美人与娇花的相互映衬是词作最具特色的部分。词中"卷帘春院花围合"、"昼长人静"两句,说明女主人公很晚才注意到屋外的春色,猜想大概是清早起来就在思念远方的游子,根本没注意到外面的绚烂。愁绪无尽,为了排遣烦闷,她卷起竹帘,看到园内的景色如此美好却无人欣赏,只有蝴蝶在花丛中纷飞,真是可惜又可悲。她望着待赏的花儿,想着孤单的自己,心中更加悲伤,于是对花饮酒,借酒消愁,醉梦中却发现愁绪丝毫未减,反而更加细密难断了。

小词于明媚中透出忧思,娇艳中散发哀愁,是一首不可多得的佳作。

秦楼月

此为组词的第三首,描写佳人傍晚的心境。

香罗薄,带围宽尽无人觉。无人觉,东风日暮,一帘花落。　　西园空锁秋千索,帘垂帘卷闲池阁。闲池阁,黄昏香火,画楼吹角。

香罗薄,带围宽尽无人觉——绫罗做的衣衫又轻又薄,以至于连衣带渐宽都没能感觉到。香罗:绫罗的美称。杜甫《端午日赐衣》诗:"细葛含风软,香罗迭雪轻。"带围:所谓带围即为古人腰带绕身一周的长度。旧时以带围的宽紧观察身体消瘦与否。

无人觉,东风日暮,一帘花落——对自己腰身的消瘦丝毫不曾察觉,只顾看窗外夕阳西下,残花飘落。

西园空锁秋千索,帘垂帘卷闲池阁——恋人远游后,花园的秋千一直空着无人玩耍,窗外的阁楼、池塘也再没人光顾。西园:代指美丽的园林。曹植《公宴》诗:"清夜游西园,飞盖相追随。"

闲池阁，黄昏香火，画楼吹角——园中一切都无人问津，唯有在黄昏灯火初上时，画楼里传来吹号角的声音。吹着悠扬的号角，借此思念远方的爱人。香火：香烛，香和灯火。角：古乐器。军中多用作军号。

这首词开始就用"无人觉"三个字突出了女主人公的魂不守舍及对远方恋人的苦苦相思，以至于都没有发现自己身体的消瘦。而坐看残花飘落，夕阳西下，大概是女主人公终日的活动吧。无奈、落寞的形象跃然纸上。

下片中"西园空锁秋千索，帘垂帘卷闲池阁"，秋千和池塘楼阁都是年轻人游玩的好地方，而此处却用"空"和"闲"两个字说明佳人的惆怅与幽怨。而且我们可以猜想从前佳人和游子也曾一起荡秋千，在池塘边赏莲花，在亭台上读书、弹琴，但如今景色依旧人却分隔两地，再到这些地方只能触景伤情，徒增烦恼。傍晚到来，惆怅的女子感慨长夜漫漫，吹角遣愁，如怨如诉，思念远方的恋人。

秦楼月

这是组词的第四首，描写夜间少妇的怀人之情。

　　楼阴缺，阑干影卧东厢月。东厢月，一天风露，杏花如雪。　　隔烟催漏金虬咽，罗帏暗淡灯花结。灯花结，片时春梦，江南天阔。

楼阴缺，阑干影卧东厢月——夜晚，在楼影之间，明月高悬，小楼栏杆的疏影斜卧在东厢之下。阑干：栏杆。

东厢月，一天风露，杏花如雪——夜晚风淡露落，在月光的映照下杏花如雪般洁白。

隔烟催漏金虬咽，罗帏暗淡灯花结——透过香雾传来漏壶滴滴的滴水声，在伤心之人听来就好像有人在暗暗垂泪。灯油就要耗尽，灯芯结起灯花，帷帐内更加昏暗了。金虬：又叫铜龙。古代计时的漏壶，上面装有铜制的龙头。

灯花结，片时春梦，江南天阔——昏暗的烛光下，佳人倦倦睡去，梦中来到江南，来到恋人所在的地方。唐代岑参《春梦》诗云："枕上片时春梦中，行尽江南数千里。"

夏承焘先生在《宋词鉴赏辞典》中提到,组词的第四首是艺术价值最高的一篇。"'纯任自然,不假锤炼'(《蕙风词话》),显得淡朴清雅,没有陈腐的富贵气和脂粉气"。

小词上片写景,下片描摹人物的心情。上片突出了园内的幽静、清雅,以此来隐喻女主人公的清苦、寂寞、空虚之感。也可能词人用清雅、祥和的景象来反衬女子心中的不平静与烦躁。从侧面突显了女主人公的内心活动。

下片虽是描写少妇的内心,不过依然是通过对铜龙、灯花的描写,从侧面表现主人公的幽怨、愁苦。躺在帷帐之中,听着如泣的更漏声,望着愈来愈暗的屋子,想着自己的心就如这昏暗的房间一般暗淡,没有色彩。而这漏壶的声音更像是少妇自己的哽咽。正如《复堂词录叙》所言"侧出其言,旁通其情,触类以感,充类以尽"。

最后两句描写女子梦中到了江南,到了相思之人所在之处,但却没有提及是否在梦中相聚,如此使得词作更加含蓄,给读者留出了更大的想象空间。骤然使得意境开阔许多,意味更加悠长、厚重。

秦楼月

此词描写惊蛰这一天女子的情思,这是组词的最后一首,是对前四首的补充。

> 浮云集,轻雷隐隐初惊蛰。初惊蛰,鹁鸠鸣怒,绿杨风急。　　玉炉烟重香罗浥,拂墙浓杏胭脂湿。胭脂湿,花梢缺处,画楼人立。

浮云集,轻雷隐隐初惊蛰——惊蛰这一天,乌云聚集,轻雷阵阵,惊起了冬眠的动物。惊蛰:二十四节气之一。在每年阳历三月五日到七日间。此时土地解冻,春雷始鸣,蛰伏过冬的动物开始苏醒活动,故名"惊蛰"。

初惊蛰,鹁鸠鸣怒,绿杨风急——天将下雨,鹁鸠急鸣,杨柳在风中飞舞。鹁鸠:鸟名。天将雨时其鸣甚急,俗称水鹁鸪。

玉炉烟重香罗浥,拂墙浓杏胭脂湿——在香雾缭绕的房内,惆怅的女子哭湿了身旁的丝帕。窗外,伸出围墙的红杏花被雨水沾湿了,这雨中的杏花就好似佳

人泪花点点的脸庞一般。玉炉:熏炉的美称。香罗:绫罗的美称。这里指手帕。浥:
湿润。胭脂:泛指红色。

胭脂湿,花梢缺处,画楼人立——画楼上,花枝残缺处,那位少妇在窗前期盼
远方的爱人。

上片描写惊蛰这一天,春雷阵阵,万物复苏,预示着春回大地,到处生机盎然。
此时楼内的思妇却是"香罗浥",心中一片愁苦。她痴痴地在房中思念着远方的游
子,滴滴泪水浸湿了手中的丝帕。料想她此时的心绪就如萦绕在她身边的香雾一
般,稠密、无序又挥之不去。大雨过后,女子来到窗前,看到了雨后娇润的红杏花,
望着眼前这一片清静世界,心中无限感怀。这娇艳欲滴的杏花恰似闺中的女主人
公,奈何无人欣赏,只能在心中默默地等待着游子归来,一时间孤独、伤感之情再
次涌上心头。

念奴娇

龙榆生《唐宋词格律》:又名〔百字令〕、〔酹江月〕、〔大江东去〕、〔壶中天〕、
〔湘月〕……王灼《碧鸡漫志》卷五又引《开元天宝遗事》:"念奴每执板当席,声出
朝霞之上。"曲名本此。宋曲入"大石调",复转入"道调宫",又转入"高宫大石调"。
此调音节高亢,英雄豪杰之士多喜用之。俞文豹《吹剑录》称:"学士(指苏轼)词,
须关西大汉,铜琵琶,铁绰板,唱〔大江东去〕。"亦其音节有然也……一百字,前后
片各四仄韵。其用以抒写豪壮感情者,宜用入声韵部。另有平韵一格。

此词应作于词人宦游期间,具体年份不详,大概在中秋之夜。

　　双峰叠嶂,过天风海雨,无边空碧。月姊年年应好在,
玉阙琼宫愁寂。谁唤痴云,一杯未尽,夜气寒无色。碧城凝望,
高楼缥缈西北。　　　肠断桂冷蟾孤,佳期如梦,又把阑干拍。
雾鬓风鬟相借问,浮世几回今夕。圆缺晴阴,古今同恨,我
更长为客。婵娟明夜,尊前谁念南陌。

双峰叠嶂,过天风海雨,无边空碧——重叠的山峰,经过大风和大雨的洗礼,
显得格外空旷、幽碧。过:超越。天风:指风。海雨:形容很大的雨。

月姊年年应好在，玉阙琼宫愁寂——月中的嫦娥应是年年依旧吧，依旧在琼楼玉宇中忧愁寂寞。月姊：指传说中月宫的嫦娥。好在：依旧。玉阙琼宫：即琼楼玉宇。愁寂：忧愁寂寞。

谁唤痴云，一杯未尽，夜气寒无色——谁在召唤天空停滞不动的云彩呢，一杯未尽，夜气已寒。痴云：凝结不动的云，停滞不动的云。语本唐代李商隐《房中曲》："娇郎痴若云，抱日西帘晓。"夜气：夜间的凉气。

碧城凝望，高楼缥缈西北——凝望仙家的居所，隐约间好像在西北方向。碧城：仙家居所。缥缈：幽深、隐约貌。木华《海赋》："群仙缥眇，餐玉清涯。"李善注："缥眇，远视之貌。"

肠断桂冷蟾孤，佳期如梦，又把阑干拍——料想月宫中定是桂树冷落、蟾蜍孤单，佳人更是断肠，期盼着如梦的佳期，无奈中再把阑干拍遍。

雾鬟风鬟相借问，浮世几回今夕——佳人们相互询问，一生中能有几回中秋团圆之日呢。雾鬟风鬟：形容浓密秀美的头发。宋代苏轼《洞庭春色赋》："携佳人而往游，勒雾鬟与风鬟。"

圆缺晴阴，古今同恨，我更长为客——自古月亮的阴晴圆缺引起多少人的遗憾，而"我"更是常在异乡的宦游之人。

婵娟明夜，尊前谁念南陌——团圆之夜，有谁又在酒樽前想念家乡呢?

由"婵娟明夜"一句可以推测这首词大概作于中秋佳节，词人饮酒赏月，抒发个人的情怀。夜幕降临，明月当空，远方的群山依稀可见，在这样的夜晚，词人坐在亭中小酌。遥望明月，仿佛看到了月宫仙境。料想月宫此时定是冷落非常，嫦娥应依旧在寂寞地拍打着栏杆，孤独地盼望着人间的团圆；偶然间又听得女孩子们感叹"浮世几回今夕"，一时间石湖感慨非常，想到自己宦游在外，已多年没有和家人团聚了，此时的石湖就如那月宫的嫦娥、流落他乡的女子一般感伤。

这首词不从词人自身写起，而是以嫦娥、歌女为依托，通过对她们的描写来表达自己的情感，且通过"谁唤痴云"一句，表达了自己的美好愿望，希望自己和天下的游子像"痴云"一样凝滞不动，回到家乡与家人团聚，只不过这仅是个美好的愿望。感伤、无奈的乡情幽幽发出，延绵不断。

念奴娇

由词作内容猜测，这首词大约作于词人六十岁，退职还乡之后。

十年旧事，醉京花蜀酒，万葩千萼。一棹归来吴下看，俯仰心情今昨。强倚雕阑，羞簪雪鬓，老恐花枝觉。揩摩愁眼，雾中相对依约。　　闻道家宴团栾，光风转夜，月傍西楼落。打彻梁州春自远，不饮何时欢乐。沾惹天香，留连国艳，莫散灯前酌。袜尘生处，为君重赋河洛。

【新解】

十年旧事，醉京花蜀酒，万葩千萼——回想十几年前，最难忘的就是洛阳的千株牡丹花和蜀地的美酒。

一棹归来吴下看，俯仰心情今昨——如今回到家乡吴郡，细细思量现在与往昔的心情。一棹(zhào)：一桨，借指小舟。

强倚雕阑，羞簪雪鬓，老恐花枝觉——勉强靠在栏杆上，羞于拢起头发露出斑白的双鬓，唯恐花儿们发现自己已经渐渐老去了。雕阑：雕花彩饰的栏杆，华美的栏杆。南唐后主李煜《虞美人》词："雕阑玉砌应犹在，只是朱颜改。"

揩摩愁眼，雾中相对依约——擦拭自己忧愁的眼睛，却依旧像在雾中与花儿们相对。揩摩：擦拭。

闻道家宴团栾，光风转夜，月傍西楼落——晚风入夜，月落西楼的时候，听到有人说要举行家宴共叙天伦。光风：指月光照耀下的和风。

打彻梁州春自远，不饮何时欢乐——彻奏《梁州》曲，春日渐渐远去，繁茂的盛夏就要来临了，此时不饮酒怡情，还往何处去找欢愉呢。

沾惹天香，留连国艳，莫散灯前酌——衣衫上沾染着醉人的香气，甘醇的美酒令人难以割舍，多么希望这场家宴能一直持续下去啊。这三句化用李正封《牡丹》诗中"天香夜染衣，国色朝酣酒"两句的诗意。天香：熏香醉人的香气。国艳：这里指美酒。

袜尘生处，为君重赋河洛——分手的时刻，为君重赋《洛神赋》，以表达离别之思，不舍之意。河洛：此处似指曹植的《洛神赋》。

【新评】

十几年前，在蜀地赏花、在帝京品酒实为人生的一大乐事，如今告老归田，当时的情景仍会时常出现，只是无奈岁月催人老，如今的词人已是两鬓斑白，"羞簪雪鬓，老恐花枝觉"；且双眼模糊，任何时候都如同雾里看花。十年前与十年后的鲜明对比，更体现了生命的短暂。正因为石湖体会到了这一点，所以他把握自己所拥有的一切时间去享受生活，于是有了下片当中的"打彻梁州春自远，不饮何时欢乐"这样的句子。可以说词人把对生命的渴望全都通过游玩、宴饮等具体的方式表现了出来，这大概是受中国佛道思想的影响，以闲适来摆脱世俗的羁绊。

词作的最后五句，描写词人对夜宴的留恋，对亲朋好友的不舍，流露出了淡淡的哀愁。聚散的感慨与上片生命意识的融合，令人感慨万千，更让人深刻地体会到人生在世情感的真挚与可贵。

念奴娇

这是一首夜间荡舟江湖的佳作，其间又一次表达了词人的隐逸情怀。

> 吴波浮动，看中流翻月，半江金碧。醉舞空明三万顷，不管姮娥愁寂。指点琼楼，凭虚有路，鲸背横东极。水云飘荡，阑干千丈无力。　　家世回首沧洲，烟波渔钓，有鸱夷仙迹。一笑闲身游物外，来访扁舟消息。天上今宵，人间此地，我是风前客。涛生残夜，鱼龙惊听横笛。

吴波浮动，看中流翻月，半江金碧——吴江里波光浮动，月影在吴江中翻涌，半江水被月亮照得金碧辉煌。

醉舞空明三万顷，不管姮娥愁寂——酒醉之后，在万里碧波上起舞，不去管那月宫嫦娥的孤独与寂寞。空明：特指月光下的清波。

指点琼楼，凭虚有路，鲸背横东极——指点着遥远的仙宫，哪怕真有通往仙界的道路，"我"也宁肯随河流漂向东方。琼楼：形容精致、华美的建筑，有时也指仙宫中的楼台亭阁。鲸背：借指水面。唐代刘禹锡《有僧言罗浮事因为诗以写之》："日光吐鲸背，剑影开龙鳞。"东极：遥远的东方极地。

水云飘荡，阑干千丈无力——云的倒影随着水流飘动，纵使被江水荡起千丈也无能为力。阑干：形容交错杂乱、纵横散乱貌。唐代岑参《白雪歌送武判官归京》："瀚海阑干百丈冰，愁云惨淡万里凝。"

家世回首沧洲，烟波渔钓，有鸱夷仙迹——回想先祖范蠡归隐山中，在浩渺的湖面上垂钓，何其自在。沧洲：这里指隐士隐居的地方。鸱夷仙迹：《史记·货殖列传》载"范蠡乘扁舟，浮于江湖，变名易姓，适齐为鸱夷子皮"。

一笑闲身游物外，来访扁舟消息——如今我对尘世一笑置之，荡舟江湖，寻访范蠡的踪迹。物外：世外。扁舟：常常用来指代隐逸，这里代指范蠡。

天上今宵，人间此地，我是风前客——此时此地我是风中的过客，人间的游子。

涛生残夜，鱼龙惊听横笛——夜色将尽时波涛生起，湖中的鱼儿们惊听笛声悠扬。鱼龙：鱼和龙。泛指水族动物。

醉人的夜晚，皎洁的月光洒满江面，词人驾着一叶小舟在江面上徘徊，畅饮美酒佳肴，感怀今生。

这首词表现了词人超然物外、纵情自然的情怀。词人不渴望神仙那种孤寂的生活，只愿意像范蠡一样荡舟江湖，纵情山水，做一个无拘无束的隐士。这里的仙宫代指了尘世的官场，表达了词人对官场的厌恶之情。在官场打拼半生的词人渴望简单的田园归隐生活，在其中净化自己的心灵，感受其中的乐趣。

荡舟在江面之上，坐看江流翻转、鱼龙跳跃，倾听横笛悠远，如此佳境又有谁会不向往呢？这种隐士的情怀凸显了石湖想要超脱世俗的渴望。

念奴娇

从作品内容看，这大概是一首送别之作，只是所送何人不得而知。

　　水乡霜落，望西山一寸，修眉横碧。南浦潮生帆影去，
日落天青江白。万里浮云，被风吹散，又被风吹积。尊前歌罢，
满空凝淡寒色。　　　　人世会少离多，都来名利，似蝇头蝉翼。
赢得长亭车马路，千古羁愁如织。我辈情钟，匆匆相见，一
笑真难得。明年谁健，梦魂飘荡南北。

水乡霜落，望西山一寸，修眉横碧——水滨寒霜点点，远望西山就好像横在碧空中。修眉：这里形容远山。

南浦潮生帆影去，日落天青江白——南浦潮水涨起，此时朋友的小船早已远去，只有澄澈的江水和无限的碧空与落日共存。南浦：本是地名。因屈原《九歌·河伯》有"子交手兮东行，送美人兮南浦"、江淹《别赋》中有"送君南浦，伤如之何"之句，后人便沿用来泛指与人分手的河边。

万里浮云，被风吹散，又被风吹积——空中的云朵被风吹散又聚合，就像人世间的分分合合。

尊前歌罢,满空凝淡寒色——酒宴散了,歌舞住了,一切都消散了,只有空中的寒意挥之不去。

人世会少离多,都来名利,似蝇头蝉翼——感叹人间从来都是聚少离多,算来名利都不过是过眼云烟,不值得计较。都来:算来。宋代范仲淹《御街行·秋日怀旧》词:"残灯明灭枕头欹,谙尽孤眠滋味。都来此事,眉间心上,无计相回避。"蝇头蝉翼:似蝇头之小,蝉翼之薄。苏轼《满庭芳》:"蜗角虚名,蝇头微利,算来着甚干忙。"

赢得长亭车马路,千古羁愁如织——只赢得一次次长亭送别,和无数永恒的羁旅之愁。长亭:古时每隔十里设一长亭,因此也称"十里长亭"。用途为供行旅休息,离城近者常作为送别的场所。北周庾信《哀江南赋》:"十里五里,长亭短亭。"

我辈情钟,匆匆相见,一笑真难得——我们这样的人感情都比较专注,匆匆地相见,相聚一笑真是难得。我辈情钟:语出南朝宋刘义庆《世说新语·伤逝》:"王戎丧儿万子,山简往省之,王悲不自胜。简曰:'孩抱中物,何至于此?'王曰:'圣人忘情,最下不及情;情之所钟,正在我辈。'"情钟,感情专注。

明年谁健,梦魂飘荡南北——料想来年我定是百病缠身、寸步难行了,那么只能在梦中常想着美丽的南山北水了。

这是一首送别之作,词作上片描写了朋友远走后四周的景色。"帆影去"、"万里浮云"的聚聚散散、空中冷凝的气氛,这一切渲染出一种冷清、萧索的氛围,很容易让人体会到离别的悲凉。

"人世会少离多,都来名利,似蝇头蝉翼。赢得长亭车马路,千古羁愁如织。"下片批判了热衷于功利的人,因为所谓功名都只不过是过眼云烟,他所带给我们的不过是一次次的长亭送别和绵绵不断的愁绪。这种批判恰恰反映了只有人间的真情才是最可贵的,对于我们来说,体味、珍惜这种情感才是最重要的。

孱弱的石湖无法再像从前那样,与朋友同游,纵情山水了,因此只能在梦中一遍遍温习大宋的山河大川了。这其中既包含着对大自然的热爱,也蕴藏着对自由、健康的渴望,更暗含了从此朋友之间只能相互思念而不得见的深意,突出了词人的伤感与悲凉。

念奴娇
和徐尉游石湖

乾道八年(1172)词人已被任命为静江知府,先行回乡建筑"石湖"。而这首与

129

徐尉唱和的作品大约作于这一年。徐尉:名似道,字渊子,浙江台州黄岩人。石湖:词人修筑的别墅,晚年在此地终老。

> 湖山如画,系孤篷柳岸,莫惊鱼鸟。料峭春寒花未遍,先共疏梅索笑。一梦三年,松风依旧,萝月何曾老。邻家相问,这回真个归到。 绿鬓新点吴霜,尊前强健,不怕衰翁号。赖有风流车马客,来觅香云花岛。似我粗豪,不通姓字,只要银瓶倒。奔名逐利,乱帆谁在天表。

湖山如画,系孤篷柳岸,莫惊鱼鸟——湖山的景色美丽如画,把小船靠在岸边静静地欣赏这醉人的景色,不去惊扰水中的鱼鸟。孤篷:小篷船。

料峭春寒花未遍,先共疏梅索笑——初春的天气依然寒冷,多数的花还没有开放,不过还好,可以先欣赏这疏疏的几枝梅花。料峭:形容初春的微寒;指风力依然尖利。唐代陆龟蒙《京口》诗:"东风料峭客帆远,落叶夕阳天际明。"索笑:取笑、逗乐。宋代陆游《梅花》诗:"不愁索笑无多子,惟恨相思太瘦生。"

一梦三年,松风依旧,萝月何曾老——转眼间几年过去了,松林之风依然如故,萝藤间的明月又何曾变老呢?松风:松林之中吹来的风。南朝宋颜延之《拜陵庙作》诗:"松风遵路急,山烟冒垄生。"萝月:藤萝之间的明月。南朝宋鲍照、王延秀等《月下登楼连句》:"髧髻萝月光,缤纷篁雾阴。"

邻家相问,这回真个归到——邻居们问我,这一次是真的回来了吧?

绿鬓新点吴霜,尊前强健,不怕衰翁号——人过而立之年乌黑的头发上生出了些许的白发,但是身体依然健壮,就算被称作老翁又何妨呢。绿鬓:比喻乌黑的头发。吴霜:指吴地的霜雪,这里喻指白发。

赖有风流车马客,来觅香云花岛——任由风雅的贵客们来这里寻觅香云、花岛。赖:任凭。车马客:指贵客。杜甫《阆州东楼筵奉送十一舅往青城》:"虽有车马客,而无人世喧。"

似我粗豪,不通姓字,只要银瓶倒——像我这样粗俗、学识浅薄的人,只要有美酒相伴,就能体味快意人生。不通:学识浅陋,这里是词人自谦的说法。汉代王充《论衡·别通》:"夫通人犹富人,不通者犹贫人也。俱以七尺为形,通人胸中怀百家之言,不通者空腹无一牒之诵。"银瓶:酒瓶。杜甫《少年行》:"指点银瓶索酒尝。"

奔名逐利,乱帆谁在天表——追名逐利的那些人,如今又在哪里呢?天表:天外。乱帆:借指追求功名,四处奔波的人们。

初归石湖,这里还有些春寒,鲜花也还没有全部盛开,可是光是看到如画的山湖、自在的鱼鸟和俏丽的红梅,就足以令人流连忘返了。离开家乡多年了,当看到与从前一样皎洁的月亮,沐浴着同样的松林之风,心中感慨万千。"邻家相问,这回真个归到?"这随意的一问,引发了石湖归隐山林的念头。

如果说上片是在夸耀家乡、感慨从前的话,小词的下片就是在设想一种理想的生活状态。在身体还算健康的时候,在湖光山色的围绕之下,与风雅之士谈天说地,尽享美酒佳肴。抛弃功名利禄和尘世的喧嚣,做一个快乐的山野居士。

这首词作于词人将赴静江府之前,这时作这样的词,既表现了石湖对家乡的眷恋,又表现了对官场生活的厌倦。

惜分飞

惜分飞,又名惜春飞。谢映先《中华词律》曰:宋代曹冠词名《惜芳菲》,贺铸词名《惜双双》,刘弇词名《惜双双令》。双调,五十二字,前后片各四句四仄韵……句句叶韵。增减有五十字、五十四字、五十六字数体。

这首词描写了宦游之人的离别之情和思乡之情。

　　易散浮云难再聚,遮莫相随百步。谁唤行人去,石湖烟浪渔樵侣。　　重别西楼肠断否,多少凄风苦雨。休梦江南路,路长梦短无寻处。

易散浮云难再聚,遮莫相随百步——浮云散去就再难相聚了,哪怕追随它们百步之遥。预示着人一生中总是四处漂泊、行踪不定。遮莫:任凭,尽管。

谁唤行人去,石湖烟浪渔樵侣——石湖的美景,超然世外的隐士,让大家恋恋不舍,谁都不忍心先说出分别的话。

重别西楼肠断否,多少凄风苦雨——又一次在西楼别过,心中是否更加伤心、难过呢?要知道此去不知又要经历多少风雨。

休梦江南路,路长梦短无寻处——最好不要在梦里梦到江南路,梦短路长,梦醒无处寻归路,更令人伤感。

由词牌名〔惜分飞〕就可以猜测这是一首写离别的词作,作品开头就用"浮云"点明了词人游子的身份。后面又用"重别西楼"、梦断江南路两个例子,充分表现了宦游之人的悲苦与无奈。"重别西楼"告诉我们,一次次的离别带给我们的不是温存而是一层深似一层的伤心和无尽的思念,更深刻地让人们体会到聚在一起的可贵;梦断江南路,在梦里梦到通往家乡的路,心中欣喜万分,转眼间梦醒了,一切都烟消云散,心中无限凄凉。词人用两种人间最常见的方式表现出了游子身上的无奈与悲哀。

"石湖烟浪渔樵侣",是词人此前一段时间生活的概括,他像一个隐士一样,亲近自然、寻找自我,在其中体会生活的乐趣,感受自然的魅力。这可以说是词人的理想,也是他毕生追求的完美人生,可是现在词人要告别这样的生活,再次投入官场的洪流,心中的伤感与难过自然不言而喻。

梦玉人引

谢映先《中华词律》:双调,有平仄两格。平韵格八十二字,前片九句四平韵,后片八句四平韵。仄韵格八十四字,前后片各四仄韵。添字有八十五字体。

如果说〔惜分飞〕是概括地描写离别之情的话,那么这首〔梦玉人引〕就是以一个具体的事件来表现离情。

送行人去,犹追路、再相觅。天末交情,长是合堂同席。从此尊前,便顿然少个、江南羁客。不忍匆匆,少驻船梅驿。　　酒斛虽满,尚少如、别泪万千滴。欲语吞声,结心相对呜咽。灯火凄清,笙歌无颜色。从别后,尽相忘,算也难忘今夕。

送行人去,犹追路、再相觅——友人即将远行,心中不舍,追送一程又一程,然后依依不舍地目送,直到人影消失不见还不忍离开。相觅:寻找。

天末交情,长是合堂同席——我们的友情深似海,一直延伸到天的尽头;聚在一起时常常坐在一张席子上,关系非常好。长:经常,常常。

从此尊前,便顿然少个、江南羁客——如今就要分别了,从此宴席上就会少一个江南的旅人,我将会缺一位好朋友。羁客:旅客,旅人。南朝宋鲍照《代棹歌行》:"羁客离婴时,飘飘无定所。"

不忍匆匆，少驻船梅驿——不忍心就这样匆匆离别，小驻在梅花驿，诉说相互之间的不舍。

酒斟虽满，尚少如、别泪万千滴——酒杯虽已斟满，却少于千万滴离别的泪水。

欲语吞声，结心相对呜咽。灯火凄清，笙歌无颜色——举杯想说些祝福的话，无奈眼泪涌了出来，二人相对而泣。在离别的时刻，灯火都显得凄清、悲凉，管弦的声音也失去了往日的颜色。

从别后，尽相忘，算也难忘今夕——分别后，希望尽量能忘记对方，但想来今晚也将难以忘怀吧。

词作分上下两片，上片描写得知好友即将离别后的心情，只不过词人这种感情是通过行动表现出来的，作品用"犹"、"再"、"不忍"、"少驻"几个词体现了离别之人心中的不舍，表达了即将分别的悲伤与哀愁。

下片描写好友分别时依依不舍的场面，想在临行前说些祝福的话，奈何离别让我们眼泪汪汪，一句话也说不出来，无限的思绪全包含在这炽热的泪水当中。伤心的夜里连灯光和管弦都黯然失色。

"从别后，尽相忘，算也难忘今夕"一句，是本词的一大亮点。按说为了减弱思念的苦楚，我们应该相忘，可是又清楚地知道，就算忘记了别的，大概也忘不了今夜的惆怅吧。本想斩断离别的愁思，却没想到这样一来更加悠远绵长了，词人这样写情，词作层次感加强了许多。

梦玉人引

这首词大约作于词人任职成都时期，描摹景致，抒发情感，表现出了悠悠的归隐之意。

> 共登临处，飘风袂、倚空碧。雨卷云飞，长有桂娥看客。箫鼓生春，遍锦城如画，雪山无色。一梦才成，恍天涯南北。　　舞馀歌罢，料宣华、回首尽陈迹。万里秦吴，有情应问消息。我欲归耕，如何重来得。故人若望江南，且折梅花相忆。

共登临处，飘风袂、倚空碧——登高远望，衣袖飘扬。袂：指衣袖，或代指衣裳。

雨卷云飞，长有桂娥看客——在此处看云雨飞扬，变化万千，此外这里还是观赏月色的佳所。桂娥：指嫦娥，也指月亮。

箫鼓生春，遍锦城如画，雪山无色——春天来了，连箫鼓都发出丝丝春意，整个成都都美丽如画，山上的皑皑白雪渐渐消融。锦城：指成都。

一梦才成，恍天涯南北——刚做了这样一个美梦，忽然间发现自己远在他乡异地。

舞馀歌罢，料宣华、回首尽陈迹——歌舞尽散，凝望宣华苑，料想多年后回首宣华苑，这里一定是一处荒凉的遗迹。陈迹：遗迹，废墟。

万里秦吴，有情应问消息。我欲归耕，如何重来得——秦吴两地相隔万里，倘若二者有情一定会相互探问，互通音讯的。我将要返乡归田，在田间体味质朴人生，如何能再次得到你的消息呢。

故人若望江南，且折梅花相忆——朋友在异地如果向往家乡，那就暂且折梅相忆聊表思念之情。折梅花：南朝宋盛弘之《荆州记》："陆凯与范晔友善，自江南寄梅花一枝诣长安与晔，并赠诗曰：'折梅逢驿使，寄与陇头人。江南无所有，聊赠一枝春。'"这里用"折梅相忆"来表达朋友之间的思念之情。

上片写词人曾经与友人登高远望，感受春风的气息，欣赏迷人的月色，聆听醉人的笛声。看到城内已是一片花团锦簇了，远处的群山积雪消融，渐渐地也露出了些许的春意。就在词人感受这浓浓春意的时刻，却突然发现自己身在他乡，是一个宦游半生的羁客。此刻辛酸、痛苦、思恋之情一齐涌上心头，营造出了一种感伤的情绪。

下片延续了这种伤感的情绪，借"宣华苑"抒发时光飞逝，生命短暂，世事难料；用"折梅花"来寄托朋友之间不变的情谊，但更多的似乎还是感怀朋友虽有情却难逾越遥远、艰辛的路程，伤感、无奈之情溢于言表。

在他乡感怀宇宙的永恒，人世的短暂；欣赏春色，却想到身在他乡；朋友情长，却只能折梅相忆，如此多的不尽如人意还不如归去，体味自在人生。

如梦令

如梦令，又名玩华胥、比梅、不见、古记。龙榆生《唐宋词格律》曰：又名〔忆仙姿〕、〔宴桃源〕。五代时后唐庄宗(李存勖)创作,《清真集》入"中吕调"。三十三字,五仄韵,一叠韵。

这是一首描写画屏中日暮景色的小词,短小却生动鲜活。

　　罨画屏中客住,水色山光无数。斜日满江声,何处撑来小渡。休去,休去,惊散一洲鸥鹭。

　　罨画屏中客住,水色山光无数——艳丽的画屏中画的是有客人停留,正在欣赏眼前无限的春光山色。罨(yǎn)画:色彩鲜明的绘画。

　　斜日满江声,何处撑来小渡——夕阳下江水滔滔,不知哪里撑来了一只小船。

　　休去,休去,惊散一洲鸥鹭——呼喊着"不要走,不要走",惊起了沙洲上的一群鸥鹭。

　　这首词描绘了一幅画屏上的动人场景。途中的羁客看到眼前动人、美丽的山湖景象不禁停下了脚步,去细细地欣赏。不知不觉中夕阳西下,江潮翻涌,前进的路似乎被阻断了;突然间有一条小船摇了过来,看客惊喜地呼喊起来,一时间惊起了一滩鸥鹭。

　　这首小词清新、简短,几句话描绘出了羁客的内心活动,由陶醉地欣赏眼前的山湖景色,到意识到前进的道路被阻隔,再到喜出望外看到希望,层次分明,变化万千,令读者能真切地体会到主人公的快乐。这种快乐不同于普通游客欣赏到美景时的快乐。主人公是一位羁客,也许身心疲惫,也许怀才不遇,在如此的心情下看到美丽的景色,心中顿时豁然开朗,一切凡尘往事都被抛到脑后,只是专心地欣赏眼前的山湖景色。词作的格调轻松明快、富有活力且异趣横生。

如梦令

这首词描写了端午节前的自然景象,其间表达了词人对端午节的喜爱。

　　两两莺啼何许,寻遍绿阴浓处。天气润罗衣,病起却忺微暑。休雨,休雨,明日榴花端午。

两两莺啼何许,寻遍绿阴浓处——一对对的黄莺在哪里鸣叫呢?为此我寻遍了绿荫深处。何许:何处。杜甫《宿青溪驿奉怀张员外十五兄之绪》:"我生本飘飘,今复在何许?"

天气润罗衣,病起却忺微暑——大病初愈,想起很快就到溽夏时节了,天气炎热使衣衫都变得潮湿起来。罗衣:轻软锦缎绢丝制成的衣服。忺(xiān):牵挂、思念。

休雨,休雨,明日榴花端午——不要下雨,不要下雨,明日就到端午节了。榴花:对美酒的美称。

刚刚从病榻上坐起的词人,漫步在林荫小道上,一对对的黄莺在树间鸣叫,煞是动听,不由得使词人在林中细细地找寻。一时间身上的衣衫都被汗水浸湿了,这才想起原来明天就是端午了,又到了赛龙舟、吃粽子的时节了。

"休雨,休雨"两句,表达了词人对节日的强烈盼望。对于常常生病的词人来说,能够参与到节日当中,享受和亲友们聚在一起的乐趣就是一种莫大的幸福,所以他不希望雨水打扰他的快乐,因此重复用"休雨"一词表达他的心情。

菩萨蛮

龙榆生《唐宋词格律》中又名《子夜歌》、《重叠金》。唐教坊曲,后用为词牌名。《宋史·乐志》《尊前集》《金荃集》并入"中吕宫",《张子野词》作"中吕调"。唐苏鹗《杜阳杂编》载:"大中初,女蛮国入贡,危髻金冠,璎珞被体,号'菩萨蛮队'。"当时倡优遂制《菩萨蛮曲》,文士亦往往声其词(见《词谱》卷五引)。据此,知此调原出外来舞曲,输入在公元847年以后。但开元时人崔令钦所著《教坊记》中已有此曲名,可能此种舞曲前后不止一次输入中国。小令四十四字,前后片各两仄韵、两平韵,平仄递转,情调由紧促转低沉,历来名作最多。

这首小词描绘了眼前动人的春景,与以往吟咏春愁的词作不同,这首词歌颂了春日的迷人、可爱。

小轩今日开窗了,揉蓝染碧绿阶草。檐佩可怜风,杏梢烟雨红。　　飘零欢事少,鬓点吴霜早。天色不愁人,眼前无限春。

小轩今日开窗了,揉蓝染碧绿阶草——今日打开阁楼上的窗子,发现窗外是蓝天、碧草、青苔阶。揉蓝:用蓝草做成的蓝色染料。诗词中常用以指称湛蓝色。唐人方干《送水墨项处士归天台》诗:"仙峤倍分元化功,揉蓝翠色一重重。"

檐佩可怜风,杏梢烟雨红——檐佩在微风的吹拂下发出悦耳的声音,红杏花在烟云的笼罩下轻轻摇曳。檐佩:挂在房檐上的铃铛一类的东西。

飘零欢事少,鬓点吴霜早——一生漂泊孤寂,没有多少欢乐的事情,而两鬓也早早地就生出了白发。

天色不愁人,眼前无限春——天气晴好,眼前春色一片,生机盎然,在这样的天空下,一切烦恼都烟消云散了。

漂泊半生的词人,飘零无助、苦闷、孤寂的时候不在少数,思乡之情、飘零之感使得他早早地雪染双鬓,露出老态,且极易触景伤情,伤春悲秋。但是当词人打开阁楼,面对着大地回春、万物复苏、一派生机盎然的时候,一股暖意涌上心头。湛蓝的天空,碧绿的草地,烟雨中摇曳的红花,一切都让人心情舒畅,陶醉其中。连房檐上的铁马都兴奋地摇荡起来,在风中诉说着自己心中的愉悦。怎能辜负这醉人的景色呢,只能尽情地欣赏以回报大自然的恩赐了。

一句"天色不愁人,眼前无限春",让我们体会到词人心中的那种畅快与兴奋。词人写春色多含感伤之意,此次不同往常,猜测大概石湖此时已经回到家乡,亲近着家乡的泥土,感受着家的味道,陶醉在家乡秀美的景色当中吧。

菩萨蛮
元夕立春

这首词写于元夕,类似于一首描摹风俗的作品,表现了词人对春的盼望。元夕:正月十五为上元节,上元节的夜晚称"元夕"。

雪林一夜收寒了,东风恰向灯前到。今夕是何年,新春新月圆。　　绮丛香雾隔,犹记疏狂客。留取缕金幡,夜蛾相并看。

雪林一夜收寒了，东风恰向灯前到——立春和灯节在同一天来临，被雪覆盖的树林也因春天即将到来而温暖起来了。东风：借指春天。

今夕是何年，新春新月圆——立春之日和正月十五在同一天，这是很难遇到的，不禁让人想问今天是什么年月？

绮丛香雾隔，犹记疏狂客——花丛中香雾弥漫，到如今还能记起当年宴席上的那个豪放豁达之人。

留取缕金幡，夜蛾相并看——在十五的晚上取出金色的旗幡，拿起剪好的金蝉细细把玩。留取：留存，收起。取，语助词。金幡：缕线金丝做的旌旗。隋江总《幡赞》："金幡化成，摇荡相明。"夜蛾：宋时在元夕常剪纸作大蝉，叫"夜蛾"。

这是一首充满喜悦之情的小词，抒情过程中又描述了当地节日的风俗习惯。词作简洁又不失温馨，喜悦却不过分狂热，字里行间充溢着一种和谐安详的氛围。

正月十五家家团聚，本来就是一个好日子，今年又恰逢元夕和立春在同一天来到，词人心中非常欢喜，感觉天地之间刹那间温暖起来，连雪后的树林都收起了寒气，和人们共同迎接春天的到来。

欢聚的酒席间想起曾经的一些美好往事，大概石湖会一边饮酒一边向家人好友讲述一番，博取大家一笑。可爱的孩子们在当天剪了很多纸蝉，拿到石湖身边炫耀一番，在词人的赞美声中一家人欢乐开怀。可以说喜悦、满足的情感贯穿小词始终，虽然只是简单的几笔勾画，却让读者体会到了家庭的温暖。

菩萨蛮

小词描写了梅雨时节的烦闷，表达了词人对春日眷恋不舍的情怀。

黄梅时节春萧索，越罗香润吴纱薄。丝雨日胧明，柳梢红未晴。　　多愁多病后，不识曾中酒。愁病送春归，恰如中酒时。

黄梅时节春萧索，越罗香润吴纱薄——春天已经渐渐地远离了人们的生活，取而代之的是细雨绵绵的梅雨季节，此时人们都穿起了单薄的罗衣和纱裙。黄梅时节：春末夏初梅子黄熟的一段时期，即农历的四月到五月间。这段时期我国长江中下游地区连续下雨。越罗：浙江一带织造的丝罗。吴纱：江苏一带织造的纱。

丝雨日胧明，柳梢红未晴——连绵不断的细雨笼罩着天空，惨淡的太阳挂在柳梢间，失去了往日的光辉。

多愁多病后，不识曾中酒——烦忧、苦痛后都不记得曾经醉饮过烈酒。中酒：饮酒过量。

愁病送春归，恰如中酒时——在烦恼病痛中送走春天，就如同在醉梦中糊里糊涂送走春天一样遗憾、感伤。

这首词描写了梅雨季节里石湖心中的闲愁，其中既有春天将逝的伤感，又有梅雨不断的烦忧。

黄梅成熟了，春天渐渐远去了，整个世界被一片烟雨所笼罩，一切都失去了光辉靓丽的外表。在持续不断的梅雨天中，太阳都变得暗淡无光，在低垂的柳梢边寂寞地挂着，失去了昔日的辉煌。在这样的日子里词人就如同那柳梢的太阳一样毫无生机，躺在病榻上，为身边的事情而烦恼。

小词的亮点在于词人用景物来反映自己的心情及内心活动。"丝雨日胧明，柳梢红未晴"就是其心情的真实写照，灰暗、烦恼萦绕心头。在一种混沌的状态下送走明媚的春日，就如同在醉梦里失去春光一样。词的字里行间流露出词人对春天的不舍，以及对春天易逝的感慨与哀愁。

临江仙

临江仙，又名采莲回、海棠娇、想娉婷、鸳鸯梦、庭院深深。龙榆生《唐宋词格律》曰：双调小令，唐教坊曲。《乐章集》入"仙吕调"，《张子野词》入"高平调"。五十八字，上下片各三平韵。约有三格，第三格增二字。柳永演为慢曲，九十三字，前片五平韵，后片六平韵。

这首词抒写心志。在宁静的夜里，一曲悠扬的乐曲，让人感受到了无声的寂寞与孤独。

羽扇纶巾风袅袅，东厢月到蔷薇。新声谁唤出罗帏。龙须将笛绕，雁字入筝飞。　　陶写中年须个里，留连月扇云衣。周郎去后赏音稀。为君持酒听，那肯带春归。

羽扇纶巾风袅袅,东厢月到蔷薇——在暖风徐徐的春夜里,一位手握羽扇、风度翩翩的士子在细细地聆听。羽扇纶巾:羽扇,羽毛做的扇子;纶巾,古代男子佩戴的青丝头巾。这里描述的是古代文人的一种装扮。

新声谁唤出罗帏。龙须将笛绕,雁字入筝飞——龙笛、雁筝响起,把谁从帷幔中唤了出来呢?罗帏:丝质的帷幔。龙须将笛绕:指龙笛,笛子上有龙的图案。雁字入筝飞:指古筝。

陶写中年须个里,留连月扇云衣——人到中年陶冶性情需在醉人的景致中,忘记烦恼要在月朗星稀的夜里。 陶写:指陶冶性情。 个里:这里、此地。

周郎去后赏音稀。为君持酒听,那肯带春归——周瑜离世后很少有人再能欣赏得了这动听的乐曲了。不仅"我"止酒倾听,连春意都不肯退去。

在徐徐的春风中,在皎洁的月光下,一位羽扇纶巾、风度翩翩的男子在细细体味管弦之音的优美。有哪位知音能同我共赏呢?这样悠扬的乐曲最能怡人性情,给人以最真挚的感动,但是世间嚣杂,又有几人能真正听得懂呢?主人公期望能出现像周瑜那样精通音律的知音,共诉心曲。这里对"知音"的渴望不单单指琴瑟之友,更多的是对一个志同道合的朋友的期盼。最后两句"为君持酒听,那肯带春归",用大自然的善解人意,衬托出了主人公在人间的孤单、寂寞。

临江仙

这首词表达了词人想要挣脱官场的羁绊、回归真我的心情。

万事灰心犹薄宦,尘埃未免劳形。故人相见似河清。恰逢梅柳动,高兴逐春生。 卜昼匆匆还卜夜,仍须月堕河倾。明年我去白鸥盟。金闺三玉树,好问紫霄程。

万事灰心犹薄宦,尘埃未免劳形——一切事务都令人心灰意冷,犹如那不显达的仕途生涯,尘世间的事往往令人身心疲惫。劳形:指身体劳累、疲倦不堪。

故人相见似河清。恰逢梅柳动,高兴逐春生——老朋友相见就如同黄河水变清一样难得。此时又恰逢春季万物复苏，喜悦的心情随着春光变得更加明快了。

河清：古人认为黄河千年一清，因以"河清"比喻时机难得。在这里比喻故人相见不易。梅柳：梅与柳。柳树吐芽，梅花开放，都是春天来临的信号，故二者常常并称。

卜昼匆匆还卜夜，仍须月堕河倾——故人相见，日夜相聚都觉得不够，最好能够一直这样畅饮下去，直到月亮沉落、天河斜转。卜昼、卜夜：春秋时齐陈敬仲为工正，请桓公饮酒，桓公高兴，命举火继饮，敬仲辞谢说"臣卜其昼，未卜其夜，不敢"（《左传·庄公二十二年》）。后称尽情欢乐、昼夜不止为"卜昼卜夜"。

明年我去白鸥盟。金闺三玉树，好问紫霄程——明年我要去履行我的白鸥之盟，做一个纵情山水、自由自在的人。而有几个年轻人却来到京城应考，个个都想跻身翰林，光耀门楣。白鸥盟：典出《列子·黄帝》。相传海上有好鸥者，每日从鸥鸟游，鸥鸟至者以百数。其父云："吾闻鸥鸟皆从汝游，汝取来，吾玩之。"次日此人至海上，鸥鸟舞而不下。金闺：指旧时的金马门。这里指代朝廷。南朝宋鲍照《侍郎报满辞合疏》："金闺云路，从兹自远。"玉树：南朝宋刘义庆《世说新语·言语》："谢太傅问诸子侄：'子弟亦何预人事，而正欲使其佳？'诸人莫有言者。车骑答曰：'譬如芝兰玉树，欲使其生于阶庭耳。'"后以"玉树"称美佳子弟。紫霄：翰林苑。

早已厌倦了险恶官场生活的词人，最珍惜和渴望的是朋友之间的情谊和悠闲自在的生活。打拼多年的石湖身心俱疲，老朋友的来访就像干涸的枯井遇到一股清泉一般令人兴奋。"故人相见似河清"，又恰逢早春，大地开始返青，人世间就要多姿多彩起来，吉日遇故交是多么难得呀，所以词人在作品中写到"卜昼匆匆还卜夜，仍须月堕河倾"，希望和朋友能够永远地欢聚在一起。

上片描写了石湖对友情的重视，下片则重点表达了词人归隐山林的志向。"白鸥盟"一句尽展词人想要摆脱官袍乌纱的束缚，逍遥于山林鸥鸟之间的愿望，奈何众人却依旧热衷于谋得一官半职，跻身翰林，词人心中的无奈之感油然而生。

仕宦的烦恼和朋友间相见的喜悦，对悠闲淡泊生活的向往和世间俗事的纷扰，两两对比，让读者更深刻地体会到了词人对世俗的厌恶，对自然和真情的渴望。

减字木兰花

减字木兰花，又名天下乐令、金莲出玉花、四仙韵、益寿美金花。龙榆生《唐宋词格律》曰：〔减字木兰花〕，《张子野词》入"林钟商"，《乐章集》入"仙吕调"。

四十四字，前后片第一、三句各减三字，改为平仄韵互换格，每片两仄韵、两平韵。

这首词用看似散乱的意象，表达了强烈的归隐之意。

> 玉烟浮动，银阙三山连海冻。翠袖阑干，不怕楼高酒力寒。
> 双松冻折，忽忆衰翁容易别。想见鸥边，压损年时小钓船。

玉烟浮动，银阙三山连海冻——袅袅轻烟在空中浮动，云雾环绕着的仙山宫殿与一望无际的大海连成一片。玉烟：白色轻烟。银阙：银色的宫门。三山：传说中海上的三座仙山。晋王嘉《拾遗记·高辛》："三壶，则海中三山也。一曰方壶，则方丈也；二曰蓬壶，则蓬莱也；三曰瀛壶，则瀛洲也。"

翠袖阑干，不怕楼高酒力寒——惆怅微醺的少妇不惧楼高，登到角楼的高处，遥望他乡的恋人。翠袖：指女子青绿色的衣袖。这里泛指女子的装扮。杜甫《佳人》诗："天寒翠袖薄，日暮倚修竹。"

双松冻折，忽忆衰翁容易别——看到被冻折的松树枝，我忽然想到年老的人很容易突然辞世，人生在世是多么脆弱而又苦短呀。

想见鸥边，压损年时小钓船——我猜想沙洲边的小船一定早就损坏了。想见：猜想、推测。《史记·孔子世家》："余读孔氏书，想见其为人。"年时：当年，往年时节。

站在高楼上苦等心上人归来的惆怅少妇、被冻折的条条松枝及经年后腐朽的小钓船，这三种看似毫无关联的事物却传达出一个共同的信息，词人用这三种事物说明了人生苦短、生命易逝、世事难料，突显出词人对尘世纷扰的无可奈何与厌倦。面对这种情况，词人在心中不断地构想自己的人生理想，那就是词作开头的"玉烟浮动，银阙三山连海冻"，这是一种渗透了道家思想的人生理想，空灵、亲近自然，远离尘世，甚至充满了道家虚无缥缈的意味。

小词归隐之意不言而喻，但似乎更多的是一种消极的情绪，是石湖思想当中不可取的部分。

减字木兰花

这是一首精彩的小词，虽然没有很深的用意，只是单纯地抒发对新酒的渴望，但章法独特,读来使人兴趣盎然。

　　折残金菊,枨子香时新酒熟。谁伴芳尊,先问梅花借小春。
道人破戒,染酒题诗金凤带。愁病相关,不似年时酒量宽。

　　折残金菊,枨子香时新酒熟——低头折一枝凋残的金菊,闻到橙子清香的味道,我知道已经到了新酒酿好的时候了。枨(chéng)子:即橙子。

　　谁伴芳尊,先问梅花借小春——想要一品家中的新酒,一心期盼着早春的来临。芳尊:精致的酒器。亦借指美酒。

　　道人破戒,染酒题诗金凤带——不胜酒力又何妨,破戒与故人一起饮酒题诗。染酒:沾染饮酒的习惯。金凤带:绣有金凤花纹的带子。

　　愁病相关,不似年时酒量宽——多年的疾病、烦恼缠身,我已不像当年那样酒量大了。

　　上片的"残金菊"、"枨子香"既点明了小词的写作时间大概是在冬末初春时节,又说明了美酒成熟的时间。同样,"借小春"一句不仅让我们体会到词人的迫切心情,也再次点明了酒成的时间。可谓是一箭双雕。下片用自己禁不住诱惑突出了新酒的香醇、诱人。

　　词作只是简单地在描写新酒的香醇、醉人,并没有很深的意味,但是写得却不俗艳。以菊和橙为铺垫且暗示时间,显得既雅致又含蓄。"先问梅花借小春"一句,又巧妙地表达了词人内心的渴望;紧接着又从自己孱弱的身体写起,进一步说明了美酒的诱人,渐进式的描写使读者都对新酒产生了品尝的兴趣。

　　这首词读来含蓄、清新,虽然只是描写新酒,却让人感到雅致、不同凡响,是词人对酒文化推崇的一种直接表现。

减字木兰花

　　此词描写的是一次宴会上的情景,大家相互唱和,陶醉在乐舞当中。

　　波娇鬓袅,中隐堂前人意好。不奈春何,挤却轻寒透薄罗。
剪梅新曲,欲断还联三叠促。围坐风流,饶我尊前第一筹。

波娇鬟袅,中隐堂前人意好——中隐堂前心情舒畅,堂前的佳人眼波流转,鬟发柔美。中隐堂:据《吴郡志·园亭》,中隐堂在大酒巷,都官员外分司南京龚宗元所居。人意:人的情绪、感情。

不奈春何,拚却轻寒透薄罗——艳丽的舞者们甘愿让料峭春寒穿透单薄的衣衫,也不向寒冷妥协。拚却:甘愿、愿意。

剪梅新曲,欲断还联三叠促——重制〔一剪梅〕曲子,在曲子末尾处使用三叠唱法。剪梅:词调《一剪梅》。三叠:古时奏曲之法,至某一句反复三次吟唱,称"三叠"。

围坐风流,饶我尊前第一筹——与这样一群卓越不凡的人聚在一起唱和,他们却纷纷让我为第一名。第一筹:指第一名。饶:让。

这首词写作时间不确定,或是词人偶过南京之时,或是任职南京之时。描绘的是同僚之间的宴饮之乐,席间与众人欣赏歌舞,相互唱和诗词。舞者眼波流转,衣衫轻软艳丽,舞姿婀娜动人,一切都是那么的优美、华丽,哪怕依然是料峭春寒她们也无所畏惧,用灿烂的形象迎接春天的到来。台上绚烂,樽前也不甘寂寞,众人纷纷作起〔一剪梅〕一比高下,在欢乐中度过良宵。

此词描写单纯的宴饮之乐,详略得当,剪取宴席上最闪光的两个片段,突出宴会的热闹与气氛的热烈,显示了词人素来简洁的特点。

减字木兰花

这是一首描写平日生活琐事的小词,简单却雅致非常。

枕书睡熟,珍重月明相伴宿。宝鸭金寒,香满围屏宛转山。
鸡人声杳,瑶井玉绳相对晓。黯淡窗纱,却下风帘护烛花。

枕书睡熟,珍重月明相伴宿——夜晚以书当枕,伴着明月、披着月光酣然睡去。

宝鸭金寒,香满围屏宛转山——熏香的香气弥漫在宛如群山起伏的画屏周围,燃尽香料的香炉却渐渐地冷却了。宝鸭:指制成鸭子形状的香炉。

鸡人声杳,瑶井玉绳相对晓——夜深了,打更的声音都渐渐稀少了,只有天上的星星在静静地闪耀着。鸡人：周官名。在有大典要举行的时候，报时以警夜。这里指打更人。瑶井玉绳：皆为星宿名。瑶井即玉井，在参宿西左下方，由四星组成；玉绳，李善注引《春秋元命苞》曰："玉衡北两星为玉绳。"

黯淡窗纱，却下风帘护烛花——晚风吹来，为了护住这昏暗的烛光，赶忙放下了窗前的风帘。

以书当枕睡去，醒来却是另一番境界，香雾弥漫画屏，夜空星光闪烁，整个世界处在一片寂静当中。感觉心灵瞬间得到了净化，一切都变得如此美好与纯洁。这种情景正体现了词人此时的心境，平静、安详甚至有一丝的愉悦。接着"却下风帘护烛花"一句又描写词人要借这美好的夜色尽情地享受书卷带给他的快乐。自然的美好与心中的快乐结合在一起，可谓是情景交融。

一件平淡无奇的小事，却营造出了清幽的意境和不尽的诗意，读来令人心动不已。小词语言简练，风格恬淡、雅致，是一首不错的写景抒情词作。

减字木兰花

这是一首借景抒情的小词，词间流露出了浓浓的思乡之情。

腊前三白，春到西园还见雪。红紫花迟，借作东风万玉枝。
归田计决，麦饭熟时应快活。身在高楼，心在山阴一叶舟。

腊前三白，春到西园还见雪——腊月之前下了两三番雪，立春了，春天来了，园内却依然被白雪覆盖着。

红紫花迟，借作东风万玉枝——今年花儿们开得格外迟，暂借粉妆玉砌的雪枝、冰花来报春吧。

归田计决，麦饭熟时应快活——已经下定决心要返乡归田了，饱食麦饭一定会非常快活的。麦饭：磨碎的麦子煮成的饭。

身在高楼，心在山阴一叶舟——我人虽在这高楼之上，可是心早已在一叶小舟上摇荡。词人在尽兴抒怀：虽然我身居官位，但是心里向往的却是自在的山野生活。山阴一叶舟：南朝宋刘义庆《世说新语·任诞》："王子猷居山阴，夜大雪……忽忆戴安道，时戴在剡，即便夜乘小船就之，经宿方至，造门不前而返。人问其故，

中国家庭基本藏书

王曰：'吾本乘兴而行,兴尽而返,何必见戴？'"

这首词描绘了冬春之际的景色,抒发了石湖渴望返乡、纵情山水的情感。词作的上片写景,描绘了冬春之际的雪景。"万玉枝"一句,很容易令读者想见银装素裹的枝条和银光点点的花园。春色迟来,词人竟把雪枝、冰花当作花朵来欣赏,由此可见词人是多么热爱自然,享受大地带给他的一切恩赐。

可以说上片的描写是对下片的铺垫,由于喜欢亲近自然,才想到要返乡归田,饱食农家饭,纵情于山水之间。词尾的"心在山阴一叶舟"一句,化用王子猷的典故,体现了石湖想要找回自我、摆脱世俗禁锢的渴望,也体现了词人对山野生活的追求。

鹧鸪天

鹧鸪天,又名半花桐、一并金、拾菜娘、千叶莲、剪朝霞、骊歌一叠。龙榆生《唐宋词格律》曰:又名〔思佳客〕。五十五字,前后片各三平韵,前片第三、四句与过片三言两句多作对偶。

此词为离别宴席上所作,约作于淳熙二年(1175)正月词人离桂林赴成都就任之时。

休舞银貂小契丹, 满堂宾客尽关山。从今袅袅盈盈处,
谁复端端正正看。　　模泪易, 写愁难。潇湘江上竹枝斑。
碧云日暮无书寄, 寥落烟中一雁寒。

休舞银貂小契丹,满堂宾客尽关山——就要分别了,心中无比痛苦,看着欢乐的舞蹈,我的心中却越发地惆怅,于是赶忙叫停。更何况满堂的宾客也多是他乡之客,同样心怀忧伤。银貂:白色的貂裘。小契丹:乐曲名,是少数民族的歌舞。

从今袅袅盈盈处,谁复端端正正看——从今以后满怀离愁的我们,谁还能认真地欣赏这美妙的舞姿呢。袅袅盈盈:形容舞姿动人、美好。端端正正:仔细地看。

模泪易,写愁难。潇湘江上竹枝斑——描摹泪眼容易,表现愁思却很难。就好像人们容易看到竹枝上斑斑泪痕,可要理解这泪痕蕴含的痛苦,就不那么容易了。

碧云日暮无书寄,寥落烟中一雁寒——离别后我在孤寂的旅途中想念你们而

得不到你们的书信时，就只能怅望那碧空的孤雁了。寥落：寂寞。

这是一首感伤的离别之作。共事多年的同僚、故人今日就要分别了，尽管席间歌舞正欢，也挡不住词人含泪叫停。台上的欢歌乐舞更加反衬出了石湖的悲痛、友人的不舍。而"满堂宾客尽关山"一句，再次告诉我们，他们之间存在的不仅仅是离别之痛，更有"同是天涯沦落人"的"远乡"之悲。

"碧云日暮无书寄，寥落烟中一雁寒"两句，是石湖设想的途中的情景。一叶小舟在江上飘动，就如同碧空中的那只孤雁，落寞、惆怅，心中充满着思念之情和离别之伤。正如词人自己所说，心中的苦痛是很难说得清楚的，只能细细地体味。

开篇"休舞"、"尽关山"几个字，尽展词人内心的苦痛，下片石湖曲折入笔，通过典故、景象，去暗示、渲染愁绪，使这个"愁"变得更具体可感了。小词文字精美，音韵婉转和谐，体现了这首词的婉约风格。

鹧鸪天

由作品内容可知，这首词约作于石湖到成都赴任途中，表达了词人对桂林的不舍与眷恋。

荡漾西湖采绿蘋，扬鞭南埭衮红尘。桃花暖日茸茸笑，杨柳光风浅浅颦。　　章贡水，郁孤云。多情争似桂江春。崔徽卷轴瑶姬梦，纵有相逢不是真。

荡漾西湖采绿蘋，扬鞭南埭衮红尘——我曾经在桂林西湖上泛舟，随手采几枝水中的绿蘋。或者策马到南端坝头，一路尘土飞扬。西湖：指广西桂林西湖。绿蘋：也称四叶菜、田字草。生于浅水中，夏秋开小白花。

桃花暖日茸茸笑，杨柳光风浅浅颦——阳春季节桃花对游客浅浅地微笑，春风中的杨柳散发出淡淡的忧愁。茸茸：朦胧。

章贡水，郁孤云。多情争似桂江春——赣江的水，贺兰山的云，这些哪似桂林春江那般多情。章贡：章水和贡水的并称。也泛指赣江及其流域。宋苏轼《郁孤台》诗："日丽崆峒晓，风酣章贡秋。"　郁孤：即贺兰山，在江西赣县西南。宋时建有郁孤台。争似：怎似。

崔徽卷轴瑶姬梦，纵有相逢不是真——纵然见到少女崔徽的画像，在梦里见到巫山神女，这些相逢也都不是真实的。崔徽：唐代一歌妓名。曾与裴敬中相爱，将要分别时，崔徽托画家画其肖像寄给爱人，曰："崔徽一旦不及画中人，且为郎死。"后果然抱恨而亡。事见唐代元稹《崔徽歌序》。后多指美丽多情或善画的少女。瑶姬梦：女神名。相传为天帝的小女，未行而卒，葬于巫山之阳，称为巫山神女。楚襄王游于高唐，梦与之神游。

这首词开篇描写了词人在桂林时的闲情逸致：泛舟西湖，策马南埭，在桃红柳绿中感受自然的馨香。而如今离开了桂林，离开了那个风气清淑、醇古奇绝的地方，心中自然眷恋非常。范石湖在《桂海虞衡志》中曾说："巫上疏故谢不能，留再阅月，辞勿获命，乃与桂民别。"

终于还是要离开的，去成都途中看到郁孤山、赣江水，想起奇绝的桂林，一种"曾经沧海难为水"的意味涌上心头，因此才写下"多情争似桂江春"这样的句子。但是这样的词句似乎还不足以表达石湖的心情，所以用"崔徽卷轴瑶姬梦，纵有相逢不是真"，再次表达了对桂林山水的赞叹与眷恋。

鹧鸪天

这是一首描绘春日景象、抒发春愁和飘零之感的词作。

　　嫩绿重重看得成，曲阑幽槛小红英。酴醾架上蜂儿闹，杨柳行间燕子轻。　　春婉晚，客飘零。残花浅酒片时清。一杯且买明朝事，送了斜阳月又生。

嫩绿重重看得成，曲阑幽槛小红英——枝条上的嫩叶一层又一层，渐渐形成一片树荫；幽栏处静静地点缀着些许小红花，大有万绿丛中一点红之意。红英：红花。

酴醾架上蜂儿闹，杨柳行间燕子轻——蜜蜂在花架上飞舞，燕子在杨柳间穿行。酴醾(túmí)：一种花的名称。本为酒名，但因花的颜色与之相似，故取此名。

春婉晚，客飘零。残花浅酒片时清——春日将尽，客居在外的人们自然心生飘零之感。面对残花借酒消愁，顷刻醒来依然是满腹春愁。婉晚：形容迟暮之时。此处形容春天将尽。

一杯且买明朝事,送了斜阳月又生——既然愁绪不断,那么就继续饮酒吧,在醉梦里换得明日的逍遥,却奈何时光飞逝、春意难留。

这首词分上下两片,上片主要描写春天的秀美景色。生机勃勃、形成一片树荫的嫩叶,栅栏边点缀着星星点点的小红花,红与绿形成鲜明的对比,使得春意更浓。紧接着镜头拉向远处,蜜蜂闹枝头,燕儿在柳梢,气氛刹那间变得热闹起来了,可以说词作的上片就像一幅美丽的图画,尽显盎然春意。

下片,石湖笔锋一转,感伤之情油然而生。为这美丽的春天终将逝去而难过,感怀时光飞逝自己却依然旅居他乡,一时间悲己伤春之情涌上心头。无奈地借酒消愁,酒醒之后却依然如故。最后只能任时光匆匆溜走,留得自己独自悲伤了。

整首词从赞春,到伤春,到悲己,感情渐渐低落下来,但是总的来说还是明快、清新的。心中虽有忧伤但并不愁云惨淡,一丝旷达萦绕在字里行间。词作情景交融,是一首咏春的佳作。

鹧鸪天
雪梅

这是一首咏梅之作,描写了梅花的高贵、不同寻常。

> 压蕊拈须粉作团,疏香辛苦颤朝寒。须知风月寻常见,
> 不似层层带雪看。　　春髻重,晓眉弯。一枝斜并缕金幡。
> 酒红不解东风冻,惊怪钗头玉燕干。

压蕊拈须粉作团,疏香辛苦颤朝寒——雪后,梅花被白雪装饰成一个小粉球,清晨淡淡的花香艰难地从雪下散发出来。

须知风月寻常见,不似层层带雪看——要知道美景虽然常常可以见到,但是却不像雪后梅花那样含蓄、意味深长。风月:泛指美景。

春髻重,晓眉弯。一枝斜并缕金幡——红梅的枝条既像少女迎春的发髻,又像弯弯的柳眉。其中的一枝斜斜地伸出与旌旗并立。春髻:迎春髻。金幡:旌旗。

酒红不解东风冻,惊怪钗头玉燕干——醉后不明白为什么春天来了还这么寒冷,惊奇如燕的梅花依然停在枝头。酒红:指饮酒过量后面色红润。

这是一首咏梅的小词,全篇围绕梅花展开,描摹了雪后梅花的形状、香气以及动人的姿态。一场雪过后,大地白茫茫的,梅花也被雪花所覆盖,透出淡淡的粉色,显得更加纯洁、高尚。冰雪覆盖下,梅花顽强地散发着自身的清香,那种坚强令词人更加喜爱和欣赏,于是他写下了"须知风月寻常见,不似层层带雪看"这样的句子。

下片着重表现梅花的婀娜姿态。石湖把梅花比作少女的发髻、秀美的弯眉、发钗上的玉燕,所有的比喻都那么灵动、充满活力,清楚地让读者领略到傲雪寒梅的风采。

整首词用词华丽精当,比喻恰当动人,把梅花的姿态、个性表现得淋漓尽致。

好事近

好事近,又名秦刷子、倚秋千、翠圆枝。龙榆生《唐宋词格律》曰:又名〔钓船笛〕,《张子野词》入"仙吕宫"。四十五字,前后片各两仄韵,以入声韵为宜。两结皆上一、下四句法。

这是一首凄婉的怀人之作,表达了女主人公的惆怅与哀伤。

云幕暗千山,肠断玉楼金阙。应是高唐小妇,妒姮娥清绝。
夜凉不放酒杯寒,醉眼渐生缬。何待桂华相照,有人人如月。

云幕暗千山,肠断玉楼金阙——幕布一般的白云笼罩着远处的群山。有人早已肠断楼阙,在高处痴痴地盼望着千里之外的爱人。

应是高唐小妇,妒姮娥清绝——此人当是神女瑶姬吧,她的内心充满孤独与感伤,渐渐地嫉妒起嫦娥的清静安宁。高唐小妇:即指巫山瑶姬。相传为天帝的小女,未行而卒,葬于巫山之阳,称为巫山神女。楚襄王游于高唐,梦与之神游。

夜凉不放酒杯寒,醉眼渐生缬——夜里微寒,不等烫好的酒冷却就一饮而尽。不知不觉中醉眼模糊,眼前一片朦胧。缬(xié):眼前星星点点,形容醉眼。

何待桂华相照,有人人如月——为何还要等待月光洒向我们,有人似月亮一般楚楚动人。桂华:月光。

幕布一般的云雾遮挡了眼前的重重山峰,也遮住了游子们回家的路,本就忧愁的思妇看到此情此景更加肝肠寸断了。接着词人把这位思妇的形象具体化,猜想此人应是高唐小妇瑶姬吧,一个时时刻刻想要再次见到心上人的女子。她内心惆怅不已,对月饮酒,羡慕月亮的平静、嫦娥的无情,借酒浇愁愁更愁,频频举杯把自己放纵在醉梦中。最后两句"何待桂华相照,有人人如月"说明了本可与月亮争辉,如此优秀的女子却要整日独自伤悲,更突出了她的惆怅与悲哀。

一首小词表现了一个女子悲苦的思恋情怀,同时这种怀人之作似乎也寄托着石湖的忠君、爱君之意。

好事近

依然是一首赏梅的小词,只是这首词描写花与人交相辉映,更加显示出了梅花的超凡脱俗。

　　　　　昨夜报春来,的皪岭梅开雪。携手玉人同赏,比看谁奇绝。
阑干倚遍忆多情,怕角声呜咽。与折一枝斜戴,衬鬓云梳月。

昨夜报春来,的皪岭梅开雪——昨夜春来到,明亮的山岭,梅花雪中盛开。的皪(dìlì):形容山岭光彩鲜明。

携手玉人同赏,比看谁奇绝——与佳人携手去赏梅,比一比看谁更加奇绝。玉人:美丽的佳人。

阑干倚遍忆多情,怕角声呜咽——佳人倚着栏杆细细欣赏梅花,想要记住梅花多情的样子。因怕梅花落去,故而心生悲伤,一时呜咽起来。忆:记住、不忘。怕角声呜咽:因为古代乐曲《梅花落》为角声,因此有此句。即怕梅花落去。

与折一枝斜戴,衬鬓云梳月——折一枝梅花斜插在佳人头上,衬托着美丽的云鬓。

小词分上下两片,上片交代词人要与玉人携手去赏梅。既是"玉人",那么定是风华正茂、娇艳动人的妙龄女子。"比看谁奇绝"一句引起下文,料想等待我们的一定是激烈的比拼。但是下片开头却意外地描写了这位女子对梅花的如痴如醉,

"阑干倚遍忆多情"一句描写"玉人"细细地观赏梅花,不放过任何一个角落,想要把梅花多姿、娇艳的风貌深深地刻在心中。但是时光飞逝,转眼物是人非,想起有一天这妩媚的梅花会慢慢凋残,心中顿时一片落寞,伤感之情油然而生,也许还蕴含着总有一天自己也会风光不再的感伤吧。这样的描写不仅让读者体会到了梅花的可爱、迷人,也令读者体会到了少女的温婉多姿。石湖这样的描写真可谓是一箭双雕,既表现了花的美,又写出了人的可爱。最后两句更是有点"人面桃花相映红"的意味,一枝红梅戴在佳人的头上,无疑是锦上添花的,两相映衬方显奇绝之意。

卜算子

卜算子,又名孤鸿、黄鹤洞中仙、眉峰碧、卜算子令、楚天遥、百尺楼、缺月挂疏桐。龙榆生《唐宋词格律》曰:北宋时盛行此曲。万树《词律》以为取义于"卖卜算命之人"。双调,四十四字,上下片各两仄韵。两结亦可酌增衬字,化五言为六言句,于第三字豆。宋教坊复演为慢曲,《乐章集》入"歇指调"。八十九字,前片四仄韵,后片五仄韵。

这是一首秋夜写景抒怀之作,清旷雅致,朗朗上口。

　　凉夜竹堂虚,小睡匆匆醒。银漏无声月上阶,满地阑干影。
何处最知秋,风在梧桐井。不惜骖鸾弄玉箫,露湿衣裳冷。

凉夜竹堂虚,小睡匆匆醒——凉爽的夜晚在宁静的竹堂小睡,不一会儿就醒来了。

银漏无声月上阶,满地阑干影——银色的漏壶静静地流动着,月光悄悄地爬上了台阶,月光下栏杆的影子映在地上。

何处最知秋,风在梧桐井——哪里是最了解秋天消息的地方呢?梧桐树边的金井最先感受到秋风的凉意。梧桐井:古人院中的梧桐树旁常常有金井,因此叫"梧桐井"。

不惜骖鸾弄玉箫,露湿衣裳冷——夜游吹箫感自然,不怕夜寒衣裳湿。骖鸾:仙人驾鸾鸟云游四海。江淹《别赋》:"驾鹤上汉,骖鸾腾天。"

此词歌咏秋夜,抒发了快意清爽之情。小睡醒来似乎是一条界线,睡前是人声鼎沸、一片尘世的喧嚣,醒后开启的是一个清凉世界的大门。在这里,皎洁的月光静静地洒向台阶,栏杆的疏影无声地映在大地上,凉风缓缓地吹来,陶醉着初醒的石湖。如此清爽的世界使词人想要"骖鸾弄玉箫",一感仙境的美妙。这种情怀既说明了词人对秋夜的沉醉,也体现了对清凉世界的渴望。换言之,就是表现了石湖对世俗的不满,对功名利禄的厌弃。整首词节奏紧凑,语言凝练,意境清幽,像一阵秋风吹进人的心里,读来俊逸、洒脱、沁人心脾。

卜算子

这是一首冬日里写景抒怀的作品,词作寓情于景,情景交融。

> 云压小桥深,月到重门静。冷蕊疏枝半不禁,更著横窗影。
> 回首故园春,往事难重省。半夜清香入梦来,从此熏炉冷。

云压小桥深,月到重门静——浓重的云朵使小桥显得更加阴沉,月光映在门上,四周一片寂静。重门:屋内的门。

冷蕊疏枝半不禁,更著横窗影——斜斜的梅枝似乎支撑不起自身的重量,梅花的倩影静静地映在窗子上。冷蕊疏枝:形容梅花。

回首故园春,往事难重省——回想起家乡的春天,感叹着往事难寻。重省:回忆。

半夜清香入梦来,从此熏炉冷——夜半一股清香进入我的梦乡,有这股清香相伴,熏炉可以搁置一旁了。

这是一首冬日抒怀之作。上片描写冬日的景色,淡淡的月光,阴沉的小桥,浓重的云朵,营造出冷清、凝重的意境。接着傲雪的梅花竟然"半不禁",更加体现了一种悲凉之感。上片虽是写景,却处处含情,读之令人心忧。

下片,词人进入正题,发出了内心的感慨:"回首故园春,往事难重省。"此刻一股幽幽的思乡之情蔓延开来,其中包含着对往事的怀念、对家乡的渴望。宁静的夜里,我们似乎能够感受到石湖那种痛彻心扉的忧伤;但是一股清香缓缓飘来,这是梅花的香气,这香气慰藉了词人的伤痛,使得他在寒冷的他乡得以入睡。

窗外的那株梅就像是石湖的化身,虽然已是满身风霜几乎不能自持,但是却依然顽强地存在着，吐露着芬芳。正是那股清香，给人以希望和慰藉。真的就如陈廷焯所说的那样："读稼轩词后读石湖词，令人心平气和。"如此忧愁的感情在最后也能让人感受到温情，实在是石湖词最大的特色了。

三登乐

题解

谢映先《中华词律》：《汉书·食货志》载"三考黜陟，馀三年食。进业曰登，再登曰平，馀六年食，三登曰泰平，二十七岁，遗九年食。然后王德流洽，礼乐成焉"。调名本此。双调，七十一字，前后片各七句四仄韵，末五句句式相同。别体七十二字，前片七句三仄韵，后片七句四仄韵。

这是一首抒发羁旅行役之苦的作品。

> 一碧鳞鳞，横万里、天垂吴楚。四无人、橹声自语。向浮云，西下处，水村烟树。何处系船，暮涛涨浦。　　正江南、摇落后，好山无数。尽乘流、兴来便去。对青灯、独自叹，一生羁旅。敧枕梦寒，又还夜雨。

新解

一碧鳞鳞，横万里、天垂吴楚——广阔的天空下一望无际的江水闪着波光流向远方。鳞鳞：水波细纹如鳞状。吴楚：指长江中下游地区。

四无人、橹声自语。向浮云，西下处，水村烟树——四下无人，万籁俱静，只有船橹在细细私语。浮云西下的地方是一个水烟环绕的小村庄。

何处系船，暮涛涨浦——日暮时分潮水涌动，在哪里停船靠岸呢？

正江南、摇落后，好山无数——江南一带草木凋零后，更显现出江南的大好山川。正：恰好。摇落：零落、凋残。《楚辞·九辩》："悲哉秋之为气也！萧瑟兮草木摇落而变衰。"

尽乘流、兴来便去。对青灯、独自叹，一生羁旅——兴致来时便乘兴随江而去。到晚年长对青灯，感叹自己漂泊的一生。青灯：光线微弱、青荧的油灯。唐代韦应物《寺居独夜寄崔主簿》诗："坐使青灯晓，还伤夏衣薄。"

敧枕梦寒，又还夜雨——斜倚着枕头入梦，梦中却是一片寒冷，醒来发现屋外夜雨连绵。敧：通"倚"，斜靠着，倚着。还：环绕。唐代贾岛《永福湖和杨郑州》："积水还平岸，春来引郑溪。"

作品上片写景,却寓情于景;下片感慨人生,抒发羁旅之情。

楚天、大江、天空下自语的小船,开篇就描绘了一幅广阔的图画,只是这幅图画尽显空寂与孤单。词人随江而下,黄昏时分看到水烟环绕的村庄。"何处系船"一句,让读者知晓,对于这个村庄而言作者只是一个过客,此时异乡羁旅的惆怅之感油然而生。

下片开头点明了时间是在深秋,草木凋零,此时的山川反而透露出别样的光辉。在万物萧索的季节,回忆自己漂泊的一生,所拥有的只有叹息与落寞。词人怅然若失地昏昏睡去,梦里一片寒寂,醒来却发现窗外"又还夜雨"。梦境与现实全都是冰冷的,真切地表达了石湖内心的苦楚与萧索。一份远离家乡的孤单和一生四处漂泊的寂寞构成了石湖作品中"青灯独叹"的无尽感慨。

三登乐

这首词的写作时间不详,由作品的内容推测是石湖返乡归田时所作。

路转横塘,风卷地、水肥帆饱。眼双明、旷怀浩渺。问菟裘、无恙否,天教重到。木落雾收,故山更好。　　过溪门、休荡桨,恐惊鱼鸟。算年来、识翁者少。喜山林、踪迹在,何曾如扫。归鬓任霜,醉红未老。

路转横塘,风卷地、水肥帆饱——行船转入横塘,水位高涨,一路顺风,挂帆而行,好不自在。横塘:一个大水塘,在江苏省吴县(今苏州)西南。水肥帆饱:水位高涨,船可挂帆顺风而行。

眼双明、旷怀浩渺。问菟裘、无恙否,天教重到——放眼望去,水面辽阔,天地一片广阔。轻声问:故居还好吗?感谢上天让我再次回到这里。菟(tù)裘:古地名。春秋时鲁邑,在今山东泗水县。常用以指告老退隐的居所。

木落雾收,故山更好——树木凋零,雾气散尽后,故乡的群山更显挺拔、高耸。

过溪门、休荡桨,恐惊鱼鸟。算年来、识翁者少——过溪口时,停止划动船桨,让船顺水而行,唯恐惊动了水中的鱼儿、溪边的水鸟。算来家乡认识我的人应该不多吧。

喜山林、踪迹在，何曾如扫——喜欢纵情于山林之间，曾经的踪迹还在，哪里像清扫过的呢？

归鬓任霜，醉红未老——回到家乡的我，任白发爬满双鬓，酒后泛红的容颜显得我还不太衰老。醉红：酒醉后面庞泛红。宋黄庭坚《阮郎归》词："传杯犹似少年豪，醉红浸雪毛。"

这首词大约作于石湖五十八岁返回家乡吴郡时，词中尽显回家的喜悦心情以及对家乡的怀念之感。

行船刚刚转入横塘，船儿就一路顺风而行，词人的心此时就如这航船一般，轻松、快意。抬眼望去，一切都是那么的广阔，令人思绪飞扬，满心喜悦。已到深秋，却可以真切地感受到石湖心中的浓浓春意。久违的旧居，水溪的鱼鸟，甚至树木凋零的群山都令石湖感到亲切、动人。在这里，他不再为白发染鬓而烦恼，不再为旅居他乡而感伤。望着昔日的乡亲、往日的山林、曾经留下的痕迹，石湖此时的心中只有快乐，只有初归故园的幸福。

"路转横塘"的快意，"过溪门、休荡桨，恐惊鱼鸟"的幸福，以及"归鬓任霜，醉红未老"的俊逸、豪放，写得十分生动。三段路，三份喜悦，令读者真切地体会到近乡之切、远乡之苦，此篇堪称佳作。

三登乐

这首词描写了清凉的夜色，抒发了词人对宇宙、生命的感悟。

今夕何朝，披岫幌、云关重启。引冰壶、素空似洗。卷帘中、欹枕上，月星浮水。天镜夜明，半窗万里。　盼庭柯、都老大，树犹如此。六年前、转头未几。唤邻翁、来话旧，同笑新蚁。秉烛夜阑，又疑梦里。

今夕何朝，披岫幌、云关重启——今晚是什么日子呢？月光拨开了家中的窗子，开启了夜晚云雾笼罩的隘口。披：打开，拨动。岫幌：山洞屋子的窗户。这里指家中的窗子。云关：云雾笼罩下的关隘。孔稚珪《北山移文》："宜扃岫幌，掩云关，敛轻雾，藏鸣喘。"

引冰壶、素空似洗。卷帘中、欹枕上,月星浮水——招来月亮,尽显夜空的宁静、祥和。斜倚在枕上,透过窗子,望见在夜空中浮动的星月。冰壶:指月亮或者月光。

天镜夜明,半窗万里——夜晚月亮熠熠发光,透过小窗就能看到远方。天镜:指月亮。

盼庭柯、都老大,树犹如此——看着庭院中的树木渐渐老去,树木尚且如此,更何况人呢。盼:顾、看。庭柯:庭园里的树木。

六年前、转头未几。唤邻翁、来话旧,同筥新蚁——转眼六年过去了,请来邻家老翁,叙往事,共饮新酒。筥(chōu):过滤(酒)。宋代王禹偁《今冬》诗:"旋筥官酝漂浮蚁,时取溪鱼削白鳞。"新蚁:指未过滤过的新酒,上面有浮渣如蚁。

秉烛夜阑,又疑梦里——夜来秉烛,又怀疑自身是否是在梦中。

上片用"披岫幌"、"启云关"以及作者的疑问,突出了月色的皎洁、恬静,接着又借月光、星辰烘托出了静谧、澄明的夜空。后面的四句进一步描绘了星月的皎洁,夜空的澄澈、宁静。作品的上半部分传达出一种明净之美,呈现出了一种开阔、静谧的景象。

下片却借"庭柯"、"话旧"抒发了生命短促、世事无常的感慨。上面星月的皎洁、夜空的澄澈,表现了宇宙的广阔、深邃以及不尽的永恒,与人世相对比,表现了石湖对生命的渴望,人生的眷恋。末尾"秉烛夜阑,又疑梦里"两句更凸显了人生如梦、转瞬即逝的忧愁。作品在一片宁静、祥和中表现了词人对宇宙的关注、对时间的忧患,传达了对生命的感悟。

三登乐

这是一首构思精巧的思乡之作。

方帽冲寒,重检校、旧时农圃。荒三径、不知何许。但姑苏台下,有苍然平楚。人笑此翁,又来访古。　　况五湖、元自有,扁舟祖武。记沧洲、白鸥伴侣。叹年来、孤负了,一蓑烟雨。寂寞暮潮,唤回棹去。

方帽冲寒,重检校、旧时农圃——寒气直冲到头上的时候,就该重新查看昔日的农田了，商量来年的生计。方帽：古代的一种帽子。

荒三径、不知何许。但姑苏台下，有苍然平楚——我的家已不知荒芜多久了。可我却知道姑苏台下有广阔的平野。三径：晋赵岐《三辅决录·逃名》："蒋诩归乡里，荆棘塞门，舍中有三径，不出，惟求仲、羊仲从之游。"后以"三径"指代归隐者的居所。姑苏台：台名。在苏州姑苏山上，相传是吴王夫差建造的，又称胥台。平楚：广阔的原野。

人笑此翁，又来访古。况五湖、元自有，扁舟祖武——人们笑我又来姑苏台访古，却不管自家田地。更何况造访自然造化的太湖、先人留下的遗迹呢？五湖：太湖的别名。太湖及附属的四湖。元：开始，最初。祖武：先人的事业。武，足迹。

记沧洲、白鸥伴侣。叹年来、孤负了，一蓑烟雨——回忆起四周苍翠清静的家乡、自由的白鸥，就会叹息自己辜负了这一川烟雨。沧洲：临水的岸边高地。古时常用以称隐士的居处。

寂寞暮潮，唤回棹去——寂寞的潮汐，呼唤着远去的小船。

这是一首思恋家乡的词作，作品前五句先写自己离开家乡多年，似乎对外面的了解比对家乡的了解还多。但是当"人笑此翁，又来访古"的时候，词人回忆起了自己的家乡，想起家乡的水滨、飞翔的白鸥及吴郡那迷人的山川景色，心中充满感伤，悔恨多年来远离家乡，辜负了家乡的美丽。从侧面表现了石湖对家乡的思念之情。

以往的思乡词作都是描写作者对家乡的思念，而这里却反其道而为之，把家人性化，通过描写家对词人的思念，更突出了石湖对家的渴望。

虞美人

这首词作于石湖在成都任职期间，词中流露出浓浓的乡情。

落梅时节冰轮满，何似中秋看。琼楼玉宇一般明，只为姮娥添了、万枝灯。　　锦江城下杯残后，还照鄞江酒。天东相见说天西，除却衰翁和月、更谁知。

落梅时节冰轮满，何似中秋看——梅花凋谢的时候正当月圆之时。这明亮的月亮与中秋的明月何其相似。冰轮：喻明月。宋代苏轼《宿九仙山》诗："夜半老僧呼客起，云峰缺处涌冰轮。"

琼楼玉宇一般明，只为姮娥添了、万枝灯——月宫的亭台楼阁同月色一样的明亮，为的是给寂寞的嫦娥增添几分光亮。

锦江城下杯残后，还照鄞江酒——锦江城的酒宴一片狼藉后，月光依然还洒向鄞江酒。锦江：岷江的一个分支，在今四川成都平原。传说蜀人织锦濯于此江中则锦色鲜艳，而濯于他水则锦色暗淡，故称"锦江"。

天东相见说天西，除却衰翁和月、更谁知——异乡相见说家乡，除了"我"和月亮，还有谁明白"我"的心情呢。

这是一首描写思乡之情的作品，上片写月，下片写情，以月衬情，传达出浓浓的乡情。

乍听落梅时节逢月圆，似乎是一桩美事，虽然梅花凋落了，可是能够欣赏到明亮的满月，也是一种安慰。但下片"锦江城""鄞江酒"提醒我们，词人此时身在遥远的成都，远离家乡，那么花落又月圆带给他的就不是安慰，而是更深一层的忧伤。娇花凋残本就令人心伤，此时又恰逢月圆思乡之情渐浓，愁绪就更加浓郁了。

带着这份心情与同病相怜之人相聚，望着月宫之中孤寂的嫦娥，他们所能做的只能是"天东相见说天西"了，谈谈家乡的事物，回忆美好的往事，在回忆中聊以自慰。尾句的"衰翁"和"明月"像两个孤独的人在旷野中相互诉说，相互安慰，无奈中更添许多悲凉。

虞美人

这是一首含蓄的批判权贵、关心民生疾苦的作品。

玉箫惊报同云重，仍怪金瓶冻。清明将近雪花翻，不道海棠消瘦、柳丝寒。　　王孙沉醉狨毡幕，谁怕罗衣薄。烛灯香雾两厌厌，仿佛有人愁损、上眉尖。

玉箫惊报同云重，仍怪金瓶冻——侍女惊报天上层云堆积，就要下雪了。却依然怪罪花瓶寒凉，花枝无香。玉箫：泛指侍女。同云：指天降雪。《诗经·小雅·信

《南山》云："上天同云，雨雪雰雰。"朱熹集传："同云，云一色也。将雪之候如此。"
金瓶：花瓶的美称。

清明将近雪花翻，不道海棠消瘦、柳丝寒——都快到清明了，却雪花漫天飞舞。
完全不顾雪中日渐消瘦的海棠、受冻的柳芽。不道：不管，不顾。

王孙沉醉狨毡幕，谁怕罗衣薄——达官贵人们沉醉于暖和的毡幕，没有一个
担心自己的衣衫单薄。

烛灯香雾两厌厌，仿佛有人愁损、上眉尖——烛火和香片的香雾渐渐微弱，好
像是有人忧愁着什么。厌厌：精神不振、微弱。

作品上片词人怪罪大雪不解风情，不知道怜香惜玉，使得春色渐无、花冻绿消。
可以说上片还是在写一种闲愁，可是过渡到下片，境界就大不同了。在这里石湖
描写富家子弟、达官贵人在温暖的房舍内享受欢愉，生怕自己的衣衫太厚重。与
上片的"海棠消瘦、柳丝寒"形成鲜明的对比。"海棠"和"柳丝"在这里可以看作
是百姓的化身。显而易见，石湖是在批评那些只顾自己的安乐，而不去考虑、关心
百姓温饱的人。甚至我们可以想象到贫苦的百姓在瑟缩的寒风中辛苦地叫卖，维
持着自己困窘的生活。面对这种情况连香烛都会"烛灯香雾两厌厌，仿佛有人愁
损、上眉尖"。物尚如此，人何以堪。这样的描写更加深了对"王孙"的批判。以
闲情入笔，渐渐转入诉说民情，批判权贵，这种渐进式的方法婉转却不失力度，体
现了石湖雅致、温婉的一贯风格。

虞美人
红木樨

这是一首咏花词。词中描绘了红木樨的婀娜多姿，展现了月夜中花儿的灵动
迷人。红木樨：桂花的一种，开红花，又名丹桂。

　　谁将击碎珊瑚玉，装上交枝粟。恰如娇小万琼妃，涂罢
额黄，嫌怕污燕支。　　夜深未觉清香绝，风露溶溶月。满
身花影弄凄凉，无限月和风露、一齐香。

谁将击碎珊瑚玉，装上交枝粟——桂花的花瓣像细碎的珊瑚玉，又像田中丰

硕的稻谷一般。

恰如娇小万琼妃，涂罢额黄，嫌怕污燕支——如同娇媚爱美的少女，在额头上涂上额黄，又怕玷污了脸上的胭脂。琼妃：指美女。额黄：六朝时妇女额上的涂饰。燕支：即胭脂。

夜深未觉清香绝，风露溶溶月——花的清香到深夜还没散去，风露中明月皎洁。溶溶：形容月色明净、皎洁。

满身花影弄凄凉，无限月和风露、一齐香——凌乱的花影在晚风中摇荡，显得孤独冷落；在宁静的月夜里，花儿散发出淡淡的清香。

这是一幅月夜图景，碎玉一般的花朵成串地挂在枝头，淡淡的红色像少女初妆的脸庞。夜深了，在微风皓月中，桂花散发着久久不断的清香。读到这里，不由得让人想到李清照《鹧鸪天》中"暗淡轻黄体性柔，情疏迹远只香留"这样的句子。丹桂在秋季开放且以同类为邻，周遭没有别的花。在这样美好的夜里，除了自己就只有自己的花影做伴，这是何等的凄凉啊！因此只好在风月中散发幽香，把香气留在人间。

小词清丽雅致，回味悠长，既让人感受到桂花的柔和疏淡，又让人感受到香气的甘醇无限。

醉落魄

谢映先《中华词律》：《梅妃传》记载"明皇既宠太真，遂疏梅妃。会夷使至，献珍珠一斛，上梅妃，命密赐之。妃不受，以诗答明皇曰：'柳叶双眉久不描，残妆和泪湿红绡。长门自是无梳洗，何必珍珠慰寂寥。'上览诗怅然，令乐府以新声度之，号〔一斛珠〕"。《宋史·乐志》作〔一斛夜明珠〕，宋·张先词名〔怨春风〕，晏殊词名〔醉落魄〕，黄庭坚词名〔醉落拓〕，李弥逊词名〔醉落托〕，李彭老词名〔章台月〕，清·梁鼎芬词名〔梅梢雪〕。双调，五十七字，前后片各五句四仄韵，末三句句式相同。

这首词写于元宵佳节，感怀自身，抒发垂老的感慨。

春城胜绝，暮林风舞催花发。垂云卷尽添空阔，吹上新年，美满十分月。　　红蕖影下勾丝抹，老来牵强随时节。无人知道心情别，惟有蛾儿，惊见鬓边雪。

中国家庭基本藏书

春城胜绝，暮林风舞催花发——春城真是妙到极致了。傍晚树林里春风荡漾，催促着百花盛开。

垂云卷尽添空阔，吹上新年，美满十分月——春风吹来，低垂的彩云随风卷起，为天空增添了一份辽阔，元夕的满月也在这动人的夜晚沐浴着春风。美满十分月：指十五的月亮。苏轼《八月十五日看潮》："定知玉兔十分圆。"

红蕖影下勾丝抹，老来牵强随时节——晚上编织着丝织的红莲花灯，年纪大了不想过节，勉强跟着时节走。红蕖：红荷花。

无人知道心情别，惟有蛾儿，惊见鬓边雪——没有人知道我的心情和别人不同，只有那蛾儿看到我两鬓的银丝。蛾儿：元宵节前后戴在头上的应时饰物。

元宵佳节是词人经常吟咏的一个话题。在这首词中，首句"春城胜绝"就突出了城内的热闹与喜悦。接着又借流动醉人的春风，描绘了一个广阔、明亮又繁华的春城。词作的上片渲染出了一派动人喜悦的场景。

在这喜悦吉祥的日子里，石湖的心里却充满了感慨，感慨时光飞逝，转眼自己已近暮年，每度过一个节日得来的不是成长，而是进一步的衰老。如此的心境词人怎能再期盼佳节！可是看着周围欢天喜地的儿女，他所能做的也只有勉强相随了。想悄悄地隐藏起这份忧思，可两鬓的白发却泄露了天机。

节日里写下的这首词，不赞春意、生机，反叹年华似水，青春易逝，表现了词人强烈的生命意识。

醉落魄

这是一首描写夜晚清凉世界的小词，是石湖追求理想人格的体现。

栖乌飞绝，绛河绿雾星明灭。烧香曳簟眠清樾，花影吹笙，满地淡黄月。　　好风碎竹声如雪，昭华三弄临风咽。鬓丝撩乱纶巾折，凉满北窗，休共软红说。

栖乌飞绝，绛河绿雾星明灭——晚归的乌鸦都没了踪迹，银河里群星闪耀。

栖乌：夜晚回巢的归鸦。绛河：银河。绿雾：天河旁的云雾。

烧香曳簟眠清樾，花影吹笙，满地淡黄月——焚着香片，拖一床竹席睡在凉爽的树荫里。在花影中吹着笙，地上洒满淡黄的月光。簟(diàn)：指竹席。

好风碎竹声如雪，昭华三弄临风咽——晚风中笙竹的声音清凉、纯净如同冬日的白雪。几番之后笙竹临风停止。昭华：古代一种管弦乐器。这里指笙管。弄：吹奏。

鬓丝撩乱纶巾折，凉满北窗，休共软红说——晚风中，吹笙之人发丝缭乱，纶巾飘动。凉意满北窗，如此清凉的世界，不要告诉世俗的人们。纶巾：古代用青色丝带做的头巾。软红：即红尘、尘世。

这首词就像是在描绘一幅清幽的图画，乌雀归巢，银河里星光闪耀，晚风徐徐，多么宁静淡雅的景致。在这样的夜里，铺一床竹席在树荫下睡去，是多么的悠闲自在。这样想着忽然听到笙管的声音，在花影中，一位少年沐浴着迷人的月色，吹奏着纯净、清凉的乐曲。晚风徐徐，吹乱他的发丝，纶巾飘动，显得灵动、超然世外，像一位下凡的仙子一般，可谓风情绝妙。吹笙人与周围的景致融为一体，非清幽、雅致、俊逸、绝妙不能形容。

可以说这首词是石湖理想人格的写照。远离尘世和纷扰，内心洁净、安详，这是词人一生的追求，但却很难达到。描绘出这幅景象却不告诉世人，更说明了石湖对这种人格的珍惜。

朝中措

这首词约作于词人暮年时期，表达了惜春、恋春之意，更有青春易逝的感怀。

长年心事寄林扃，尘鬓已星星。芳意不如水远，归心欲与云平。　　留连一醉，花残日永，雨后山明。从此量船载酒，莫教闲却春情。

长年心事寄林扃，尘鬓已星星——把长期的心事都寄托在这园子里。老朽的两鬓已是花白如雪了。林扃：园林之门。

芳意不如水远，归心欲与云平——这浓浓的春意不如江水绵长，归隐的心思欲与浮云齐平。芳意：指春意。

留连一醉，花残日永，雨后山明——想到夏天花儿就要逐渐走向凋谢，于是留恋盛开的繁花、雨后的山湖，想在梦里把这一切留住。日永：指夏天白昼时间长。晋代郭璞《夏诗》："闲宇静无娱，端坐愁日永。"在这里代指夏天。

从此量船载酒，莫教闲却春情——从今后快意饮酒，享受生活，不辜负动人的春色。量船载酒：《晋书·毕卓传》记载，卓尝谓人曰："得酒满数百斛船，四时甘味置两头，右手持酒杯，左手持蟹螯，拍浮酒船中，便足了一生矣。"

这是一首诉心曲的作品。开篇"长年心事寄林扃"一句，就决定了这首词是围绕"心事"展开的。两鬓斑白，青春逝去，石湖此刻心里最希望的就是留住明山、繁花，最迫切的就是归去。可是春不如水远，转眼间娇花凋残，和暖的春天将被炎热的夏日取代。归家的心虽然几与云齐，可是回家的路似乎更为遥远。面对这些无奈，石湖也想如晋代的毕卓那样，从此"得酒满数百斛船，四时甘味置两头，右手持酒杯，左手持蟹螯，拍浮酒船中，便足了一生矣"，快意地过完今后的生活。摒弃追求功名利禄的世俗之心，在闲适生活中感悟生活的真谛。这是石湖暮年的人生哲学，也是词人排解"心事"的办法。

眼儿媚

眼儿媚，又名东风寒、小阑干。龙榆生《唐宋词格律》曰：又名〔秋波媚〕。四十八字，前片三平韵，后片两平韵。

此词作于乾道九年(1173)正月，石湖赴静江府、广西经略安抚使任途中。当时晴空万里，景色宜人，词人一时困倦，于是在柳塘小睡，因作此词。范成大《骖鸾录》曰："乾道癸巳闰正月二十六，宿萍乡县，泊萍实驿。人以此地为楚王得萍实之地，然距大江远，非是。"萍乡，今江西萍乡市。

萍乡道中乍晴，卧舆中，困甚，小憩柳塘。

酣酣日脚紫烟浮，妍暖试轻裘。困人天气，醉人花底，午梦扶头。　　春慵恰似春塘水，一片縠纹愁。溶溶泄泄，东风无力，欲皱还休。

醺醺日脚紫烟浮,妍暖试轻裘——雨后初晴,温暖的阳光透过云层照耀着大地,水气升腾起来。晴朗的天空、浓浓的暖意不由得使人脱去厚重的衣服。醺醺:炽热、旺盛。宋代杨万里《南溪早春》诗:"卷帘亭馆醺醺日,放杖溪山款款风。"日脚:太阳透过云隙照射下来的光线。妍暖:形容天气晴朗暖和。唐代韩愈《游青龙寺赠崔大补阙》诗:"须知节候即风寒,幸及亭午犹妍暖。"

困人天气,醉人花底,午梦扶头——温润舒适的天气、醉人的花香令人困倦,不禁扶头小憩。

春慵恰似春塘水,一片縠纹愁——春慵就像这池塘中那细小的波纹一样,叫人感到那么的微妙,难以言说。春慵:春天的懒散情绪。《蕙风词话》曰:"词亦文之一体,昔人名作,亦有理脉可寻,所谓蛇灰、蚓线之妙。如范石湖〔眼儿媚·萍乡道中〕云云,'春慵'紧接'困'字、'醉'字来,细极。"

溶溶泄泄,东风无力,欲皱还休——仿佛微风吹过,水波轻轻掠动,似乎被风给吹皱了,又似乎平静得没有一丝波纹。溶溶泄泄:形容池水的微弱波动。

这是一首描写春慵的作品。词人途经萍乡被那里柳条新抽、春塘水满的动人景色所吸引,温暖的环境令人沉醉,既引来困意又招来诗兴,于是有了这首春慵之词。

词的开头先用"醺醺"、"妍暖"营造出了一种温暖、醉人的氛围,引起了春慵,令人想在这种环境下"午梦扶头"。接着在下片词人通过春水、微波以及和煦的春风,来喻写这种不可捉摸又富有情感的春日情怀。词中石湖用春水描写它的洁净美好,用微波表现它的细腻、不可名状。"溶溶泄泄"、"欲皱还休"两句,不仅描写了春慵,也表现了词人此时的困乏和难以言说的闲愁。把人的感觉写得如此美妙、醉人,把慵懒之意表达得如此贴切,真可谓是笔力深透、入木三分。难怪魏庆之赞赏说:"〔眼儿媚〕词意清婉,咏味之,如在画图中。"沈际飞也曾评道:"字字软温,着其气息即醉。"

菩萨蛮
湘东驿

这首词写作时间不详,或作于到广西赴任的途中,即作于乾道九年(1173);或作于到成都赴任时,即淳熙二年(1175)。

　　　　客行忽到湘东驿,明朝真是潇湘客。晴碧万重云,几时
逢故人。　　　　江南如塞北,别后书难得。先自雁来稀,那堪
春半时。

客行忽到湘东驿,明朝真是潇湘客——行船到了湖南界,明天就真正成了湖南客了。湘东驿:湖南衡阳县东十二里。潇湘:湘江与潇水的并称。常以此代指今湖南地区。

晴碧万重云,几时逢故人——此地晴空万里,白云重重。什么时候我能再次见到老朋友呢?

江南如塞北,别后书难得——江南和塞北一样,别后书信难得,相互之间音讯渐无。

先自雁来稀,那堪春半时——本来鸿雁就很稀少,更何况已是暮春时节呢,大雁都已经飞往北方了。雁:雁为候鸟,每年春分后飞往北方,秋分后再飞回南方。

这首词描写词人行至他乡异地心中对故人的无限思念之情。作品使用层进式的描写,抒发了对朋友的思念,表达了内心的孤独。首先写初到湘东驿,望着四周晴空万里、白云朵朵,这样的好天气石湖却身在异地,身边没有一个朋友,心中倍感孤独;接着写无论身在何处,分别之后都罕有音讯,只能徒把思念寄予春景;末尾两句,词人幻想着与朋友鸿雁传书,可是已到暮春了,大雁都飞到北方去了,根本很少看到雁的踪影,至此词人的幻想破灭了,心中的忧愁、思念也达到了顶点,孤独、凄凉的情绪缓缓地涌出。

短小的篇幅,简练、易懂的话语,艺术的描写方式表现了词人真挚的情感、孤寂的心境。

◎文

馆娃宫赋并序

题解

《馆娃宫赋》是范石湖早年的作品，借吴王夫差听信奸佞、残害忠良、沉溺声色之事暗讽时事。此赋一出，传诵一时。灵岩山，在姑苏城外西南三十里，此山崛起平畴，苍翠幽渺，雄峻深秀，因山上旧有灵芝巨石而得名。馆娃宫即建于此山，是供西施游憩的一座华丽行宫，如今的灵严山寺即为馆娃宫的遗址。

　　灵严山寺，故吴馆娃宫也。山上下闲台别馆之迹，可考仿佛[1]。余少长游焉，感遗事而赋之。

　　汹西山之南奔[2]，势郁崒其巉空[3]。若大敌之在前，忽踞虎而跧龙。半紫崖而砥平[4]，访馆娃之故宫。是为逸王之旧游[5]，有墟国之遗恫焉[6]。嗟乎汰哉！憿贤胥之忠告[7]，巽阴豷之诐说[8]；暗养虎之后患，纵处女使免脱；迨尝胆之谋成[9]，骇疽囊之溃裂[10]。盖自有以贾祸，非天为之孽。方其衔哀茹痛[11]，抆泪饮血[12]；俾拂士于前庭[13]，克三年而报越；讫甘心而一快[14]，夫何初志之英发！及其见栖于姑苏，遽雌伏而大坏[15]！援宿恩而乞怜，或赦图于臣罪。当是之时，又何其惫也！

　　趯祸福之无门[16]，曷今愚而昨贤。后千载之嗤点，莫不钟咎于婵娟[17]；固尤物之移人，抑犹有可得而言。盖尝观于若人矣，好大而欲速，厌常而弃旧。狙会稽之得意[18]，谓周鼎其唾手；阚齐楚以朵颐[19]，睨陈蔡而骧首[20]。道甚远而疾驱，气已馁而犹斗。外未宁而内忧，东略之而西否；阻关河以顿兵，撤墙屋而致寇。亟归视其四封，蔑一夫之能守。是犹螳螂之慕蝉，不知黄雀之议其后也。然以蕞尔之旅[21]，衡行四方；攻靡坚郭[22]，战无距行；事便时利，如径乎无人之乡。惜也未闻大道，宜其逸乐而志荒。次有台池[23]，宿有嫔嫱[24]，左携修明[25]，右抚夷光[26]；粲二八以前列[27]，咸绝世而浩倡[28]。嗟浣纱之彼姝[29]，乃独系于兴亡。荡龙舟之水嬉，撷香径之春芳[30]；载夕阳以俱还，秉游烛于夜长，滟金钟之千石，仿

167

酒池于旧商;歌吴歈而楚舞[31],荐万寿于君王。怅星河之易翻[32],嘉来日之未央[33],铮铜壶之鸣悲[34],烂急烽之森芒[35];惨梧宫之生愁,践桐梦之不祥[36]。欻高陵与深谷[37],委盛丽于苍茫[38]。所谓玉槛铜沟[39],朱帘椒房[40];理镜之轩[41],响屧之廊[42]。

杏烟芜与露蔓,纷日暮之牛羊。况捧心之百媚,濯粉之馀妆者哉!今则云雨之巅,仙圣是宅;砚沼莼浮[43],琴台松嵲;封古藓于井甃[44],宿暗芳于洞穴;木鲸吼以清厉[45],金磬隐其萧瑟。彼方外之徒,龟藏而蠖屈者[46],又安知往古与来今,方枯禅而缚律;翩鸿影之拂坐,见前山之衔石。

〔1〕仿佛:依稀。

〔2〕汹:形容气势浩大。

〔3〕崺(lù):形容山峰的高耸之势。 空:耸立空中。

〔4〕砥(dǐ):形容地势平坦。

〔5〕逸王:贪图享乐的王公大臣。 旧游:昔日游览的地方。

〔6〕遗恫(tōng):遗留的伤痛。

〔7〕愎(bì):违背、不听从。

〔8〕巽(xùn):顺从。 噽(pǐ):大。 诐(bì)说:谗佞的说法。

〔9〕洎:等到。

〔10〕疽囊:指毒疮生长处。比喻群恶聚集之所。

〔11〕茹:吃,承受。

〔12〕抆(wěn)泪:擦眼泪。

〔13〕俨:尊、敬。 拂士:辅佐自己的贤良之士。

〔14〕讫:了结。

〔15〕慑:害怕、恐慌。

〔16〕韪:正确的言行。

〔17〕婵娟:这里指容貌美好的人。

〔18〕狃(niǔ):满足于。

〔19〕朵颐:指饮食之事。

〔20〕睨:视。 骧首:形容气宇轩昂。

〔21〕蕞尔:形容小。

〔22〕郛(fú):指外城。

〔23〕次:指休息、游玩的处所。

〔24〕嫔嫱:指天子的姬妾。

〔25〕修明:政治清明。

〔26〕夷光:指越国美女西施。

〔27〕粲:形容容貌美好。

〔28〕浩倡:放声高歌。

〔29〕姝:指美女。

〔30〕春芳:春天的花草。

〔31〕吴歈(yú):春秋吴国的歌。后泛指吴地的歌。

〔32〕怅:怅惘,失意。

〔33〕嘉:欢喜。 未央:未半。

〔34〕铮:象声词,铜铁之器撞击、摩擦的声音。

〔35〕森芒:本指树木枝叶繁茂,这里指烽火连绵不断。此句似引用周幽王烽火戏诸侯的典故。

〔36〕梧宫、桐梦:这里化用了唐玄宗和杨贵妃的典故。

〔37〕欻(xū):忽然。

〔38〕委:跟随、跟从。

〔39〕玉槛:指精致华美的栏杆。

〔40〕椒房:指富贵人家的闺房。

〔41〕轩:窗子。

〔42〕屟(xiè):木屐。

〔43〕砚沼:灵岩山又叫砚石山,砚沼即砚池。 莼(chún):即莼菜,多年生水生植物,可食用。

〔44〕井甃(zhòu):井壁。

〔45〕木鲸:木制的形如鲸鱼状的钟锤。这里借指钟。

〔46〕龟藏:谓龟遇危险便将头尾和四足缩入甲中以避害。后因以比喻人的才智不外露或深居简出,以免招嫉惹祸。蠖屈:也作"蠖曲",向蠖一样弯曲。比喻人生不逢时、屈居下位或无奈退隐。

　　这篇赋是石湖早年的作品。文章先描绘了灵岩山的苍翠欲滴、雄峻深秀,继而描写半山腰上的馆娃宫,并概括地说明了吴王的刚愎自用、不听劝谏造成了后来的灭国大祸。在这里作者并没有过多地责备西施,而是详细地分析了吴王失败的原因。首先,作者用"眈陈、蔡而骧首"、"狃会稽之得意,谓周鼎其唾手"等例子,详细地论述了吴王的"好大而欲速,厌常而弃旧",以及不懂得任贤用能。而后作者用将近一半的篇幅描述了昔日吴王在馆娃宫奢侈的享乐生活,形象地说明了"宜其逸乐而志荒"是吴王失败的又一重大原因。这篇赋借古讽今,使用大量的事例说明了刚愎自用、好大喜功、贪图享乐的危害,为当时的统治者敲响了警钟,在当时传诵一方,颇为著名。

问天医赋并序

　　《问天医赋》描写了作者早年的一个梦境。梦中石湖与仙人对话,探讨自己病情以及疾病的根源,其实也是在探讨一种人生观。文中既反映了作者享受当下的思想,又流露出了作者早年间的自命不凡。

余幼而气弱,常慕同队儿之强壮,生十四年,大病濒死[1]。至绍兴壬申,又十三年矣,疾痛疴痒[2],无时不有。夏至前一日,得寒疾,梦谒天医[3],省问答了然[4],独未知天医为何神?案《晋书》卷舌六星,其一曰天谗,主巫医;而孙氏《千金书》[5],以日辰推天医所在,其是欤[6]?皆未可必也。虽然,吾疾自是其有间哉!乃叙其梦为《问天医赋》。

吴山之朣[7],不达不闻;有门常关,日与病亲。岁直壬申,亢中于昏[8]。薄寒中之,不良睡眠。觉邪梦邪[9]?陆离纷纭[10]。神马具装[11],出于顶门[12]。驱风鞭霆[13],莫知所从。紫城翠楼,千窗万栊[14];玉书垂芒[15],天医之宫。中有一人,瑶冠紫衣;如帝如尊,众真绕围[16]。我瞻而思,是其天医者邪?窃乐其名,幸已我疾。次且而前,再拜以出。

仰而称曰:虮虱之臣[17],有郁弗宣;幸遭圣灵,利用乞怜。愿赐清闲,听臣苦言。

天生下人,如沙如尘;长养安乐,寿其天真。臣独多疾,支离轮囷[18]。炎黄之经,厥病四百;去半取半,臣悉经历。五日一曳杖[19],十日一卧箦[20]。苗为痤痈[21],溃为癰疽[22];游为痹顽[23],尼为否塞;疏为洞荡[24],节为关格[25];躁为嚣呼,静为爽惑[26]。荣卫挟寒而留行[27],溪谷流温而横溢。袭于皮毛,客于络脉;次于焦府[28],盎于形色。孛拳惰其四支,黟黯淫乎大宅。百骸九窍,无一得适。

十巫递进,三医更谒。探金匮之宝藏,细玉函之秘策。方书堆于几案,药物庤于墙壁[29];访和扁以制度[30],招桐雷使炮炙[31]。参以天泉左右之运,列以君臣佐使之职。配合者相须,畏恶者相敌。参术芝桂,铅汞乳砾;果菜之英[32],醪醴之液[33];万岁之蝠[34],千年之珀[35]。莫润于养血之茸,莫涩于委蜕之骼[36]。厌远效于中和,要近功于武力。三建若燎[37],五毒若螫[38];入口如荼,下咽如戟。燥刚以发舒,酸苦以涌泄;杵臼无停鸣,铛鼎不暇涤[39]。瞑眩酷烈,疾战纵击;外邪未溃,中气先踣[40]。久立则踌[41],久行则躄[42];语多则逆,卧多则惕;先寒而裘,未暑而绤[43]。席避风而五迁,衣恶湿而再襞[44];旦欲兴而三休,夜将诵而九息。听蚁为牛,视朱作碧。巾愦愦其结轄[45],头岑岑而戴石[46]。

人生世间，居处饮食；臣以病故，跬步榛棘[47]。春醅珠红，暑醴玉白；翠瓤之瓜，青房之莲[48]；泫梨液之流肤，瀄橘泉之破隙。臣欲过门而大嚼，黄媪推臣以避席[49]。清空沈寥[50]，雾旦霜夕；驾牛西上，骑鲸东极；纳寒月于半领，御罡风于两腋[51]。臣欲褰裳而往从[52]，皓华挟臣以辟易[53]。弱柳怪其早衰，瘿木嗤其多瘠[54]。怠侮出于家人，烦劳困于仆役。群居之中，轧轧厌厌；狎者臣嘲，疏者臣嫌。独疾臣身，不可任堪。

人之多疾，自取自探；不一其凡，大略有三：其一者心根泄机，命门衰阻；明消精散，形弊神苦。掷温玉以畀火[55]，奉甘餐而戏虎；阴惑阳而化螅，风落山而成蛊。若是者得于晦淫[56]，命曰伐性之斧[57]。其二者愁莫愁于生离，痛莫痛于死别。哭不泪而神伤，叹无声而怨结；魂欲升而中断，肠将思而已绝。孤愤为丹心之灰[58]，隐忧为青鬓之雪。若是者得于情钟，命曰蛊心之孽[59]。其三曰身居奥处[60]，温燠窈窕[61]；重帷复幄，风日不到。枵然如久系之匏[62]，蔫如处阴之草[63]；玉体软脆，动辄感冒。若是者得于贵游，命曰炀和之灶。凡此三者，臣非有之。呻号弊庑[64]，谁职为之？孰崇孰厉，孰攻孰袭？何方而来，何门而入？

抑尝闻之，造化为炉，人物为象；洪钧无心[65]，大放厥斾[66]。元阳之气，可斤可两；人受其中，有瘠有脓。故有禀生多艰，形枯德腴；委随惰孂[67]，命也何如。子房所以辟谷[68]，长卿所以闲居[69]。士安散发，黾勉扶舆；希逸惙惙[70]，疢与生俱[71]。天实为之，非人速辜。臣也不肖，殆类此乎？地产之药，方家之书；媲寒配温，僻违怪迂。欲持人以胜天，嗟虑密而功疏。

窃闻大神，天医之王。范围堪舆，运平阴阳；起死回骸，斡旋天藏；揉太和以为剂，酌沆瀣而为浆[72]；嘘碧落以发英[73]，糜朝霞而荐芳。神火气蒸[74]，日曤星芒[75]；度人千亿，奋飞仙乡。赐臣刀圭，刮摩膏肓[76]；濡枯充虚，丰赢植僵。解臣朽骨，濯臣腐肠；宅胎仙以葆真，凝虚白而发光。碎鼎槌垆[77]，破瓢褫囊[78]。脱兔彭殇之圈，蜕蝉人鬼之场；不老不衰，来归帝傍。臣之愿也，非所敢望。

语未竟，仰闻太息曰：有是哉，汝之忧也！凡汝所苦，可以理测；凡汝所求，吾不汝啬。病自汝得，造化吾知；汝穷汝原，何药之为？今即汝身，示汝三机；隐几遐思，载抚四维。汝身块然，汝方火驰；甘寐于床，委骸陈尸。梦游何方，悲啼笑嘻；溘焉以死，乌鸢狐狸[79]。生汝安住，死汝安归？

形与化迁，汝岂变移。虚空无傍，奚所据依？厥状维何，为青为黄；为一为多，为短为长。未病何形，已病何色？痒苛酸辛，谁觉谁识？吾将远游，汝速返去；试用我言，周遍求汝。脱焉得之，解痼释疴[80]；不然已矣，将奈汝何！

叩稽玉阶，退而下归；形开神澄，汗濡寝衣。呜呼异哉！为信为欺。是邪非邪？至今疑之。

〔1〕濒：临近、靠近。

〔2〕疴(kē)：疾病。

〔3〕谒：拜见。

〔4〕了然：明白、清楚。

〔5〕孙氏：指唐代医药学家孙思邈，京兆华原(今陕西省铜川市耀州区)人，著有《千金方》。

〔6〕欤(yú)：语气词。表示疑问。

〔7〕臞(qú)：臞儒的简称。臞，同"癯"，消瘦。这里指清瘦的儒者。含有隐逸不仕之意。

〔8〕亢：星座名。二十八宿之一，东方苍龙七宿的第二宿。有星四颗，在室女星座中。《宋史·天文志》："亢宿四星，为天子内朝，总摄天下奏事。"

〔9〕觉：清醒。

〔10〕陆离：形容奇异错综的梦境。

〔11〕具：完备，齐全。

〔12〕顶门：指头顶的前部。因中央有囟门，所以称顶门。

〔13〕霆：暴雨，霹雳。

〔14〕牖：窗户。

〔15〕玉书：指表示祥瑞的书简。

〔16〕真：指仙人。

〔17〕虮(jǐ)虱之臣：意思是微贱之臣。

〔18〕轮囷(qūn)：因体弱多病而身体弯曲。

〔19〕曳(yè)：拖着，拄着。

〔20〕簀(zé)：指床席。

〔21〕痤痱：指痱子和疮疖。

〔22〕瘇疬(zhǒnglì)：指身上浮肿，起黄癣。

〔23〕痹顽：身体部分的麻痹。

〔24〕洞荡：指腹泻。

〔25〕关格：指大小便不通。

〔26〕爽惑：指精神乱离失常。

〔27〕荣卫：中医指气血流通不畅。

〔28〕焦府：中医中上焦、中焦、下焦的简称。

〔29〕庤(zhì)：储藏。

〔30〕和扁：古代名医和与扁鹊的简称。《汉书·艺文志》："太古有岐伯、俞拊，中世有扁鹊、秦和。"唐代颜师古注曰："和，秦医名也。"

〔31〕桐雷：桐君、雷公的合称，相传为黄帝时的掌药之臣。

〔32〕英：花。

〔33〕醪醴(láolǐ)：一种甜酒。

〔34〕蕌(lěi)：花蕾，这里指精华。

〔35〕珀：琥珀粉，可入药。

〔36〕涩(sè)：不畅通。　委蜕：死亡的委婉说法。宋代王安石《游土山示蔡天启秘校》："委蜕亦何恨，吾儿已长鬣。"

〔37〕三建：中药附子、天雄、乌头的合称。　燎：指用火烧。

〔38〕五毒：指中医中五种有毒的药。　螫(shì)：被毒蛇或有毒的昆虫咬伤或蜇伤。

〔39〕铛鼎：古代的一种大锅。此处应指药锅。

〔40〕蹐(bó)：消散。

〔41〕踖(jí)：站立不稳。

〔42〕躄(bì)：足不能行。

〔43〕绤(xì)：粗葛布。

〔44〕襞(bì)：指叠好衣物收拾起来。

〔45〕愦愦：纷乱、烦乱。　结轖(sè)：交错不畅。

〔46〕岑岑：指头脑胀痛、眩晕。

〔47〕榛棘：荆棘。

〔48〕菂(dì)：莲子。

〔49〕黄媪：指脾。

〔50〕沈(xuè)廖：清朗、空旷的样子。

〔51〕罡(gāng)风：指劲风。

〔52〕褰裳：撩起衣裳。

〔53〕皓华：牙神名。一说肺神名。

〔54〕瘿(yǐng)木：泛指所有长有瘿结的树木。

〔55〕畀(bì)火：火把。

〔56〕晦淫：指晏寝过度。

〔57〕伐性之斧：危害身心健康的事物。

〔58〕丹心：指赤诚的心。

〔59〕蠹(dù)：腐蚀、损害。

〔60〕奥：深处。

〔61〕温燠(yù)：形容天气温暖。

〔62〕枵(xiāo)然：虚大、轻空。　匏(páo)：即瓠，葫芦的一种。

〔63〕蔺然：虚弱、萎靡不振。

〔64〕弊尪(wāng)：指身体衰弱。

〔65〕洪钧：指天。

〔66〕帑(tāng)：指钱财。

〔67〕惰窳(yǔ)：懒惰。

173

中国家庭基本藏书

〔68〕子房:汉代大臣张良的字。　辟谷:不食五谷。这里指汉代张良辞官隐居以避害远灾。

〔69〕长卿:指汉代的辞赋家司马相如。司马相如字长卿。

〔70〕惙惙(chuò):忧郁貌、忧伤貌。

〔71〕疢(chèn):忧愁痛苦。

〔72〕沆瀣:指露水。

〔73〕碧落:天空。

〔74〕筛(shāi):筛子。

〔75〕日暾(tūn):指太阳刚刚升起的时候。

〔76〕膏肓(huāng):古代医学以心尖脂肪为膏,心脏与膈膜之间为肓。

〔77〕垆(lú):香炉。

〔78〕褫(chǐ):解除。

〔79〕鸢(yuān):鸟名。鸷鸟。属猛禽类。俗称鹞鹰、老鹰。

〔80〕痼(gù):积久难治的病。　疴(kē):疾病。

　　这是作者早年的一篇赋,整篇几乎都在叙述作者早年间的一个梦。写睡梦中的石湖来到了"紫城翠楼,千窗万棂,玉书垂芒"的天医神宫。文章详细描述了作者与紫衣仙人的对话。石湖以求医为始,叙述自己的病症,诉说承受病痛的艰难,论说常人生病的三重缘由,更重要的是提出"故有禀生多艰,形枯德腴,委随惰窳,命也何如"的观点,并以大量的事例论证自己的这一观点。同时可以看出早年的作者年轻气盛、自命不凡,认为自己之所以多病,是因为自己太卓越、太优秀了。而紫衣仙人的回答则是在劝世人,做真正的自己,享受人生,不要自寻烦恼,希冀完美。可以说紫衣仙人的这些话才是石湖真正想带给我们的启示,才是作者作此赋的真正目的。

望海亭赋并序

　　此赋大约作于绍兴二十六年(1156),时范石湖任徽州司户参军。会稽,即今浙江绍兴,相传禹曾大会诸侯于此计功,故名会稽,春秋时为越国都城。城南的会稽山久负盛名,在五镇名山中被称为南镇。而山上的望海亭传说是当时越国大夫范蠡所建的欹望塔。此赋盖为文人游览抒怀之作。

　　会稽太守参政魏公[1],作望海亭于卧龙之巅,率其属为歌诗以落成,录与书来,且使赋之。余谨掇其膏馥之馀[2],拟赋一首以寄,后日获从杖屦[3],其上于山川之神,尚有旧焉。其辞曰:

诸侯之客，有来自东，而姹会稽之游者[4]，曰：佳乎丽哉！越之为邦也。萦山带湖[5]，楼观相望；背卧龙而崛起，焕丹碧之翚翔[6]。跻攀下临[7]，顾瞻无旁；平畴蔚以稚绿[8]，乔木森其老苍；淙万壑之春声，写千岩之秋光；朝霞暝霏[9]，扶疏微茫。望山河之故墟，吊草木之馀社[10]。夏后万国之朝，勾践百战之野；兴亡梗概，犹有存者。至于流觞泛雪[11]，高人之旧事，浣纱采莲，游女之遗迹。郁溪山之如画[12]，尚仿佛其可识；访故老以问讯，兴慨叹于畴昔。是为游览之大略，而蓬莱观风之所得。

虽然，士固多感，而况于对景以怀古，抚事而凝情？往往使人魂断意折，酒澹而歌不平。故丽则丽矣，而未擅乎登临之胜也。若夫浩荡轩豁[13]，孤高伶俜[14]。腾驾碧寥[15]，指麾沧溟[16]；堕忧端于眇莽[17]，挹颢气于空明[18]；飘飘焉有连鳌跨鲸之意，举莫如望海之新亭。

尝试登兹而望焉：沃野既尽，遥见东极；送万折之倾注，艳寒光之迸射；浸地轴以上浮，荡天容而一色。珠辉具芒，蠡蛛横霓[19]。快宇宙之清宽，怅百年之逼仄[20]。当其三星晓横，万境俱寂；浴日未动，晨光先激；波鳞鳞而跃金，天晃晃而半赤。赪轮腾上[21]，东方皆白；烟消尘作，栖鸟振翼。俯群动而纷起，寄一笑于遐觌[22]。永我暇日，苒其将夕；饯斜晖于孤嶂[23]，候佳月于沧浦。沉沉上下，杳无处所；惊玉地之破碎，漾银盘而吞吐；忽褰云而涌雾[24]，献霜影于庭宇。夜色既合，初闻钟鼓。觞屡至而不辞，诗欲成而起舞。又若潮生海门，万里一息；浮光如线，涛头千尺。方铁马之横溃，候银山之崩坼。气平怒霁，水面如席；吴帆越樯，飞上空碧。此亦天下之伟观，然犹未及乎目力。燕香春容，俗客莫陪；神清意消，徙倚徘徊。天风激吹，波涛阖开[25]；五云明灭[26]，丹宫绛台[27]。睇三山之不远[28]，其为公而飞来。遂招汗漫之胜游[29]，下飙车之逸轨。属紫霄之妙质[30]，侑玉罂之清醴[31]；勤歌鸾与舞凤，寿仙伯以多祉[32]；恍风雨之皆散，但惊尘之四起。悟真灵之不隔，而何有乎弱水之三万里也[33]。噫！昔之居此者多矣，曾靡暇于经营[34]；逮山灵之效奇，发遗址于岩扃[35]。殚妙巧于天藏，超埃壒而上征。极观听之所接，遂杳渺而难名[36]。嗟此乐之无央，与来者而同登。决眦荡胸，雪其尘缨；且安知前日之苍烟白露，断蔓而荒荆者哉！顾客子之所能道者，才管中之一斑。惟览者之自得，会绝景于凭阑。心凝神释，浩如飞翰；而后知兹亭之仙意，而凌虚御风之无难[37]。

175

主人瞿然而起曰：有是哉！吾将观焉。

注释

〔1〕魏公：指南宋孝宗时参知政事、会稽郡守魏良臣。

〔2〕膏馥：脂膏的香味。比喻对诗文的美好的回味。

〔3〕杖屦：对长者、尊者的敬称。杜甫《咏怀》："南为祝融客，勉强亲杖屦。"仇兆鳌注："卢注：衡山有祝融峰，董炼师在焉，故思一亲其杖屦。"

〔4〕姹：称赞、夸奖。

〔5〕萦：环绕、围绕。

〔6〕焕：形容色彩鲜明、光芒四射。 丹碧：这里指望海亭上涂抹的色彩。 翚(huī)翔：形容建筑物的高大、壮美。

〔7〕跻攀：攀登。

〔8〕平畴：指一望无际的田野。 稚绿：浅绿；嫩绿。稚，新出的嫩芽。

〔9〕暝霏：指晚霞。

〔10〕馀社：馀下的土地。社，土地神。

〔11〕流觞：古代的一种习俗，每年的阴历三月初三，人们聚集在水边宴饮，以解除一年的不祥。后人效仿此行为，在环曲的水流旁宴饮，让酒杯随水流前行，酒杯停在谁的面前，谁就一饮而尽，称为"流觞曲水"，简称为流觞。

〔12〕郁：形容山林繁茂。

〔13〕轩豁：指建筑物高大、雄壮。

〔14〕伶俜(pīng)：孤独。

〔15〕碧寥：指青天。

〔16〕指麾：指点、指挥。 沧溟：指苍天、青天。

〔17〕堕：放下、抛下。 眇莽：辽阔的天空。

〔18〕挹：引来。 颢气：指清明、爽利、盛大之气。

〔19〕蝀、霓：皆指彩虹。

〔20〕逼仄：匆忙、短暂。

〔21〕赪(chēng)轮：指红日。赪，红色。

〔22〕遻觏(dì)：久别重逢。

〔23〕饯：送。

〔24〕褰云：指云开。褰，开。

〔25〕阖：闭合、关闭。

〔26〕五云：指五彩的祥云。

〔27〕丹宫：这里指古代帝王的宫殿。

〔28〕睇(dì)：看、望。

〔29〕汗漫：形容遥远的旅行。

〔30〕紫霄：指高远的天空。

〔31〕侑(yòu)：劝。 玉斝(jiǎ)：一种玉制的酒杯。

〔32〕祉：指福气。

〔33〕弱水：古代神话传说中险恶的河流、大海。

〔34〕靡暇：无暇，没有心思去想。

〔35〕岩肩(jiōng)：岩洞。

〔36〕杳渺：深邃、幽远。

〔37〕凌虚：凌空。

这篇文章是石湖和绍兴知府魏良臣的赋作。文章开始先用"诸侯之客"语，描绘了会稽山的"萦山带湖""平畴蔚以稚绿，乔木森其老苍"。正当读者赞叹于会稽山的壮美时，作者用"飘飘焉有连鳌跨鲸之意，举莫如望海之新亭"一句让读者明白登临望海亭方能看到会稽之大观。以下通过对会稽山一天当中日出、傍晚、夜晚的精彩描写，再现了在望海亭上眺望会稽山景致的空前盛况。正当众人回味之时，"顾客子之所能道者，才管中之一斑"一句，让魏公瞿然而起，亲往试之。文章到此打住，留给读者无限的遐想。

文章层层深入，步步递进，令人目不暇接，遐思无限。此赋文辞壮美，景象开阔，一气呵成，堪称一篇写景的佳作。

惜交赋

石湖由屈原被奸佞小人中伤、迫害，最终抱石而亡这件事，感慨知音难遇，朋友道薄。文中以芳草、美人喻指自己的美好品质，以男女之情喻指友情的珍贵、难求。

屈原既遭子兰、子椒之谮[1]，伤楚国之俗，朋友道薄，始合之难，而终以轻背，故著惜交之词，道知心之难遇，故旧之不再得，动心忍性，徘徊不能去。君子览之，有以增义合之重焉。

余既有此淑质兮[2]，昔幽处而无仇；怅佳人之眇觌兮[3]，走六漠而周求[4]。岁甲子之初春兮，维元日吾始游[5]；纫木兰以为盖兮[6]，抗杜蘅以为游[7]。诏冻雨俾清道兮[8]，戒日星使烛幽；恐驷骊之选软兮[9]，又命飞廉而挟輈囷[10]。轧天纮而鹜列缺兮[11]，頫幽都与玄丘[12]。天地四方多贼奸兮，忽吾班乎齐州[13]。恍神释而目粲兮[14]，悦夫人之好修[15]。佩镠镏之连璐兮[16]，戴陆离之高冠[17]；纷鸡鹜之朋飞兮[18]，伲黄鹄之蹁跹[19]。葆众美以自异兮[20]，夫何独处之婵娟。吾恐始合之易兮，终离之者不难；

号百灵而讯之兮，筮告余曰吉哉[21]！予令巫咸往招兮[22]，介寒修而为媒[23]。柱若人之嘉惠兮[24]，命保介而载予[25]；掺修袂而约言兮[26]，曰岁晚其与俱。入既与之同袍兮，出又与之同车。投我以苍玉之连环兮，予报以独茧曳绪[27]；玉宛转而不断兮，茧萦纡而连缕[28]。谷风习其自东兮，固维风而及雨。汝行前而予殿兮，予安歌而汝舞。至于今其十年兮，固知美恶周必复。敏予德而日新兮，羌未变乎初也；修予容其滋媚兮，嗟采色其犹未暮也。妒被离而害交兮[29]，谗翕协而败度[30]；虽君子之石肠兮，固将徇乎市虎[31]。两造膝而笑言兮[32]，惨其间之容斧；予冶容虞予善泆兮[33]，颓颜谓予汝怒[34]。发甚短而怨长兮，舆则固而路艰；寒中道而如遗兮，予既寡而汝鳏。夫岂无他人兮，焉有夫君之好贤；虽得汝于万一兮，终不及当时之缠绵。彼日而食兮，此月而亏；物不终尽剥兮，信复盈之有时。涕承睫而交下兮，若孟津之流渐[35]；敢诵言而怨慕兮[36]，恐众人之汝窥。曼予声以悲吟兮，托长风而要之[37]：政木石必回眺兮，将白首而为期；倘会飞而不顾兮，嗟此怨之谁归？

〔1〕子兰、子椒：子兰，楚怀王少弟司马。子椒，楚国大夫。二人皆为谗佞之臣。 谮：诋毁、诬陷。

〔2〕淑质：美好、高洁的品质。

〔3〕眇觌：少见。眇，指稀少。觌，相见。

〔4〕六漠：即六幕，指四面八方。

〔5〕维：助词，用于句首或句中。 元日：农历正月初一。

〔6〕纫：缝缀、编织。 木兰：一种香木的名称。又叫杜兰、林兰。

〔7〕抗：举着。 杜蘅：即杜若，一种香草名。常常用来喻指贤良之人。

〔8〕冻雨：指暴雨。 俾：使。

〔9〕骊骊(lí)：深黑色的马。 选软：马儿因害怕停滞不前。选，通"巽"。

〔10〕飞廉：古代传说中的一种动物，长毛有翼。 辀(zhōu)：指车辕。

〔11〕矼(gòng)：腾起，跃起。 天纮(hóng)：指网。 鹜：指野鸭。

〔12〕頫(fǔ)："俯"的古字。 幽都：指阴间、地府。 玄丘：神仙的居所。

〔13〕班：迁职到。 齐州：即中州，指中原地区。

〔14〕神释：泛指神灵。

〔15〕修：形容美好的品格。

〔16〕翏轕(jiāogé)：杂乱的。 连璐：串联在一起的美玉。

〔17〕陆离：形容物品的光彩绚丽。

〔18〕鸡鹜：指鸡和鸭。常常用来比喻小人或庸人。

〔19〕黄鹄：指黄鹤。 蹁跹(piánxiān)：飞旋。

〔20〕畁(bì)：举。

〔21〕筮(shì):占卜。

〔22〕巫咸:古代的人名,占卜的创始人。

〔23〕蹇修:指媒人。

〔24〕枉:谦辞。意为使对方受屈。 嘉惠:他人的恩惠。

〔25〕保介:古代站在车右、担任侍卫的人。

〔26〕摻:执、握着。 修袂:指衣袖。

〔27〕独茧:即独茧丝,指一茧之丝,极言其细。 曳绪:形容接连不断。

〔28〕萦纡(yū):形容茧丝盘旋缠绕。

〔29〕妒:忌妒。

〔30〕翕(xī)协:和睦、和谐。

〔31〕徇:意思是不自觉地顺从、听从。 市虎:喻指流言蜚语。

〔32〕造膝:促膝而坐。

〔33〕冶容:形容女子装饰得太过分。 虞:担忧。 洗:过分。

〔34〕頩(pǐng)颜:严肃的面色。

〔35〕孟津:古黄河津渡名。

〔36〕怨慕:因不得相见而思慕。

〔37〕托(tuō):寄托、托付。

这篇赋与前代人借屈原感慨自己生不逢时、忠而被谤不同,作者借屈原被奸佞小人中伤、迫害这件事,感慨知音难遇、朋友道薄。

文章开始用"佳人"难求喻指朋友难得、知音难觅。然后用一连串洒扫、修饰的行为,借用美丽的仙草表现了自己美好的品质、高尚的情操。虽然自身完美无缺,但是"我"依然担心——"吾恐始合之易兮,终离之者不难"。接着作者用男女之情作喻,叙述了由开始的情投意合到中途因他人挑拨而"予冶容虞予善洗兮,頩颜谓予汝怒",最终"我"伤心悲吟却依然满怀希望的过程。

整篇文章感情充沛,真切地让读者感受到作者对知音的渴望,对奸佞小人的痛恨与厌恶。且全篇弥漫着一股忧伤的情绪,更能让读者体会到知音难寻、朋友难长的伤感。

荔枝赋

《荔枝赋》作于绍兴二十六年(1156),作者任徽州司户参军之时。文中使用浓墨重彩对荔枝的色彩、味道、食后的感受进行了细致的描摹,读来使人满口馀香,回味无穷。

绍兴丙子夏，有自行都饷贡馀新荔子者，坐客称叹，穷山所未尝有。呼酒更酌，鼓琴以侑之[1]，且为之赋。时为新安掾。

吾闻南国之南，水激而山蟠[2]；钟其美于一物，繄化工之所难[3]。捼绛绡以袪服[4]，袭旧桃而中单；湛冰明之濯濯[5]，粲玉粒之团团[6]；蓊生香之令芳[7]，泫仙液于微澜[8]。走候置其万里，上玉宸与金銮[9]。顾人间之流落，缣千仓之一箪[10]。饷江南之病客[11]，索孤笑于颦端。斥蜂蜜之黄腻[12]，谢佛桑之红干[13]；觉龙目之么么[14]，哈蒲萄之甘酸[15]。藉以秋云之巾[16]，荐以水晶之盘；羞以烧春之浮醅[17]，相以流水之清弹。迨风月之温丽[18]，耿星河其未翻[19]。予一嚼而三咽，潋玉池之清寒[20]；恍醉梦之翻飞[21]，披九天之风翰[22]。望涪江与闽岭[23]，麾八极于雷鼾[24]；方溟濛其路暗[25]，倏浩荡其天宽[26]。炎芳宫与绣户[27]，窃玉声之阑珊[28]；款荔枝之仙人，若平生之所欢。谓客子其少留，纷擘绿而破丹[29]。招玉环于东虚[30]，御清空之双鸾[31]；访长生之旧曲，有千载之遗叹。怅三山之回风[32]，惊南斗之阑干[33]；乱梧竹之满庭，渺云海之漫漫[34]。

[1] 侑(yòu)：劝。

[2] 山蟠：山势蜿蜒曲折。

[3] 繄(yì)：是。　化工：大自然的创造者。

[4] 捼(ruó)：搭配。　绛绡：红色的绢绡。　袪服：黑色衣服。

[5] 濯：鲜明貌。

[6] 团(pǔ)：田圃。

[7] 蓊(wěng)：这里指荔枝的枝叶。

[8] 泫：流动。　微澜：细小的波纹。

[9] 玉宸、金銮：皆指皇宫。此处用杨贵妃食荔枝之典故。

[10] 缣(shān)：如同。　箪(dān)：竹条编织的小箱。

[11] 饷：使享受。　病客：此为作者自指。

[12] 斥：远离、疏远。

[13] 谢：拒绝。　佛桑：一种植物的名称，即扶桑。指佛桑树或其花。　红干：空乏的红色。

[14] 龙目：龙眼，即桂圆。　么么：微不足道。

[15] 哈(hāi)：嘲笑。

[16] 藉：借。

[17] 烧春：一种酒的名称。　浮醅(pēi)：形容不够甘醇的酒。

[18] 迨(dài)：等到。

[19] 耿：悲伤。

〔20〕潋：形容波光的闪耀。

〔21〕翾(xuān)飞：即飞翔。

〔22〕掀：乘、驾驭。　九天：天空的至高点。

〔23〕涪江：水名，在四川中部。　闽岭：福建北部的山岭。

〔24〕八极：八方之极。

〔25〕溟：忧虑、担忧。

〔26〕倏(shū)：迅速的。

〔27〕岌(jí)：高耸的。

〔28〕阑珊：零落。

〔29〕擘(bāi)：同"掰"，剥开。　破丹：指荔枝的果肉。

〔30〕东虚：指仙境。

〔31〕双鸾：指鸾车。

〔32〕三山：指三座神山。即方壶、蓬莱、瀛洲三山。

〔33〕南斗：星宿名。即斗宿，有星六颗。

〔34〕漫漫：形容云海的广阔、一望无际。

　　这是一篇描写荔枝的赋作。读来馀香满口，顿感垂涎欲滴，留给人久久不断的回忆。

　　开篇先赞美荔枝乃是"钟具美于一物，綮化工之所难"，然后以浓墨重彩描绘了荔枝的色彩、形状，借用杨玉环"走候置其万里，上玉宸与金銮"的典故，再一次强化了荔枝的诱人。接下来石湖极尽溢美之词赞美荔枝的绝胜滋味。食完荔枝顿觉"斥蜂蜜之黄腻，谢佛桑之红干；觉龙目之么么，哂蒲萄之甘酸"，如"恍醉梦之翾飞，掀九天之风翰"。感觉天宽地阔，豁然开朗，如在仙家一般。难怪苏轼感叹"日啖荔枝三百颗，不辞长作岭南人"。

　　文章辞藻华美，极富想象力，气势宏大，读来令人心潮澎湃，欲罢不能。

桂林中秋赋并序

　　此文作于乾道九年(1173)中秋，此时范石湖为广西经略安抚使，时年四十八岁。文章历数了九年来作者生活过的九个地方，回忆了九处过中秋的情景，不经意间流露出了浓浓的漂泊之感和思乡之情。

　　　　乾道癸巳中秋，湘南楼月色甚佳，病起不觞客[1]，又祈雨，蔬食清坐。默数年来，九遇此夕，皆不常其处。乙酉值三馆[2]；丙戌与严子文游松江[3]，有来岁复会之约；丁亥又以薄遽走阳羡[4]，与周子充遇于罨画溪上；戊子守括苍[5]；己丑以经筵内宿[6]；庚寅使虏[7]，次于睢阳[8]；辛卯出西掖[9]，泊舟吴兴门外[10]；壬辰始归石湖[11]，而今复逾岭[12]。叹此生之役役[13]，次其事而赋之。

登湘南以独夜兮，挹訾洲之横烟[14]；绛霄艳其光景兮[15]，涌冰镜于苍巅[16]。怅旻宇之佳节兮[17]，并四者其良难[18]；矧吾生之漂泊兮[19]，寄蘧庐于八埏[20]。九得秋而九徙兮，靡一枝之能安。上瀛洲而瀑饮兮[21]，当作噩之初元[22]；旋水宿于垂虹兮[23]，混金碧之浮天[24]；克后期而竟爽兮[25]，忽罨画之沧湾[26]；既戊子而守括兮，摘少微于楼栏[27]；丑寓直于玉堂兮，听宫漏之清圆[28]；再西风而北征兮，胡笳咽于夜阑[29]；迨返旆之期月兮[30]，放苕霅之归船[31]。幸故岁之还吴兮[32]，带夕晖而灌园[33]；甘土偶之遇雨兮，就一丘而考槃[34]。今又飘飘而桂海兮，宾望舒于南躔[35]；访农圃之昨梦兮，杳征路之三千。月亦随予而四方兮，不择地而婵娟；谅素娥之我哈兮[36]，老色涴于朱颜[37]。□观月之曩见兮[38]，炯不动而超然。适病馀而闭阁兮，屏危柱与哀弦；复讼风而闵雨兮[39]，谢鼎食之芳鲜。阒清斋而晤叹兮[40]，惊足迹之间关；谁职为此驱逐兮，岂不坐夫微官！知明年之何处兮？莞一笑而无眠。

〔1〕觞：酒杯，这里指饮酒。

〔2〕乙酉：乾道元年，公元1165年。

〔3〕丙戌：乾道二年，公元1166年。

〔4〕丁亥：乾道三年(1167)。是年中秋，石湖与周必大会于罨画溪上。

〔5〕戊子：乾道四年(1168)。是年石湖在处州任。处州治所在括苍。　括苍：地名，今浙江临海市括苍镇。

〔6〕己丑：乾道五年(1169)。是年中秋，石湖在建康任所值班，有诗《己丑中秋寓宿玉堂，闻沈公雅大卿、刘正夫户部集张园赏月，走笔寄之》。　经筵：汉唐以来帝王为讲经论史设立了御前讲席。宋代每年二月至端午节、八月至冬至节为讲期，逢单日入侍，轮流讲读，称为经筵，讲官以翰林学士或其他官员充任或兼任。当时石湖被举荐为礼部员外郎兼崇政殿说书，大概就是石湖文中所说的"经筵"。

〔7〕庚寅：乾道六年(1170)。这一年范成大以起居郎、假资政殿大学士，为祈请国信使出使金国。

〔8〕睢阳：在今河南商丘睢阳区。

〔9〕西掖：指皇宫。

〔10〕吴兴：指今浙江湖州市。

〔11〕壬辰：乾道八年(1172)。

〔12〕逾岭：翻越的意思。这里形容石湖翻山越岭来到桂林。

〔13〕役役：劳顿不堪。

〔14〕挹：感受。　訾洲：在桂林漓江畔。因曾经有訾姓人在这里居住，所以叫訾洲。

〔15〕绛霄：指高空，天的顶点。　光景：指天空的景象。

〔16〕冰镜：指月亮。

〔17〕旻（mín）宇：秋天的天地四野。

〔18〕并：兼，兼有。

〔19〕矧（shěn）：况且。

〔20〕蘧（qú）庐：古代驿站中供人休息的场所。　八埏（yán）：大地的边际。

〔21〕瀛洲：传说中的仙山、神仙居住地。

〔22〕作噩：十二地支中"酉"的别称，用来纪年。　初元：皇帝登基或改年号，元年称"初元"。这里约指乾道元年。

〔23〕旋：随意的。　垂虹：指垂虹桥，在浙江湖州市吴兴区。

〔24〕溰：波动，荡漾。

〔25〕克：约定。　竟爽：形容尽兴地游乐。

〔26〕鼍画：指石湖与周必大中秋泛舟鼍画溪。

〔27〕少微：星座的名称。

〔28〕宫漏：皇宫中用的计时器，用铜壶滴漏，所以称宫漏。　清圆：形容声音纯澈、圆润。

〔29〕胡笳：北方少数民族的管乐。

〔30〕迨：等到。　旆（pèi）：指车驾，这里指出使金国的队伍。

〔31〕苕霅（zhà）：本指苕溪、霅溪二水的合称，在今浙江省湖州市。这里用来代指家乡。

〔32〕故岁：指去年。具体指乾道七年。

〔33〕夕晖：夕阳。

〔34〕考槃：指归隐。

〔35〕宾：迎接。　望舒：指月亮。　躔（chán）：指居所。

〔36〕素娥：指嫦娥，也指月亮。　咍（hāi）：嘲笑。

〔37〕靬：浸染。

〔38〕曩（nǎng）：以前、从前。

〔39〕讼风闵雨：歌颂风雨，期盼风调雨顺。

〔40〕阒（qù）：形容宁静、寂静。

　　四十八岁的石湖此时已经在外漂泊多年了，又值中秋佳节，心中自然无限感慨。感慨"矧吾生之漂泊兮，寄蘧庐于八埏"，哀伤"怅旻宇之佳节兮，并四者其良难"。

　　作者细细地叙述了九年来九处过中秋的感觉。与朋友同游，虽远乡，但情意绵绵；寓直于玉堂，孤独寂寞，彻夜难眠；北使金国，感怀故国，一片凄凉；而如今漂泊至桂林，梦游故国，不胜感怀。虽然伤心但并不悲哀，"月亦随予而四方兮，不择地而婵娟"，让我们体会到作者开阔的胸襟、旷达的心怀，虽然带有些许的无奈，但同样值得赞叹。

"知明年之何处兮？莞一笑而无眠。"在淡淡的无奈中，文章戛然而止，令人遐思，引人回味。

中秋泛石湖记

淳熙五年六月，官拜参知政事刚两个月的石湖被前御史弹劾，于是石湖引咎归吴，直到淳熙七年春一直赋闲在家。这篇游记作于淳熙六年(1179)中秋，正是石湖赋闲之时。

淳熙己亥中秋，至先、至能自越来溪下石湖[1]，纵舟所如，忘路远近，约略在洞庭、垂虹之间[2]。天容水镜[3]，光烂一色，四维上下，与月无际。风露温美，如春始和，醉梦飘然，不知夜如何其。惟有东方大星[4]，欲度蓬背，自后不复记忆。坐客或有能赋之者。张子震、马伊、郑公玉、章舜元，客也[5]。

〔1〕至先：石湖从兄范成象字至先。　越来溪：据明莫旦《吴江县志》记载，越来溪在县治西北二十里，由太湖经吴江下北流出石湖。

〔2〕垂虹：指垂虹桥。

〔3〕天容：天空的景象。　水镜：形容石湖犹如一面大水镜。

〔4〕大星：指启明星。

〔5〕马伊：即马先觉，在昆山曾与石湖共组诗社。

中秋之夜，赋闲在家的石湖与兄长成象及昆山诗友共游石湖。其间效仿苏轼在黄州游赤壁之所为"纵船所如"，体味"浩浩乎如冯虚御风"的畅快淋漓、旷达豪迈。行至洞庭、垂虹之间，眼前忽然一亮，只见银色的月光笼罩着如镜的湖面，上下交汇，"光烂一色"，宛如进入仙境一般。这时晚风徐徐吹来，更令人未饮先醉，飘然入梦。

这篇游记与其说是效仿东坡《前赤壁赋》，不如说是仿其潇洒、旷达之意。只是这份旷达似乎要比苏东坡的轻松许多。苏轼是在静谧、广阔的天地间感慨往昔，哀叹生命之后，最终获得平静与旷达，而石湖却是全身心地投入到自然当中，真切地感受自然的美丽与动人，想要与自然融为一体。所以与《前赤壁赋》比起来，它多了一份自在，少了一些哀愁。

文章短小精悍,虽词藻不华丽却意境深邃、幽远,感情真挚,是游记中的佳作。

重九泛石湖记

这篇文章作于淳熙六年(1179)重阳,范成大再次与宾客泛舟石湖,不同的是,这次是在白天,在观赏完沿途景象后登姑苏台,抒发心中倦游之意。

淳熙己亥重九,与客自间门泛舟[1],径横塘。宿雾一白[2],垂欲雨。至彩云桥,氛翳豁然[3]。晴日满空,风景闲美,无不与人意。会四郊刈熟[4],露积如缭垣[5]。田家妇子著新衣,略有节物。挂帆溯越来溪[6],源收渊澄[7],如行波潋地上。菱华虽瘦[8],尚可采。舣棹石湖[9],扣紫荆,坐千岩观下。菊之丛中,大金钱一种,已烂熳浓香。正午,薰入酒杯,不待轰饮[10],已有醉意。其傍丹桂二亩[11],皆盛开,多栾枝,芳气尤不可耐。携壶度石梁,登姑苏后台,跻攀勇往[12],谢去巾舆筇杖[13]。石棱草滑[14],皆若飞步。山顶正平,有拗堂薛石可列坐,相传为吴故宫闲台别馆所在。其前湖光接松陵,独见孤塔之尖,尖少北,点墨一螺为昆山[15]。其后,西山竞秀,萦青丛碧,与洞庭林屋相宾[16]。大约目力逾百里,具登高临远之胜。始,余使虏[17],是日过燕山馆,尝赋《水调》云:万里汉家使。后每自和。桂林云:万里汉都护。成都云:万里桥边客。明年徘徊药市,颇叹倦游,不复再赋,但有诗云:年来厌把三边酒[18],此去休哦万里词。今年幸甚,获归故国,偕邻曲二三子酬酢佳节于乡山之上[19],乃用旧韵,句云:万里吴船泊,归访菊篱秋。

〔1〕间门:又作"阊門",城门名。在江苏苏州市城西。

〔2〕宿雾:夜雾。

〔3〕氛翳:阴霾之气。

〔4〕刈熟:指收割庄稼。

〔5〕缭垣:围墙。

〔6〕溯:指小船逆流而上。

〔7〕渊澄:清澈、澄净。

〔8〕菱华:菱的花。

〔9〕舣棹:停下行船。

〔10〕轰饮:狂饮,开怀畅饮。

〔11〕丹桂：桂树的一种，开红花。

〔12〕跻攀：攀登。

〔13〕巾舆：有帷幕的车辆。　筇(qióng)杖：筇竹制成的手杖。

〔14〕石棱：有棱角的山石。

〔15〕螺：古代墨的量词。

〔16〕林屋：山名。在江苏省苏州市吴中区。

〔17〕使虏：指石湖乾道六年(1170)出使金国之事。

〔18〕三边：泛指边境、边界。

〔19〕邻曲：邻居。　酬酢(zuò)：指宴席上主客相互敬酒。

　　这是一篇重九泛舟石湖的游记。全篇以行程为线索，叙述了沿途的景象，描绘了千严观周围的绚烂，渲染了姑苏台前后的壮美景象，抒发了内心的喜悦之情。由雾转晴的好天气，农田里热闹的丰收景象，喜庆的节日气氛，都让石湖感到愉悦、畅快。带着这份好心情，石湖逆流而上，来到石湖边的千严观下。这里菊花"烂熳浓香"，丹桂栾枝怒放，"不待轰饮，已有醉意"。这时作者感到的已不单单是愉快而是沉醉，沉醉在山花烂漫中，沉醉在大自然的鬼斧神工里。带着些许醉意，石湖"携壶度石梁，登姑苏后台"，在山顶望孤塔，觅昆山，叹"西山竞秀，萦青丛碧"，其中的兴奋与快意已经不能够用言语来表达了。

　　如此美妙的景象，令石湖心生感慨。从前自豪"万里汉家使"，觉得这是难得的荣耀，每每想起还自豪一番。但如今，看到家乡的美景、乡村的祥和，才明白这些才是自己应该珍惜的，家乡才是最终的归宿。"今年幸甚，获归故园"两句，既包含了石湖对家乡的眷恋，对自然的热爱，又包含了他对官场、尘世的厌倦。

　　石湖此文深受柳宗元笔法的影响，文章用词简洁，惜墨如金，把内心丰富的情感用凝练的词汇表达出来。感情如同溪水，虽细小却悠远绵长，读此文需要细细品味方能得其真意。

◎ 附　录

范成大年谱简编

宋钦宗靖康元年(1126),一岁

　　闰十一月初,金军攻城,东京城破。

　　范成大生。范成大,字致能,一字幼元,早岁自号此山居士,后自号石湖居士,吴郡人,人称范石湖。与杨万里、尤袤、陆游被称为南宋"中兴四大诗人"。

　　周必大生。

靖康二年／宋高宗建炎元年(1127),二岁

　　五月初一赵构在南京(今河南商丘)即位,改元建炎,史称宋高宗,从此开始了南宋小朝廷的局面。

　　尤袤出生。尤袤字延之,号遂初居士,常州无锡(今属江苏)人。"中兴四大诗人"之一。杨万里生。

建炎二年(1128),三岁

　　五月,南宋确立经义、诗赋分试法,用以开科取士。

建炎三年(1129),四岁

　　宋高宗将杭州升为临安府。十二月金兵攻陷临安。

建炎四年(1130),五岁

　　二月,金兵袭掠平江、明州、杭州。五月,岳飞收复建康。

　　始读书。

绍兴元年(1131),六岁

　　正月,高宗在越州改元绍兴。

绍兴三年(1133),八岁

　　十一月,南宋恢复元祐十科举士之制。

绍兴四年(1134),九岁

　　岳飞收复襄阳六郡,南宋统治有所稳定。

绍兴五年(1135),十岁

　　四月,宋徽宗卒于金国。

　　从兄范成象考中进士,石湖视从兄成象为老师。

绍兴七年(1137),十二岁

　　遍读经史。(周必大《资政殿大学士赠银青光禄大夫范成大神道碑》)

187

绍兴八年(1138),十三岁

二月,高宗定都临安。三月,任用秦桧为右相。

绍兴九年(1139),十四岁

丧母。范成大染疾,一度病危。

绍兴十年(1140),十五岁

时常往来于临安桐扣山,开始与佛僧交往,并且终生没有断绝与佛家的往来。

绍兴十一年(1141),十六岁

朝廷解除岳飞、韩世忠等大将的兵权,并且在当年的十二月以"莫须有"的罪名,杀害岳飞和战将张宪、岳云,迫令抗战派韩世忠等人退闲。与金签订"绍兴和议"。

八月,范成大父亲范雯除秘书正字,石湖随家居住杭州。

绍兴十二年(1142),十七岁

八月,高宗生母韦后归宋。

韦后在靖康之乱中被金兵俘去,绍兴和议之后,从金国回到南宋。为了庆贺韦后南归,士人们纷纷献赋,范石湖之作被列入颇具辞采的四百篇中,呈韦后详览。

十一月,范父除校书郎兼玉牒所检讨官。

根据诗人自注,这一年所作诗有:《偶书》、《双燕》、《戏题牡丹》、《春日三首》、《高楼曲》、《湘江怨》、《采莲三首》、《吊陈叔宝词》。

绍兴十三年(1143),十八岁

二月,范父为秘书郎。

六月,范父亡于任上,石湖担起全家的重任。

绍兴十四年(1144),十九岁

诗人移居到昆山荐严资福寺,开始十年的读书岁月,无意科举。此时自号"此山居士"。

绍兴十五年(1145),二十岁

在昆山读书。

绍兴十六年(1146),二十一岁

在昆山,开始与马先觉唱和。

绍兴十七年(1147),二十二岁

在昆山。石湖参加乡举。

作诗:《过松江》、《过平望》、《长安闸》。

绍兴二十年(1150),二十五岁

再次应乡举。

暮春,诗人游杭州,作诗《暮春上塘道中》、《馀杭道中》。

王陵卒。诗人写有《王希武通判挽词二首》。

是年作诗:《乐神曲》《缫丝行》《田家留客行》《催租行》《题记事册》《次韵汉卿舅即事二绝》《次韵汉卿舅腊梅二首》。

绍兴二十一年(1151),二十六岁

与方外人士交往较多。且多和朋友相互唱和赋诗。

春季,有离杭返吴之作《癸亥日泊船吴会亭》。

秋天,诗人卧病在床,作诗《戏题药裹》。

作诗《半塘》。诗人自注:"半塘以下二十首,城西道中。"这二十首诗都作于诗人的家乡。包括:《枫桥》《横塘》《胥口》《香山》《上沙》《天平寺》(自注"以下天平山")、《白云泉》《山顶》《山径》(自注"以下高景山")、《泉亭》《金氏庵》、《平云阁》(自注"以下南峰")、《铁锡》《放鹤亭》《马迹石》《金沙》《龙母庙》(自注"以下澄照寺")、《白莲堂》《白善坑》。此外还有恭贺诗社友人乔迁之喜的作品《贺乐丈先生南郭新居》,后有《岁旱,邑人祷第五罗汉得雨,乐先生有诗,次韵》、《次韵时叙赋乐先生新居》。

冬天,范石湖离开昆山作《夜发昆山》。

除夕赋五言排律《除夜书怀》,抒发了诗人的身世飘零之感。

绍兴二十二年(1152),二十七岁

五月,范石湖卧病在床。

长辈王葆劝勉诗人用心科举,光耀门楣。

是年作诗:《九月三十日夜出关候志远不至》、《次韵致远自毗陵见寄二首》。

绍兴二十三年(1153),二十八岁

秋季,到建康府漕试。

在建康,诗人作了不少有关途中景物的诗歌,如《南徐道中》《望金陵行阙》、《金陵道中》《晓行》《秦淮》《重九独登赏心亭》《赏心亭再题》《宿义林院》《荆公墓二首》《十月朔客建业,不得与兄弟上家之列,悲感成诗》《白鹭亭》《胭脂井三首》《秦淮》。

与周必大相识。

绍兴二十四年(1154),二十九岁

擢进士第。

范成大与杨万里为同一年的进士,淳熙五年(1178)四月,二人有文字上的往来。

绍兴二十五年(1155),三十岁

六月,汤思退签书枢密院事兼权参知政事。

十一月,魏良臣为参知政事。

石湖的岳父家在溧水、宣城之间，石湖曾去探望，并有诗作：《衮山道中》《花山村舍》《清明日狸渡道中》《寒食客中有怀》《南塘寒食书事》《高淳道中》《行塘村平野晴色妍甚》。

石湖岳父魏信臣约卒于这一年。

游宣城金牛洞，有诗作《题金牛洞》。

在宣城水阳镇遇到了自己的妹夫周杰携家眷到龙舒法曹任。赋诗《周德万携孥赴龙舒法曹，道过水阳相见，留别女弟》。

姜夔生。

绍兴二十六年(1156)，三十一岁

十一月九日李植知徽州。

绍兴二十六年春至三十一年冬(1156—1161)，范成大初宦徽州司户参军，在任共六年，历届州守都对石湖称赞有加，尤其是最后一任洪适。但是总的说来这一时期是范成大政治上的沉滞时期。

任司户参军期间有《上李徽州书》。李徽州，即李植。

石湖任司户参军期间与徽州教官严焕唱和最多。有诗《次韵子文探梅水西，春已深，尤未开。水西，谓歙溪，而黄君谟州学记云频江地卑。盖此水为浙之源，正可谓之江也》《晓出古严呈宗伟、子文》《签厅夜归用前韵呈子文》《再韵答子文》《次韵子文》。

初为州吏有感，赋诗《后催租行》。

作赋《荔枝赋》。

绍兴二十七年(1157)，三十二岁

十一月，枢密院检详潘莘赴徽州任。

十二月，从兄成象自称为汤鹏举一党，被罢职。

绍兴二十八年(1158)，三十三岁

正月初一，赋诗《次韵知郡安抚元夕赏倅厅红梅三首》。

六月八日，新守潘莘到徽州任。

赋诗《送子文杂言》送严焕。

因公务出差，写下以下八首诗：《新馆》《临溪水》《蟠龙驿》《竹下》《寒亭》《清逸江》《隐静山》《新岭》。

是年还有一些送别之作：《送通守林彦强寺丞还朝》《题漫斋壁》《次韵朱严州从李徽州乞牡丹》《送李徽州赴湖北漕》《送通守赵积中朝议请祠归天台》《送詹道子教授奉祠养亲》。

绍兴二十九年(1159)，三十四岁

闰六月，潘莘罢，新州守洪适九月十六日到任。

石湖因公务外出,途经严州、杭州,作诗十五首:《淳安》、《严州》、《钓台》、《桐庐》、《富阳》、《馀杭》、《于潜》、《昌化》、《百丈山》、《昱岭》、《王千岭》、《刘麦》、《插秧》、《晒茧》、《科桑》。

新州守洪适对石湖颇为器重,并且与石湖交往很密切,有诗《古风上知府秘书二首》。

州守洪适建浮丘亭,石湖作诗《浮丘亭》。

绍兴三十年(1160),三十五岁

秋季,石湖因公到休宁、祁门、浮梁,后又过鄱阳,游黄山。作诗七首:《休宁》、《祁门》、《灵山口》、《浮梁》、《番阳湖》、《回黄坦》、《桑岭》。

冬季,石湖司户参军任期已满,将归吴。洪适作诗送之,石湖有和韵《知府秘书遣帐下持新诗追路赠行辄次韵寄上》。

岁末,汤思退罢相。

周必大除秘书正字。

绍兴三十一年(1161),三十六岁

金兵南下,虞允文凭借南方的水军优势,迎击于采石(今安徽马鞍山市)江中,金军北撤。

八月为吴郡州守洪遵作《思贤堂记》。

十月作《瞻仪堂记》。

绍兴三十二年(1162),三十七岁

春,洪适举荐石湖入监太平惠民和剂局。

闰二月,汤思退出知绍兴,范石湖赋诗《镇东行送汤丞相帅绍兴》。

六月,高宗禅位于孝宗(赵眘)。孝宗锐意抗金,他刚即位,便宣布给岳飞父子昭雪,召回抗战派张浚、胡铨等人,同时驱逐朝中的秦桧党人。

与陆游结识。

与朋友唱和的诗作:《次韵周子充正字馆中绯碧两桃花》、《明日子充折赠次韵谢之》、《明日大雨复折赠再谢之》、《送洪景卢内翰使虏二首》、《送景卢内翰使还入境以诗迓之》、《次韵唐幼度客中。幼度相别数年,复会于钱塘湖上》、《客中呈幼度》、《奠唐少梁晋仲兄弟墓下》。

秋季,与林子章、马先觉等昆山诗友相酬唱的诗作:《次韵边公辩》、《中秋无月复次韵》、《公辩用前韵见赠复次韵》、《公辩再赠复次韵》、《次韵林子章阻浅留滞》、《次韵马少伊木犀》。

与同僚唱和的诗作:《雨中报谒呈刘韶美侍郎》、《古风二首上汤丞相》、《次韵严子文旅中见赠》、《送汪圣锡侍郎帅福唐》、《次韵尹少稷察院九宫坛斋宿》。

宋孝宗隆兴元年(1163),三十八岁

正月，礼部贡试，翰林学士承旨洪遵知贡举，范石湖为点检试卷。

三月二十八日，周必大因反对龙大渊、曾觌，请祠归乡，范成大、陆游等人赋诗相送，范诗为《送周子充左史奉祠归庐陵》。

四月，陆游与范成大同官编类圣政所，范成大兼敕令所检讨官。

同年六月，陆游也因反对龙大渊、曾觌二人而请辞归会稽。石湖赋诗《送陆务观编修监镇江郡归会稽待阙》，感慨陆游的不得志。

陈康伯罢相，石湖为赋《书锦行送陈福公判信州》。

隆兴二年(1164)，三十九岁

宋孝宗被迫与金签订"隆兴和议"。

二月，石湖除枢密院编修官。

十二月除秘书省正字，为试馆职策。

是年石湖的诗作多是表现与李泳、陈苍舒、李远、韩元吉等友人的宴游唱和，包括：《雪晴呈子永》、《次韵子永夜雨》、《次韵朋元游王氏园》、《与正夫、朋元游陈侍御园》、《正月十四日雨中与正夫、朋元小集夜归》、《游灵石山寺》、《次韵正夫游王园会者六人》、《四月五日集陈园照山堂》、《题宝林寺可赋轩》、《次韵朋元久雨》、《次韵李器之编修灵石山万岁藤歌》、《次韵乐先生吴中见寄八首》、《胡长民监元挽词》、《朋元不赴湖上观雪之集；明日余召试玉堂，见寄二绝，次其韵》、《从巨济乞腊梅》、《次韵朋元正夫夜饮》、《次韵李子永雪中长句》、《次韵赵正之同年客中》、《次韵陈季邻户部旦过庵》。

乾道元年(1165)，四十岁

朝廷起用虞允文，为北上抗金做军事准备。

二月，左相陈康伯卒，石湖有《太师陈文恭公挽诗》。

三月，石湖迁校书郎。六月，兼国史院编修官。十一月，迁著作佐郎。

从兄成象本年为左朝奉郎，提举荆湖南路常平茶盐公事。

是年诗作：《次韵赵德庄吏部休沐》、《次韵王夷仲正字同游成氏园》、《王季海秘监再赋成氏园复次韵》、《倪文举奉常将归东林出示〈绮川〉、〈西溪〉二赋，辄赋长句为谢，且以赠行》、《送吴智叔检详直中秘使闽》、《送周畏知司直归上饶待次》、《送陈朋元赴溧阳》、《次韵韩无咎右司上巳泛湖》。

游径山，作诗三首：《题径山凌霄庵》、《径山倾盖亭》、《题径山寺楼》。

十二月作《新开塘浦记》。

乾道二年(1166)，四十一岁

二月，升吏部员外郎。这时范成大才从史馆、图书职务转入政事部门。但因有人说他越级提升，三月被免职还乡。

三月，右相洪适罢。

闰七月，与王必大等人同登姑苏台，赋诗《丙戌闰七月九日，与王必大登姑苏台，招王浚明、陈渊叔、耿时举避暑，次时举韵》。

从兄成象为衡州守。

赋诗《寄溧阳陈朋元明府约秋末过之》邀陈苍舒。

题李结画，诗题为《李次山自画两图，其一泛舟湖山之下，小女奴坐船头吹笛》。

乾道三年(1167)，四十二岁

二月，石湖作《新修主簿庭记》。

赋诗《送严子文通判建康》。

五月，周必大至宜兴，二人相见。中秋又会于画溪上。

六月作《三高祠记》。八月，作《吴令续壁记》、《慧感夫人记》。

十二月，石湖起知处州。

乾道四年(1168)，四十三岁

正月，虞允文为右相，陈俊卿为左相。

正月，兴修通济堰，四月完成。石湖自撰《通济堰记》记其事；并且制订堰规二十条。

五月，范成大上三疏：《论日力国力人力疏》、《论慎刑疏》、《论兵制疏》，这些既是范成大切中时弊之论，又是日后为官的主要施政纲领。

七月，赴处州(今浙江丽水)任，这是石湖首任亲民官。途中与韩元吉会饮于垂虹亭。

乾道五年(1169)，四十四岁

修平政桥，并自撰《平政桥记》。

听从徐子礼的建议建莺花亭以怀秦观，有诗《次韵徐子礼提举莺花亭》。

建烟雨楼。石湖作词《虞美人》，原词已亡佚。

建莲城堂。

五月，宰相陈俊卿赞赏范成大的才干，荐除礼部员外郎兼崇政殿说书，并兼国史院编修官、实录院检讨官，但这些仍是一些清职。

从兄成象为工部郎官，石湖乞班其下，以表示对兄长的尊敬。

十二月，升起居舍人，仍旧兼实录院检讨官。

张孝祥卒。

乾道六年(1170)，四十五岁

辛弃疾向孝宗皇帝陈述南北形势，并作《美芹十论》、《九议》、《应问》献于朝廷。二月，楼钥使金归来，谒见范石湖。

闰五月，任命范成大为起居郎，假资政殿大学士，为祈请国信使出使金国。目的是想收复河南陵寝之地，并更改人人以为耻的跪拜受书礼。

六月，行至姑苏与周必大相遇，晚上在姑苏馆叙旧。

九月自金回朝。虽然陵寝问题和改变接受国书礼仪这两项使命都没有完成，但范成大的气节和爱国的精神却感染和影响了许多人，值得赞叹。

十月还朝后，被任命为中书舍人、同修国史及实录院同修撰。十一月，兼侍讲。出使金国期间，范成大作使金诗七十二绝句，亦称《北征小集》，这是范成大爱国诗篇的代表作。诗见《范石湖集》卷十二，以下录其中代表之作：《渡淮》、《虞姬墓》、《雷万春墓》、《双庙》、《伊尹墓》、《留侯庙》、《宜春苑》、《相国寺》、《州桥》、《宣德楼》、《市街》、《金水河》、《喜春堂》、《扁鹊墓》、《羑里城》、《文王庙》、《相州》、《秦楼》、《翠楼》、《讲武庙》、《七十二家》、《赵故城》、《邯郸道》、《蔺相如墓》、《邯郸驿》、《邢台驿》、《柳公亭》、《内丘梨园》、《大宁河》、《柏乡》、《唐山》、《良乡》、《燕宾馆》、《橙网》、《耶律侍郎》、《龙津桥》、《燕宫》、《会同馆》。

此外石湖还写了《揽辔录》。

杨万里除国子博士，范成大作告词。

乾道七年(1171)，四十六岁

正月，汪大猷奉祠返乡，石湖赋《送汪仲嘉待制奉祠归四明分韵得论字》。

三月，孝宗欲用倖臣张说，范成大拒不草制，孝宗闻之变色。八月，范石湖因张说和宋贶两件事，在朝廷难以立足，向孝宗请求离去，以集英殿修撰知静江府兼广西经略安抚使。赴任之前，范成大返回苏州筑别墅石湖。

八月，从兄成象到浙东提刑任。

周必大除礼部侍郎兼权直学士院、升同修国史、实录院同修撰。

杨万里除太常博士。

乾道八年(1172)，四十七岁

张说签书枢密院事。

春季在家乡，作词《念奴娇》(自注：和徐尉游石湖)。

周必大返乡，三月相晤，作《与周子充侍郎同宿石湖》。

春季作《初约邻人至石湖》、《社日独坐》、《壬辰三月十八日石湖花下作》、《刘麦行》。

十二月七日，自家乡苏州出发，赴桂林，就任静江府。赴任途中作日记体散文《骖鸾录》及诗：《与吴兴薛士隆使君游弁山石林先生故居》、《自石林回过小玲珑，岩窦益奇，昔为富人吴氏所有，今一子尚幼，山检校于官》、《濯缨亭在吴兴南门外》。

除夕，宿严州桐庐县。

乾道九年(1173)，四十八岁

正月二十五日，入江西境，到弋阳，与赵恂道通判叙旧；经南昌，登滕王阁；三月十日到达桂林。一路上登钓台,游佛寺,访故友,上滕王阁,谒南岳,游仰山与方外人士交友,留下众多诗篇。作品有:《乾道己丑守括,被召再过钓台,自和十年前小诗,刻之柱间。后五年自西掖帅桂林,癸巳元日,雪晴复过之,再用旧韵三绝》《玉山道中》《过鄱阳湖次游子韵》《豫章南浦亭泊舟二首》《清江台在临江郡圃西冈上张安国题榜》《入分宜》《游仰山谒小释迦塔访孚惠二王遗迹赠长老混融》《初入湖南醴陵界》《醴陵驿》《湘潭道中咏芳草》《谒南岳》《黄黑岭》《愚溪在零陵城对岸,渡江即至,溪甚狭,一石涧耳,盖众山之水,流出湘中》《清音堂与赵德庄太常小饮,在馀干琵琶洲傍,洲以形似得名》《合江亭》《衡阳道中二绝》《衡州石鼓书院》。

多次上书朝廷并提出了解决广西盐政问题的方法。

到任后与诗友唱和的作品:《次韵郭季勇机宜雪观席上留别》《次韵许季韶通判雪观席上》《送周直夫教授归永嘉》《送唐彦博宰安丰,兼寄呈淮西帅赵渭师郎中》《乾道癸巳腊后二日,桂林大雪尺馀,郡人云前此未省见也,郭季勇机宜赋古风为贺,次其韵》《次韵陈仲思径属西峰观雪》《喜雪示桂人》《送郭季勇同年归衡山》。

中秋时节作《桂林中秋赋》。腊月作《重貂馆铭》。

淳熙元年(1174),四十九岁

二月,四川宣抚使虞允文卒。

范成大改革马政,两年内使得广西买马额百倍增长。

在广西赈灾。赋诗:《晓出北郊》《甘雨应祈三绝》。

癸水亭落成。赋诗《癸水亭落成,示坐客长老之记曰:癸水绕东城,永不见刀兵。余作亭于水上,其详具记中》。

六月十五日夜晚泛舟桂林西湖并赋诗。

十月,石湖除知成都,任四川制置使。不久,"新四川制置使范成大改管内制置使"。除夕赋诗感怀亲人:《甲午除夜,犹在桂林,念致一弟使虏,今夕当宿燕山会同馆,兄弟南北万里,感怅成诗》。

淳熙二年(1175),五十岁

正月二十八日从桂林动身,六月七日到成都任。

在广西任上的作品有:《乙未元日用前韵书怀,今年五十矣》《再用前韵》《与同僚游栖霞,洞极深远,中有数路,相传有通九疑者,烛将尽乃还饮碧虚上,陈仲思用二华君韵赋诗,即席和之》《次韵赵养民碧虚坐上》。

从正月二十八日动身,诗人出岩关,抵全州,重游衡州南岳,泊湖南华容湖、到安乡县;进湖北经公安、荆州,到秭归、至香溪;入今天的重庆过巫山、垫江;进四川,至临水、广安,最后到达成都。这几个月的时间里石湖作了大量有关途中景

195

物的诗歌。其间所成《桂海虞衡志》一书,是广右地区的博物志。

赴任成都途中的代表作有:《初发桂林,有出岭之喜,但病馀便觉登顿,至灵川疲甚,自叹羸躯乃无一可,偶陆融州有使来,书此寄之》、《严关》、《题湘山大施堂》、《深溪铺中二绝,追路寄呈元将、仲显二使君》、《浯溪道中》、《戏题愚溪》、《初泛潇湘》、《泊衡州》、《步入衡山》、《重游南岳》、《三月十五日华容湖尾看月出》、《沣浦》、《将至公安》、《荆渚堤上》、《渚宫野步题芳草》、《发荆州》、《虎牙滩》、《峡州至喜亭》、《初入峡山效孟东野》、《土门》、《桃花铺》、《覆盆》、《小望州》、《大望州》、《火墨坡下岭》、《蛇倒退》、《麻线堆》、《胡孙愁》、《判命坡》、《千石岭》、《荒口》、《四十八盘》、《入秭归界》、《秭归县》、《归州竹枝歌二首》、《昭君台》、《巫山县》、《燕子坡》、《滟滪堆》、《夔州竹枝歌九首》、《万州》、《横溪驿感怀》、《峡石铺》、《蟠龙岭》、《望乡台》、《劳畬耕》。

腊月,范石湖有宴游唱和之作:《冬至日铜壶阁落成》、《十二月十八日海云赏山茶》、《十二月二十四日到西楼观雪》。

淳熙三年(1176),五十一岁

正月初七,赋《水调歌头》。

青羌奴儿结集两千兵马来攻安静寨,范石湖率兵抵御。

范石湖斩杀白水寨叛将王文才,因其私娶蛮女并引导、帮助蛮夷寇边攻寨。

五月,分弓亭筑成。

六月,石湖在縻堰下筑亭。

石湖修葺成都学宫。

秋季赋诗,并有感怀农事的诗作:《纳凉》、《新凉夜坐》、《秋老,四境雨已沛然,晚坐筹边楼,方议祈晴,楼下忽有东界农民数十人,诉山田却要雨,须长吏致祷,感之作诗》、《西楼夜坐》、《立秋月夜前堂观月》、《早衰不寐》、《晚步宣华旧苑》、《西楼秋晚》、《明日分弓亭按阅,再用西楼韵》、《丁酉重九药市呈坐客》。冬至赋诗《冬至日天庆观朝拜,云日晴丽,遥想郊禋庆成,作欢喜口号》。

淳熙四年(1177),五十二岁

上书朝廷,向皇帝请求奉祠,皇帝不允,令其先进敷文阁直学士,又令石湖列上兵民十五事。春间卧病,作诗:《二月二十七日病后始能扶头》、《病中闻西园新花已茂,及竹迳皆成,而海棠亦未过》、《枕上》、《春晚卧病,故事都废,闻西门种柳已成,而燕宫海棠亦烂漫矣》。

四月,朝廷诏书至,将离任。

五月二十九日离成都,朋友、同僚出送百馀里,六月十四日与陆游等人同游眉州中岩,六月十五日在慈姥岩前与陆游分别,期间赋诗数首:《次韵陆务观编修新津遇雨,不得登修觉山,径过眉州三绝》、《中岩》、《次韵陆务观慈姥岩酌别二绝》、

《余与陆务观自圣政所分袂,每别辄五年,离合又常以六月,似有数者,中岩送别,至挥泪失声,留此为赠》。

此后独游峨嵋山,并以诗歌记录了登山的全过程:《淳熙四年六月二十七日,登大峨之巅,一名胜峰山,佛书以为普贤大士所居。连日光相大现,赋诗纪实,属印老刻之,以为山中一重公案》《宝现溪》《点心山》《胡孙梯》《雷洞坪》《八十四盘》《婆罗坪》《思佛亭晓望》《光相寺》《七宝岩》《净光轩》《虎溪》《白云峡》。

七月初,在嘉州看陆游所造月榭,有怀念陆游的诗篇《别后寄题汉嘉月榭》。

七月二十二日,泊归州,在此地会晤继任的蜀帅胡元质。有诗《夜泊归州》《秭归郡圃绝句二首》《宋玉宅》。

八月初,江陵帅辛弃疾请石湖游渚宫。

中秋与监司帅首刘邦翰在南楼相聚,并赋诗《鄂州南楼》,作词《水调歌头》。八月二十二日,过黄州赤壁,停泊在黄州临皋亭下,有《题黄州临皋亭》。二十七日,泊江州,登庐山,游东林寺、西林寺,游白乐天草堂。诗作有:《东林寺》《过虎溪,对东林,苍岩翠樾,下浸大涧,宛似灵隐冷泉,嘱长老法才作亭,名曰过溪,且为率山丁薙草定基,一朝而毕》。

重阳节,泊池口,登九华楼,以杜牧齐山之韵作《池州九日,用杜牧之齐山韵》。九月十六,到建康府。三十日,将入吴中,平江亲友纷纷来迎。赋诗《将至吴中,亲旧多来相迓,感怀有作》。

返乡途中石湖写成《吴船录》。

十一月二日,权礼部尚书,请辞,上不允。

淳熙五年(1178),五十三岁

正月,以礼部尚书知贡举。三月兼直学士院。四月,拜为参知政事,兼权修《国史》《日历》。

四月,杨万里在毗陵任内,有《贺范致能参政启》。

六月初四,范石湖生辰,孝宗赐酒贺之。

六月,被谏官以私憾弹劾,九日,石湖上表奉祠回乡。

返乡后的作品:《初归石湖》《送同年万元亨知阶州》《次韵蜀客西归者来过石湖,并寄成都旧僚》。

冬至,怀念杨万里,寄诗《冬至晚起,枕上有怀晋陵杨使君》以表思念之情。

书法方面:书《玉侯帖》。

淳熙六年(1179),五十四岁

广西出现农民暴动。湖南郴州爆发农民起义。

三月十五日,夜游石湖,怀念九年前与周必大同游时的情景。作诗《顷乾道辛卯岁三月望夜,与周子充内翰泛舟石湖松江之间,夜艾归宿农圃,距今淳熙己亥九年矣,余先得归田,复以是夕泛湖,有怀昔游,赋诗纪事》。

石湖有诗《次韵同年杨廷秀使君寄题石湖》。

中秋,与从兄范成象偕同客人夜间泛舟石湖。

重阳节,与宾客同游,作《水调歌头》。

书法方面:二月,书《二司帖》;三月,书《春晚晴媚帖》;年末书《题山谷帖》。

淳熙七年(1180),五十五岁

二月,朝廷命范成大知明州(治今浙江宁波)并兼沿海制置使。

三月,杨万里来访,同游石湖,相互赋诗唱和。

五月,吏部尚书周必大参知政事。

赴杭州途中赋诗:《临平道中》、《秀州门外泊舟》、《次韵谢李叔玠追路送笋》。

赴明州任途中赋诗:《夜过越上不得游览》、《道中古意二绝》、《观禊帖有感三绝》、《浙东舟中》、《初赴明州》。

在明州任作诗:《次韵汪仲嘉尚书喜雨》、《晓起》、《大风》、《大黄花》、《进修堂前荷池》、《州宅堂前荷花》、《新荔枝四绝》、《甬东道院午坐》、《东门外观刈熟,民间租米船相衔入门,喜作二绝》、《九日忆菊坡》、《重阳九经堂作》。冬季,杨万里寄来《西征集》,石湖赋诗《杨少监寄西征近诗来,因赋二绝为谢,诗卷第一首乃石湖作别时倡和也》。

从兄范成象卒。十二月初一石湖作文以记之。

书法方面:书《北齐校书图卷跋》。

淳熙八年(1181),五十六岁

黎州、汀州分别出现农民暴动。一些百姓以"乱言"被杀。

立春日有诗作:《立春日陪魏丞相登三江亭》、《立春后一日作》、《寄题鹿伯可见一堂》。

二月,除端明殿学士。

三月,孝宗令石湖守建康。石湖入朝觐见,离朝时孝宗书写"石湖"二字赐予范石湖,后又书苏轼诗一首赠与石湖。

在赴建康任前,遍观天童山、阿育王山。赋诗《将赴建康出城》、《寺庄》、《育王方丈》、《鳗井》、《妙喜景》、《明月堂》、《自育王过天童,松林三十里》、《香山》、《育王望海亭》、《天童三阁》。

四月十三,到建康任。正遇大旱,到任后忙于赈灾减赋。

书法方面:书《辞免帖》。

淳熙九年(1182),五十七岁

正月初一,赋诗《元日》、《体中不佳偶书》。

年初依旧忙于赈灾。有诗《坐啸斋书怀》(自注:时方治赈济)、《宝公祈雨感应,用陈申公韵赋诗为谢》《致一斋述事》。

八月，因赈灾有功，转一官。

九月九日，赋诗《重九赏心亭登高》。

十一月初二，授石湖太中大夫。

淳熙十年(1183)，五十八岁

正月初一，拜谒钟山宝公塔。赋诗：《元日谒钟山宝公塔》《元日马上二绝》。

早春、夏季及石湖秋季返乡时均有周必大的书信至。

秋季，因身体的缘故，范石湖五次上章求闲，终得以返乡。

八月十五日赋诗《中秋清晖阁静坐，因思前二年石湖、四明赏月》。

九月九日赋诗《重九独坐玉麟堂》。

岁末，病中赋诗《诺惺庵枕上》《癸卯除夜聊复尔斋偶题》，感叹岁月飞逝、人生苦短。与举老、范老、寿老几位方外人士交游，赋《谢范老问病》《二偈呈似寿老》《次韵举老见嘲未归石湖》以记之。

书法方面：书《荔酥沙鱼帖》《金橘帖》。

淳熙十一年(1184)，五十九岁

二月，洪适卒。

周必大为枢密使。

与弟妹团聚赋诗《至昌为具赏东轩千叶梅，然梅尚未开》《喜周妹自四明到》。赋诗《藻侄比课五言诗，已有意趣，老怀甚喜，因吟病中十二首示之，可率昆季赓和，胜终日饱闲也》以供侄儿学习。

书法方面：年末书《垂诲帖》。

淳熙十二年(1185)，六十岁

是年多为纪事抒情、交友送别之作：《元日》《正月六日风雪大作》《元夕四首》《去年多雪苦寒，梅花遂晚，元夕犹未盛开》《寄题筠州钱有文明府新昌小道院》《喜沈叔晦到》《送文季高倅兴元》《书怀二绝，再送文季高，兼呈新帅阎才元侍郎》《吴歈一首送丘宗卿自平江移会稽》。

赠寿老的诗作：《赠寿老》《再赠寿老》。

六月初四，石湖生辰，与平江府丘崇唱和，赋词《满江红》。

年末，有关心百姓疾苦的诗歌：《雪中闻墙外鬻鱼菜者，求售之声甚苦，有感三绝》《咏河市歌者》《夜坐有感》。

书法方面：书《西塞渔社图卷跋》。

淳熙十三年(1186)，六十一岁

新年抒怀诗：《丙午新正书怀十首》《云露》《丙午新年六十一岁，俗谓之元命，作诗自贶》。

正月初七,立春,与亲朋相聚,赋诗《丙午人日立春,屈指癸卯孟夏晦得疾,恰千日矣,戏书》《春困二绝》《立春大雪,招亲友共春盘,坐上作》。初春与严子文的唱和之作有:《严文以春雪数作,用为瑞不宜多为韵,赋诗见寄,次韵》《次韵严子文见寄》《再次韵述怀,约子文见过》。元夕作诗:《咏吴中二灯琉璃球》《元夕后连阴》《春来风雨,无一日好晴,因赋瓶花二绝》。

五月,赋诗《梅雨五绝》《芒种后积雨骤冷三绝》。夏秋之交,李泳(字子永)来吴拜谒石湖,石湖有和韵之作《次韵李子永见访二首》。重阳节,病中度过。作《病中不复问节序,四遇重阳,既不能登高,又不觞客,聊书老怀》以记之。

十一月,前宰相陈俊卿卒。

是年写成《四时田园杂兴六十首》。

是年作《菊谱》《梅谱》。

淳熙十四年(1187),六十二岁

二月,周必大为右相。

春日赋诗:《丁未春日瓶中梅殊未开二首》《再题瓶中梅花》《民病春疫作诗悯之》《午窗遣兴,家人谋过石湖》《将至石湖,道中书事》《三月十六日石湖书事三首》。朋友间的唱和、送别之作:《次韵知府王仲行尚书鹿鸣燕古风》《王仲行尚书录示近诗,闻今日劝农灵岩,次韵纪事》《仲行再示新句,复次韵述怀》《送遂宁何道士自潭湘归蜀》《用汉中帅阎才元侍郎韵,送樊子南西归,兼呈侍郎》《送闻人伯卿赴铜陵重送伯卿》《重送伯卿》《李子永赴溧水,过吴访别,戏书送之》。

初夏,姜夔来访石湖。

立秋,赋诗《立秋二绝》《秋雷叹》。

十月,太上皇赵构卒。

赠诗方外人:《重九日行营寿藏之地》《题天平寿老方丈》《送寿老往云间行化》。

书法方面:书《雪晴帖》。

淳熙十五年(1188),六十三岁

九月,为太上皇作挽词:《太上皇帝灵驾发引挽歌词六首》《别拟太上皇帝挽歌词六首》。

吴中丰收,石湖赋诗《颜桥道中》以表达欢喜之情。

十一月,朝廷命范成大知福州,再三请辞,不允。

淳熙十六年(1189),六十四岁

二月赴福州任,到婺州(治今浙江金华),再次奉辞,得归石湖。此时,孝宗内禅,光宗即位。

晋封石湖为吴郡开国侯。

是年诗作:《次韵龚养正病中见寄》《次韵袁起岩提刑游金、焦二山二首》《次韵谢郑少融尚书为寿之作》《次韵袁起岩常熟道中三绝句》《次韵袁起岩许浦按教水军二绝句》《次韵起岩喜雪》《枕上闻雪复作,方以为喜,起岩再示新诗,复次韵》《起岩又送立春日再得雪诗,亦次韵》。

与杨万里的唱和之作:《同年杨廷秀秘监接伴北道,道中走寄见怀之什,次韵答之》。

宋光宗绍熙元年(1190),六十五岁

二月,石湖作《范村记》。

赏花之作:《海棠欲开雨作》《雨再作政妨海棠》《次王正之提刑韵,谢袁起岩知府送茉莉二槛》《再试茉莉二绝》《王正之提刑见和茉莉小诗甚工,今日茉莉渐过,木犀正开,复用韵奉呈二绝》。

唱和之作:《次韵袁起岩瑞麦,此麦两岐已黄熟,其间又出一青枝,亦已秀实,传记所未载也》《次韵袁起岩甘雨即日应祈》《刘德修少卿避暑惠山,因便寄赠》《次韵袁起岩喜雨》《再次喜雨诗韵,以表随车之应》《三次喜雨诗韵少伸嘉颂》《府公录示和提干喜雨之作,辄次元韵》《七月十八日浓雾作雨不成》。

腊月,杨万里来访石湖,作《双瑞堂记》。

绍熙二年(1191),六十六岁

寄《谢江东漕杨廷秀秘监送江东集并索近诗二首》给杨万里。

冬季,姜夔冒雪来访石湖,停留约一月,除夕夜离去,石湖将青衣小红送与姜夔,赋诗《次韵姜尧章雪中见赠》。

书法方面:书《雪后帖》《尊妗帖》。

绍熙三年(1192),六十七岁

加资政殿大学士,起知太平州(今安徽当涂),这是范石湖最后一次出仕。

到任后不久,随行之次女卒,石湖悲痛欲绝,奉辞返乡。

六月,杨长孺为石湖词作跋,陈三聘和石湖词。

是年诗作有:《次韵养正元日六言》《枕上二绝效杨廷秀》。

书法方面:书《中流一壶帖》。

绍熙四年(1193),六十八岁

范石湖夫人魏氏卒。

病中自编《石湖集》,命二子向杨万里求序。

九月五日范石湖卒。官至通议大夫,封吴郡公,卒谥文穆。

是年仅有几首歌咏梅花、杏花的诗作:《连夕大风,凌寒梅已零落殆尽三绝》《唐懿仲诸公见过,小饮凌寒残梅之下二绝》《云露堂前杏花》。

附注：本《年谱》主要是集众家之说而成，所采诸家主要有：于北山《范成大年谱》（上海古籍出版社2006年版）、北壬《范石湖事迹系年长编》（《东方文化》第二卷第一期、第二期，1943年1月）、湛之《杨万里范成大资料汇编》（中华书局2004年版）。只为方便读者参考，实不敢掠美，故谨此说明，并致以谢忱。

范成大研究重要参考文献

著作部分

1. 范成大著、周汝昌点校. 范石湖集. 上海古籍出版社. 1981.
2. 周汝昌. 范成大诗选. 人民文学出版社. 1959.
3. 高海夫. 范成大诗选注. 上海古籍出版社. 1989.
4. 范成大著、孔凡礼点校. 范成大笔记六种. 中华书局. 2002.
5. 湛之. 古典文学资料汇编·杨万里范成大资料汇编. 中华书局. 2004.
6. 于北山. 范成大年谱. 上海古籍出版社. 1987.
7. 孔凡礼. 范成大年谱. 齐鲁书社. 1985.
8. 孔凡礼. 范成大佚著辑存. 中华书局. 1983.
9. 顾志兴. 范成大诗歌赏析集. 巴蜀书社. 1991.
10. 张剑霞. 范成大研究. 台湾学生书局. 1985.
11. 范成大著、富寿荪标校. 范石湖集. 上海古籍出版社. 2006.
12. 脱脱等著. 宋史. 中华书局. 1985.
13. 唐圭璋编. 全宋词. 中华书局. 1965.
14. 曾枣庄、刘琳编. 全宋文. 上海辞书出版社、安徽教育出版社. 2006.
15. 夏承焘等. 宋词鉴赏辞典. 上海辞书出版社. 2003.
16. 丁传靖编. 宋人轶事汇编. 中华书局. 1981.
17. 吴廷燮著、张忱石点校. 南宋制抚年表. 中华书局. 1984.
18. 范成大著、黄畲校注. 石湖词校注. 齐鲁书社. 1989.
19. 谢映先著. 中华词律. 湖南大学出版社. 2005.
20. 吴藕汀编著. 词名索引. 中华书局. 2006.

论文部分

1. 北壬编. 范石湖事迹系年长编. 东方文化. 第二卷第一期. 1943年1月.
2. 北壬编. 范石湖事迹系年长编. 东方文化. 第二卷第二期. 1943年2月.
3. 申君. 一水分流，花发两枝——读范成大及陆游的两首爱国诗. 名作欣赏

. 1981,(3).

4. 刘英. "寒萍同荐石湖仙"——范成大在广西. 语文园地. 1981,(6).

5. 张子敬. 范成大《四时田园杂兴》的思想特色与艺术特色. 沈阳师范学院学报. 1982,(4).

6. 孔凡礼. 范成大早期事迹考. 文学遗产. 1983,(1).

7. 于北山. 范成大交游考略. 中华文史论丛. 1983,(4).

8. 刘剑康. 浅谈范成大及其爱国诗篇. 湖南城市学院学报. 1983,(4).

9. 顾刃. 清新质朴,雅俗共赏——浅谈范成大游峨嵋山的行旅诗. 名作欣赏. 1983,(6).

10. 华岩. 范成大的游记散文. 光明日报. 1983,(11).

11. 陈新璋. 谈范成大的《四时田园杂兴》. 语文月刊. 1984,(1).

12. 刘崇德. 南宋时代的风俗画——范成大诗中关于风土民俗描写. 教学通讯. 1984,(1).

13. 韩进廉. 玉节经行虏障深——读范成大题咏河北风物的一组诗. 河北师范大学学报. 1985,(1).

14. 姜逸波. 范成大"使金"诗的爱国思想. 湘潭大学学报. 1985,(2).

15. 娄元华、谢国平. 读范成大的《州桥》. 语文学习. 1985,(4).

16. 华岩. 范成大的爱国诗. 石家庄市教育学院学报. 1985. (1)

17. 崔新民. 范成大的《四时田园杂兴》. 课外学习. 1985,(6).

18. 时宝吉. 浅论范成大的爱国诗. 殷都学刊. 1986,(1).

19. 殷光熹. "农家乐"与"农家苦". 曲靖师专学报. 1986,(1).

20. 柯瞻. 范成大与其记游日录. 杭州大学学报. 1986,(12).

21. 赵永春. 范成大与《揽辔录》. 昭乌达蒙族师专学报. 1987,(2).

22. 宋道基. 杨万里、范成大山水田园诗文. 学语文. 1987,(5).

23. 永吉林. 简论范成大田园诗. 文科月刊. 1987,(11).

24. 游宇明. 论范成大《四时田园杂兴》诗. 娄底师专学报. 1988,(3).

25. 胡明. 范成大诗歌主题新议. 江海学刊. 1988,(4).

26. 王义方. 匠心独运,创意别出——读范成大《催租行》《后催租行》. 沧州师范专科学校学报. 1989,(4).

27. 程杰. 论范成大以笔记为诗——兼及宋诗的一个艺术倾向. 南京师大学报. 1989,(4).

28. 苗菁、张立华. 试论范成大诗的艺术特色. 聊城师范学院学报. 1990,(4).

29. 由文平. 简论范成大景物诗的表现手法. 辽宁大学学报. 1991,(5).

30. 柯勤. 石湖居士范成大. 苏州教育学院学报. 1992,(2).

31. 大西阳子. 范成大纪行诗与纪行文的关系. 南京师大学报. 1992,(2).

32. 徐立. 范成大纪游诗文简论. 四川师范大学学报. 1992,(5).

33. 徐新国. 论范成大的爱国诗. 扬州师院学报. 1993,(1).

34. 陈道义. "千古湖山人物，百年翰墨文章"——范成大书法艺术试论. 苏州科技学院学报. 1993,(4).

35. 徐润芝. 南宋杰出诗人书法家范成大. 书法研究. 1993,(5).

36. 李清筠. 范成大纪游诗研究(硕士论文). 台湾师范大学. 1993.

37. 方键. 杰出的地理学家范成大. 中国历史地理论丛. 1994,(4).

38. 容若. 由范成大词到康熙诗. 明报月刊. 1994,(4).

39. 阮鸿骞. 宋代文人范成大的书艺. 中华书道. 1994,(8).

40. 王锡九. 论范成大七言古诗的艺术渊源. 扬州师院学报. 1995,(2).

41. 周先慎. 谈范成大《后催租行》. 古典文学知识. 1995,(2).

42. 王利华. 范成大诗所见的吴中农业习俗. 中国农史. 1995,(2).

43. 徐新国. 为政至勤的诗人——范成大. 古典文学知识. 南京. 1995,(5).

44. 钟东. 范成大《四时田园杂兴》四题. 广州师院学报. 1996,(1).

45. 王骧. "蜀江流水贯吴城"——范成大诗中的巴蜀风物. 镇江师专学报. 1996,(2).

46. 韦燕宁. 试论范成大的写景抒怀诗. 广西师院学报. 1997,(4).

47. 张祝平. 范成大《侠妇人》故事原貌及其流变考. 文学遗产. 1997,(4).

48. 廖伯昂. 简论范成大的咏农诗. 江汉大学学报. 1997,(5).

49. 景宏业. 范成大出使金国所作诗艺术蠡测. 晋阳学刊. 1997,(6).

50. 陈平平. 范成大与梅花. 中国园林. 1998.

51. 邹化政. 泥土气息，庄户心声——范成大农村诗浅谈. 新疆师范大学学报. 1998,(2).

52. 李嘉球. 范成大是昆山人吗. 史料辑考. 1998,(3).

53. 苗菁. 范成大思想初探. 聊城师范学院学报. 1999,(3).

54. 方爱龙. 范成大《西塞鱼社图卷跋》考——兼及范成大自号"石湖居士"的年月问题. 杭州师范学院学报. 1999,(5).

55. 刘琦. 田园逸兴与悲悯之音——范成大田园诗及其对传统田园诗的突破. 长春师范学院. 1999,(6).

56. 陈正君. 理性的田园. 深圳教育学院学报. 2000,(2).

57. 陈秋枫. 略说范成大的田园诗. 昭乌达蒙族师专学报. 2000,(2).

58. 徐新国. 论范成大的《四时田园杂兴》诗. 扬州大学税务学院学报. 2000,(4).

59. 徐新国. 范成大山川行旅诗艺术论. 扬州大学学报. 2000,(6).

60. 张学忠、易军. 论范成大及其地理诗. 陕西师范大学学报. 2001,(4).

61. 宋志军. 范成大诗歌新论(硕士论文). 河北大学. 2001.

62. 林德龙. 一个士大夫的进退出处——范成大晚年归居退闲生活与佛道思想. 同济大学学报. 2003,(1).

63. 何开粹. 治桂三年, 岭表流芳——记范成大在桂林. 中共桂林市委党校学报. 2003,(1).

64. 吕志毅. 范成大《吴郡志》——吴地定型方志的界碑. 黑龙江史志. 2003, (6).

65. 曾玉章. 本色的田园诗人——诗中解读范成大. 湖北师范学院学报. 2004,(2).

66. 林德龙. 范成大初年吟咏之清丽俊逸诗风与豪纵快意的生活. 上海大学学报. 2004,(4).

67. 王宝琴. 范成大田园诗论析. 青海师专学报. 2004,(3).

68. 黎远方. 论陶渊明、"王孟"、范成大田园诗的异同. 桂林师范高等专科学校学报. 2004,(4).

69. 刘蔚. 论范成大田园诗的代言体特征. 福建论坛. 2004,(5).

70. 张金花. 从范成大诗歌看南宋商贸活动与商人生活. 江海学刊. 2004,(5).

71. 张邦炜、陈盈洁. 范成大治蜀述论. 四川师范大学学报. 2004,(5).

72. 赵荷香. 带着泥土和血汗气息的诗歌——读范成大的《四时田园杂兴》. 名作欣赏. 2004,(6).

73. 彭小明、赵治中. 宋代诗人范成大在处州的政事与创作. 广西社会科学. 2004,(9).

74. 苏迅. 文字因缘非偶然——从陆游的《入蜀记》到范成大的《吴船录》. 江南论坛. 2005,(5).

75. 郑继猛、马茂军. 妙手作记, 图画山林——范成大日记体游记研究. 安康师专学报. 2005,(6).

76. 林德龙. 畸形人——一种自视和文化姿态. 哈尔滨工业大学学报. 2006,(1).

77. 黄根柱. 范成大晚年养生诗话. 家庭医学. 2006,(2).

78. 刘薇. 论范成大的农民情结. 兰州教育学院学报. 2006,(4).

79. 罗小华. 范成大山川行旅诗的复合主题. 江苏广播电视大学学报. 2006,(5).

80. 鄢郴兰. 论范成大田园诗的思想价值与审美意义. 湘南学院学报. 2006,(6).

81. 康丽云. 范成大农村诗艺术论. 农业考古. 2006,(6).

82. 许国平. 南宋书家范成大的书法艺术及佳作考析. 文物世界. 2007,(3).

83. 赵维平. 高山仰止景行行止——于北山《范成大年谱》读评. 淮阴师范学院学报. 2007,(3).

84. 刘薇. 范成大酬赠诗研究(硕士论文). 重庆师范大学. 2007.

85. 余霞. 陆游、范成大的巴渝诗研究(硕士论文). 重庆师范大学. 2007.

86. 梁小炎. 论范成大的痛苦内容与解脱方式. 文教资料. 2007,(3).

《范成大集》名言警句

△隙月知无梦,窗梅寄断魂。(《元夜忆群从》)(第001页)

△莫把江山夸北客,冷云寒水更荒凉。(《秋日二绝》其一)(第002页)

△辛苦孤花破小寒,花心应似客心酸。(《窗前木芙蓉》)(第003页)

△只道一番新雨过,谁知双袖倚楼寒。(《落鸿》)(第004页)

△春潮不管天涯恨,更卷西兴暮雨来。(《浙江小矶春日》)(第005页)

△吴岫涌云穿望眼,楚江浮月冷征衣。(《南徐道中》)(第007页)

△拂云千雉绕,截水万崖奔。赤日吴波动,苍烟楚树昏。(《赏心亭再题》)(第008页)

△倦游客舍不胜闲,日日清江见倚阑。(《白鹭亭》)(第008页)

△春色已从金井去,月华空上石头来。(《胭脂井三首》其一)(第009页)

△五更风竹闹轩窗,听作江船浪隐床。(《宴坐庵四首》其二)(第011页)

△无风杨柳漫天絮,不雨棠梨满地花。(《碧瓦》)(第014页)

△去年解衣折租价,今年有衣着社。(《乐神曲》)(第015页)

△不堪与君成一醉,聊复偿君草鞋费。(《催租行》)(第017页)

△年年送客横塘路,细雨垂杨系画船。(《横塘》)(第018页)

△儿童眠落叶,鸟雀噪斜阳。(《田舍》)(第019页)

△最怜一夜旗亭鼓,能共钟声到客船。(《元夕泊舟雪川》)(第020页)

△行冲薄薄轻轻雾,看放重重叠叠山。(《早发竹下》)(第021页)

△室中更有第三女,明年不怕催租苦。(《后催租行》)(第022页)

△种密移疏绿毯平,行间清浅縠纹生。(《插秧》)(第024页)

△欲知忠信行蛮貊,过墓胡儿下马行。(《雷万春墓》)(第027页)

△大梁襟带洪河险,谁遣神州陆地沉?(《双庙》)(第027页)

△连昌尚有花临砌,断肠宜春寸草无。(《宜春苑》)(第028页)

△如许金汤尚资盗,古来李勣胜长城。(《京城》)(第029页)

△忍泪失声询使者,几时真有六军来?(《州桥》)(第031页)

△列弩燔梁那可渡?向来天数亦人谋!(《李固渡》)(第033页)

△兹行璧重身如叶，天日应临蔺相心。(《蔺相如墓》)(第035页)

△台家抵死争溏泺，满眼秋芜衬夕阳！(《安肃军》)(第038页)

△提携汉节同生死，休问羝羊解乳不。(《会同馆》)(第040页)

△绿地缕金罗结带，为谁开放可怜春？(《沈家店道傍棠棣花》)(第041页)

△隙红飞永昼，帘影碎斜晖。燕踏花枝语，蜂萦柳絮归。(《晚春二首》其一)(第043页)

△收拾桑榆身老矣，追随萍梗意茫然。(《画工李友直为余作〈冰天〉〈桂海〉二图，〈冰天〉画使北虏渡河时，〈桂海〉画游佛子岩道中也。戏题》)(第046页)

△老来不洒离亭泪，今日天涯老泪垂。(《湘阴桥口市别游子明》)(第047页)

△绿蘋白芷俱憔悴，惟有蒌蒿满意生！(《沣浦》)(第047页)

△东屯平田粳米软，不到贫人饭甑中。(《夔州竹枝歌》其六)(第056页)

△山川相迎复相送，转头变灭都如梦。(《荆渚中流，回望巫山，无复一点，戏成短歌》)(第060页)

△汉树有情横北渚，蜀江无语抱南楼。烛天灯火三更市，摇月旌旗万里舟。(《鄂州南楼》)(第061页)

△酒杯触拨诗情动，书卷招邀病眼开。(《秋前风雨顿凉》)(第063页)

△醉红匝地斜曛暖，熨练涵空涨水寒。(《晚步吴故城下》)(第064页)

△儿童笑里丰年面，乌乌声中落日心。(《上沙田舍》)(第065页)

△舍后荒畦犹绿秀，邻家鞭笋过墙来。(《四时田园杂兴六十首并引》其二)(第068页)

△系牛莫碍门前路，移系门西碌碡边。(《四时田园杂兴六十首并引》其六)(第070页)

△老翁欹枕听莺啭，童子开门放燕飞。(《四时田园杂兴六十首并引》其二十二)(第073页)

△小童一棹舟如叶，独自编阑鸭阵归。(《四时田园杂兴六十首并引》其二十四)(第073页)

△梅子金黄杏子肥，麦花雪白菜花稀。(《四时田园杂兴六十首并引》其二十五)(第074页)

△童孙未解供耕织，也傍桑阴学种瓜。(《四时田园杂兴六十首并引》其三十一)(第076页)

△无力买田聊种水，近来湖面亦收租。(《四时田园杂兴六十首并引》其三十五)(第078页)

△笺诉天公休掠剩，半偿私债半输官。(《四时田园杂兴六十首并引》其四十一)(第079页)

△霜风捣尽千林叶，闲倚筇枝数鹳巢。(《四时田园杂兴六十首并引》其四十九)(第082页)

△晚来拭净南窗纸，便觉斜阳一倍红。(《四时田园杂兴六十首并引》其五十二)(第

△世情儿女无高韵,只看重阳一日花。(《重阳后菊花二首》)(第085页)

△千龄只有忠臣恨,化作涛江雪浪堆。(《题夫差庙》)(第086页)

△忘却天涯漂泊地,尊前不放闲愁入。(〔满江红〕"柳外轻雷")(第091页)

△宇宙此身元是客,不须怅望家何许。(〔满江红〕"罨画溪山")(第093页)

△歙浦钱塘一水通,闲云如幕碧重重,吴山应在碧云东。(〔浣溪沙〕"歙浦钱塘一水通")(第098页)

△鱼子笺中词宛转,龙香拨上语玲珑。(〔浣溪沙〕"宝髻双双出绮丛")(第099页)

△身闲身健是生涯,何况好年华。(〔朝中措〕"身闲身健是生涯")(第103页)

△一棹何时归去,扁舟终要江湖。(〔朝中措〕"海棠如雪殿春馀")(第104页)

△陌上千愁易散,尊前一笑难忘。(〔朝中措〕"天容云意写秋光")(第106页)

△槁项诗馀瘦,愁肠酒后柔。晚凉团扇欲知秋。(〔南柯子〕"槁项诗馀瘦")(第108页)

△缄素双鱼远,题红片叶秋。欲凭江水寄离愁。江已东流、那肯更西流。(〔南柯子〕"怅望梅花驿")(第109页)

△新欢不抵旧愁多,倒添了、新愁归去。(〔鹊桥仙〕"双星良夜")(第116页)

△醉舞空明三万顷,不管姮娥愁寂。(〔念奴娇〕"吴波浮动")(第127页)

△料峭春寒花未遍,先共疏梅索笑。(〔念奴娇〕"湖山如画")(第130页)

△休梦江南路,路长梦短无寻处。(〔惜分飞〕"易散浮云难再聚")(第131页)

△身在高楼,心在山阴一叶舟。(〔减字木兰花〕"腊前三白")(第145页)

△碧云日暮无书寄,寥落烟中一雁寒。(〔鹧鸪天〕"休舞银貂小契丹")(第146页)

△崔徽卷轴瑶姬梦,纵有相逢不是真。(〔鹧鸪天〕"荡漾西湖采绿蘋")(第147页)

△何处最知秋,风在梧桐井。(〔卜算子〕"凉夜竹堂虚")(第152页)

△冷蕊疏枝半不禁,更著横窗影。(〔卜算子〕"云压小桥深")(第153页)

△天镜夜明,半窗万里。(〔三登乐〕"今夕何朝")(第156页)

△王孙沉醉狨毡幕,谁怕罗衣薄。(〔虞美人〕"玉箫惊报同云重")(第159页)

△花影吹笙,满地淡黄月。(〔醉落魄〕"栖乌飞绝")(第162页)

△芳意不如水远,归心欲与云平。(〔朝中措〕"长年心事寄林扃")(第163页)

△春慵恰似春塘水,一片縠纹愁。(〔眼儿媚〕"酣酣日脚紫烟浮")(第164页)

△江南如塞北,别后书难得。(〔菩萨蛮〕"客行忽到湘东驿")(第166页)

△汹西山之南奔,势郁律其巉空。(《馆娃宫赋并序》)(第167页)

△惜也未闻大道,宜其逸乐而志荒。(《馆娃宫赋并序》)(第167页)

△紫城翠楼,千窗万栊。(《问天医赋并序》)(第170页)

△探金匮之宝藏,细玉函之秘策。(《问天医赋并序》)(第170页)

△纳寒月于半领,御罡风于两腋。(《问天医赋并序》)(第171页)

△哭不泪而神伤,叹无声而怨结。(《问天医赋并序》)(第171页)

△平畴蔚以稚绿,乔木森其老苍。(《望海亭赋并序》)(第175页)

△堕忧端于眇莽,抱颢气于空明。(《望海亭赋并序》)(第175页)

△饯斜晖于孤嶂,候佳月于沧浦。(《望海亭赋并序》)(第175页)

△觞屡至而不辞,诗欲成而起舞。(《望海亭赋并序》)(第175页)

△吾恐始合之易兮,终离之者不难。(《惜交赋》)(第177页)

△钟具美于一物,繫化工之所难。(《荔枝赋》)(第180页)

△恍醉梦之翾飞,披九天之风翰。(《荔枝赋》)(第180页)

△月亦随予而四方兮,不择地而婵娟。(《桂林中秋赋并序》)(第182页)

图书在版编目（CIP）数据

范成大集/（宋）范成大著；姜剑云，闫潇宏，毛桂香
解评．—太原：三晋出版社，2008.10（2024.5重印）
（中国家庭基本藏书·名家选集卷）
ISBN 978 - 7 - 80598 - 887 - 0 - 02

Ⅰ.范… Ⅱ.①范…②姜…③闫…④毛… Ⅲ.①宋词—
选集②古典散文—作品集—中国—南宋 Ⅳ.I214.422

中国版本图书馆 CIP 数据核字（2008）第 157742 号

范成大集

著　　者：（宋）范成大		解评者：姜剑云　闫潇宏　毛桂香	
责任编辑：郝文霞		审订者：杨　淮	
封面设计：敬人工作室		版式设计：敬人工作室	
责任校对：郝文霞		责任印制：李佳音	

出版发行：山西出版集团·三晋出版社
地　　址：太原市建设南路 21 号
电　　话：（0351）4956036（咨询）　　4922268（邮购）
传　　真：（0351）4922102
网　　址：www.sxskcb.com
邮　　编：030012

印刷装订：山西新华印业有限公司
（本书如有破损、缺页、装订错误，请与本社联系调换）

开　本：787mm×960mm　　1/16
字　数：240 千字
印　张：14.25
版　次：2008 年 10 月第 1 版
印　次：2024 年 5 月第 5 次印刷
书　号：ISBN 978 - 7 - 80598 - 887 - 0 - 02
定　价：55.00 元